# 秘密 上

ケイト・モートン



1961年、少女ローレルは母が突然現われた男を刺殺するのを目撃した。男は近隣に出没していた不審者だったため、母の正当防衛は認められた。しかしローレルには警察には話せない秘密があった。男は母に「やあ、ドロシー、久しぶりだね」と言ったのだ。二人は知り合いだった！　50年後、大女優となったローレルは死期の近い母の過去をさぐりはじめる。あの事件の真相は？　そして母の本に挟まれていた写真の見知らぬ女性は誰か？　本に残された署名ヴィヴィアンとは？　『忘れられた花園』の著者が新たなる迷宮へと読者を誘う。傑作ミステリ。

# 秘　密　上

ケイト・モートン
青木純子訳

創元推理文庫

THE SECRET KEEPER

by

Kate Morton

目次


第一部　ローレル

1　（サフォーク　一九六一年）　一一

2　サフォーク　二〇一一年　三一

3　ロンドン　一九四一年五月　四八

4　サフォーク　二〇一一年　六三

5　（サフォーク　一九六一年）　七九

6　（サフォーク　二〇一一年）　八九

7　コヴェントリーからロンドン　列車の旅　一九三八年　一一一

8　（ボーンマス　一九三八年）　一三一

9　ロンドン　二〇一一年　一五八

10　（ロンドン　二〇一一年）　一七三

第二部　ドリー

11　ロンドン　一九四〇年十二月　一九〇

12 （ロンドン　一九四〇年）　二三八
13 《グリーンエイカーズ》　二〇一一年　二六五
14 ロンドン　一九四一年一月　二九一
15 サフォーク　二〇一一年　三一九
16 ロンドン　一九四一年一月　三三九

＊（　）を付した章題は邦訳に際して補ったものである。

友にしてエージェント、そしてチャンピオンの
セルワに

# 秘密 上

# 第一部　ローレル

# 1 （サフォーク　一九六一年）

一九六〇年代初頭、ある夏の一日。場所はイングランドのさる田園地帯に立つ農家《ファームハウス》。ハーフティンバー造りの簡素な家で、西壁の白ペンキはほどよく色あせ、クレマチスの蔓《つる》が漆喰《しっくい》壁《かべ》に伸び広がっている。陶製の煙突覆いから立ち昇る湯気は、コンロの上でおいしい料理がことこと煮えていることをうかがわせる。家の裏手には菜園が広がり、ステンドグラスの窓が誇らしげにきらめきを放ち、屋根瓦《やねがわら》は濃淡の配列が美しい。

錆《さ》びたフェンスが母屋《おもや》のぐるりを取り囲み、手入れの行き届いた庭があり、木戸の向こうは広々とした草地で、その先に雑木林が続いている。節くれだった木々のあいだを流れる小川は、何世紀ものあいだ陽だまりと日陰のなかを駆け抜け石にぶつかりして軽やかな音をたてているが、少し離れているので、水音もここまでは届かない。土埃《つちぼこり》の上がる長い私道のはずれにぽつんと立つこの家《グリーンエイカーズ》は、同名で呼ばれる村道からも姿は見えない。

ときおり吹き抜ける風をのぞけば、すべてはこそとも動かず、静まり返っている。一年前に大流行した白いフラフープがふたつ、いまは藤の蔓が絡むアーチに立てかけられたままだ。洗濯物を運ぶ緑色のカートに取り付けられた洗濯ばさみの籠には片目に眼帯をしたテディベアが悠然とおさまり、その特等席から監視の目を光らせている。納屋の横では、植木鉢の載った手押し車がじっと出番を待っている。

この静寂とは裏腹に、いや、それゆえなのか、情景全体が期待感にふくれあがるかのようで、役者たちがいままさに舞台の袖から登場する瞬間を思わせる。あらゆる可能性が未来に広がり、運命を阻《はば》むものはいまのところまだ……。

「ローレル！」

遠くから聞こえる、子供の焦《じ》れた声。「ローレル、どこなの？」

すると魔法が解ける。家がほの暗い光を放ち、カーテンが上がる。

雌鶏の一団がどこからともなく現われ、庭の小道に敷き詰めた煉瓦《れんが》の隙間をついばみ、一羽のカケスの影が庭をさっと横切り、近くの草地のトラクターの音が息を吹き返す。そして地上のずっと上にある木造ツリーハウスのなかでは、床に寝そべった十六歳の娘が、舐《な》めているレモン味のスパングルを上顎に押しつけ、吐息をもらす……。

あの子たちにいつまでも探させるのは酷だとわかっていたが、何しろ、うだるような暑さだし、ひとりで考えたい内緒ごともあったから、こんなゲームは――それも子供じみた遊びときては――まるでやる気が起きなかった。父さんがいつも言っているではないか、これもあの子たちには大事な試練、フェアプレイの何たるかは学んでこそ身につくのだ。隠れ場所を見つけるのがうまいからといって、ローレルを責めるのは筋違いというものだ。たしかに相手は幼い子供だが、もう赤ん坊というわけじゃない。
それはともかく、何としても見つかりたくなかった。とりわけ今日ばかりは。いまは絶対に。ここでこうやって寝ころがり、薄手の木綿のワンピースに素足をなでられながら、彼のことだけを考えていたかった。

**ビリー**。

目を閉じると、まぶたの裏にその名前がうねるような筆記体で綴られた。文字の色はけばけばしいホットピンク。肌がちりちりした。スパングルを口のなかでひょいと動かし、飴の穴を舌先にひっかけてバランスを取る。

ビリー・バクスター。

黒いサングラスの上辺から見つめてくるその眼差し、口端を歪めたニヒルな微笑み、不良っぽく前髪をふくらませた黒い髪。

一目惚れだった。これは本物の恋に発展するような気がした。三週間前の土曜日、シャーリーと一緒にバスを降りると、ビリーと仲間たちがダンスホール前の石段で煙草を吸っていた。彼と目が合った瞬間、週末のお小遣いで新品のナイロン・ストッキングを買ったのは正解だったと神に感謝し……。

「もうローレルったら！」アイリスだ。暑さのせいか声に力がない。「ズルしないでよ、ねえってば！」

ローレルは閉じていたまぶたに力をこめた。

ふたり向き合ってダンスを踊った。さらにテンポの速いスキッフルをバンドが奏《かな》でると、雑誌『バンティ』の表紙にあった髪型を真似て結ったフレンチロールがほどけ、足も痛くなったが、それでも踊りつづけた。ほったらかされておおむくれのシャーリーが、小うるさい小母《おば》さんみたいにそばに来て、（本当はそんなこと気にしていないくせに）最終バスを逃したら門限に間に合わないと言いだすまで、踊りをやめなかった。シャーリーが片足をしきりにトントン鳴らすので、ローレルは急いでさよならを告げた。と、そのとき、ビリーが手をつかんで引き寄せた。すると体の奥にひそむ何かが覚醒し、くらっとした。わたしはこの瞬間のために、星のきらめきに似た美しいこの瞬間に出会うために、生まれてきたのだと……。

「もう、好きにすればいいわ」アイリスの声がとげとげしい。ご立腹だ。「ケーキがなくなっちゃっても、恨まないでよね」

太陽が滑るように天頂を過ぎると、ツリーハウスの窓から流れこむ一片の熱気が、ローレルのまぶたの裏をチェリー・コーク色に燃えたたせた。上体を起こしはしたものの、さらに体を動かして隠れ家を離れるところまでは行かなかった。これはやんわりとなされた脅《おど》し、というわけだ――ローレルが母さんお手製のヴィクトリア・スポンジケーキ（ジャムや果物をはさんだ二段重ねのスポンジケーキ）に目がないのは家族の伝説になりそうなほど有名だ――だが、無益な脅しではあった。ケーキ用のナイフがキッチン・テーブルに置き去りになっているのを、ローレルは知っていたからだ。家族みんながピクニック・バスケットや敷物《ラグ》、炭酸レモネード、バスタオル、新品のトランジスター・ラジオなどを携え、小川目指して飛び出していく、そのどさくさに紛《まぎ》れてうっかり忘れられたのだ。ローレルがそのことを知っているのは、ある大事な包みを取りに家に戻ったとき、柄の部分に赤いリボンを結んだナイフが果物鉢の横にあるのを目にしていたからだ。それはニコルソン家の伝統ともいえるナイフだった——ニコルソン家では、バースデー・ケーキやクリスマス・ケーキをはじめ、家族の誰かを元気づけるために焼いたケーキを切る際に必ず使われてきたもので、母はこの伝統を大事にしていた。つまり、誰かがナイフを取りに戻らない限り、ローレルは自由の身でいられるということだ。どうして自由にしてはいけないのか？　ここのうちには静寂のひとときなど、雌鶏に歯がないのと同様あるはずもなく、絶えず誰かがこっちのドアから出入りするかと思えばあっちのドアがバタンと閉まるといった具合で、プライバシーをうんぬんするほうが罰当《ばち》たりとみなされるのだ。

だが今日だけは、ひとりきりの時間が欲しかった。

ローレル宛の小包が届いたのは木曜日だった。その日、郵便配達の人に行き合ったのがアイリスでもダフネでも母さんでもなく、ローズだったのはラッキーだった。なかを見るまでもなく、送り主はすぐにわかった。頬が赤らむのがわかったが、ローズには咄嗟《とっさ》に、シャーリーから借りたあるバンドのEPレコードがどうのこうのと言いつくろった。そんなはぐらかしもローズには無用だった。そもそもおっとりした子で、このときもフェンスの支柱にとまった蝶に早くも気を取られていた。

その晩遅く、家族全員がテレビの前に集まって『ジュークボックス・ジュリー』（新曲のヒット予想番組）を見た。クリフ・リチャードとアダム・フェイスのどっちがカッコいいかでアイリスとダフネが言い争いを始め、父親がこのふたりの歌手のアメリカ風アクセントをぼやいては大英帝国の権威衰退を嘆くのを横目に見ながら、ローレルはそっとその場を抜け出した。そしてバスルームにはいって鍵をかけると、床にしゃがんで背中をドアに押しつけた。

震える指で小包の端を引き裂いた。

薄紙に包まれた小ぶりの本が膝の上に落ちた。紙をすかしてタイトルを読み取る――ハロルド・ピンター作『バースデー・パーティ』――背筋に快感が走った。思わず声をあげた。

以来これを枕の下に敷いて眠っている。決して寝心地はよくなかったが、身近に置いておきたかった。それくらい大事なものだった。

人には人生の岐路《きろ》に立つ瞬間が必ずある、ローレルはそう心から信じていた。一瞬にして人生を一変させるようなことが起こるものだと。ローレルにとってこの芝居の初演がまさにそれだった。新聞で公演のことを知ったとき、なぜかこれは絶対に行かなくてはという衝動に駆られた。両親にはシャーリーの家に行くと嘘をつき、シャーリーには絶対に秘密にすると誓わせて、ケンブリッジ行きのバスに乗ったのだった。

ひとりで遠出するのは生まれてはじめてだった。芸術劇場《アーツ・シアター》の照明の落ちた客席で、スタンリーのバースデー・パーティが悪夢と化していく芝居を観ながら、これまで知らずにいた種類の昂揚感を味わっていた。それは毎日曜の朝、教会でバクストン家のふたりの娘が喜悦に頬を紅潮させる、あの神の啓示に匹敵するものだった。もっとも彼女たちの情熱の対象は、神の言葉よりむしろ新任の若い牧師のほうだとローレルは睨んでいるのだが。それはともかく、安い席から身を乗り出さんばかりにステージ上のドラマを見つめるうちに、そこに流れるエネルギーが胸にしみこみ血とまじり合い、顔が歓喜にかっと熱くなり、そして気づいたのだ。はっきりと具体的な形をとったわけではないが、確信した。人生にはもっと別の何かがある、それがわたしを待っていると。

思いは自分ひとりの胸に温めていた。そのためには何をすればいいのか、ましてそれを人にどう説明すればいいのかもわからなかったが、あの夜ビリーの腕のなかで、彼の革のジャケットに頬を押しつけるうちに、すべてを打ち明けていた……。

本のあいだから手紙を抜き取り、もう一度読み返した。短い手紙だった。土曜の午後二時半に、道のはずれのいつもの場所で、バイクで来て待っている——海岸沿いのお気に入りの場所を見せたい、と。

ローレルは腕時計に目をやった。約束の時間まで二時間を切っていた。

観てきた『バースデー・パーティ』の話をし、それがどんな気持ちにさせたかを伝えるのを、彼はうなずきながら聞いてくれたのだった。ロンドンのことや劇場のこと、名もないナイトクラブで見たバンドのことなどをビリーが口にすると、ローレルはさまざまな可能性がきらりと光を放つのを見る思いがした。それから口づけを交わした。はじめての本物のキス。すると頭のなかの電球が破裂して、何もかもが白く燃えあがり……。

ローレルは、ダフネが立てかけたままにしてある小ぶりの手鏡のほうに身を寄せて覗きこみ、両の目尻に跳ねあげた黒いラインを見比べた。バランスよく描かれているのに満足し、前髪をなでつけ、何か大事なことを忘れているような漠とした不安を鎮める。ビーチタオルは用意した。水着はすでにワンピースの下に着ている。両親には、ホジソンさんの美容サロンで二、三時間残業して、掃き掃除と拭き掃除をすると伝えてあった。

鏡に背を向け、指のささくれを齧《かじ》り取る。嘘をついて家を抜け出すのは意に染まなかった。ふだんはいい子だし、みんなにも——教師や友達の母親たちにも、ホジソンさんにも——そう言われていたが、ほかに手はなかった。父さんや母さんにどう説明できるというのか?

ローレルには確信があった。両親に恋愛のことはわかるわけがない。ふたりは自分たちのなれそめをあれこれ楽しげに話してはくれる。そう、ふたりが相思相愛の仲だったのは間違いないが、それは肩と肩を触れ合わせて互いの気持ちを伝え合うとか、延々とお茶を飲んで過ごすといった、危なげのない古くさい恋愛でしかない。そんなものは願い下げだ。ローレルは憤然と息を吐き出した。ふたりには、そういうのとは違う恋愛などわかりっこない、花火のように燃えあがり、心臓が早鐘を打ち、体と体が——ここで頰が上気した——求め合う、そんな恋愛は。

一陣の熱風が、遠く離れた場所にいる母の笑い声を運んできた。すると漠然とだが、自分がいま断崖の縁に立っていることに気づき、ふと優しい気持ちが生まれた。大好きな母さん。戦争で青春を台無しにされたのは母さんのせいじゃない。父さんと出会い、結婚したのが二十代半ば。誰かを楽しませたいときは、いまも決まって紙の舟を折ってみせる母さん。母さんにとって夏最大のイベントといったら、村の園芸クラブのコンテストで優勝し、地元紙に写真が載ることくらいだ（いや、地元紙だけではない。地方の行事特集としてロンドン版にも配信されたのだった。法廷弁護士をしているシャーリーのお父さんが、向こうで買ったロンドン版で記事を見つけ、切り抜いて持ち帰ってくれた）。

これを父さんが冷蔵庫に張り出したとき、母さんは照れて抗議したが、本気で嫌がったわけでなく、はがそうとはしなかった。そう、丹精こめて育てた、とびきりの長さを誇るサヤインゲンが母には心底自慢なのであり、ローレルが言いたいのはまさにそこだ。ここでローレルは噛み切ったささくれをぺっと吐き出した。うまく言えないが、誇れるものといったらサヤインゲンくらいというような人には、世の中の変化を無理にわからせようとするよりも、嘘をついてでも安心させておくほうが親切というものではないかと。

人を欺《あざむ》いたことはない。うちの家族は強い絆で結ばれているのだ——それは友人の誰もが認めていた。面と向かっても言われたし、陰で言われていることも知っていた。部外者からすれば、ニコルソン一家がそこまで仲睦《なかむつ》まじいところを見せつけるのは罪深いことに思えるのだろう。だが最近はそれも変わってきた。いつも通りにしているつもりだが、なぜか家族のみんなと距離を置くようになった自分に、ローレルは気づいていた。夏の微風にほつれ毛が頬にかかり、ローレルはちょっと顔をしかめた。夜、家族が囲む夕食の席で、父親がたわいもないジョークを飛ばしてみんなを笑わせているときも、ローレルは輪の外からそれを眺めている気分だった。みんなは同じひとつの列車に乗りこんで昔ながらの家族のリズムを共有しているのに、自分だけがプラットホームに置き去りにされ、走り去る列車を見ている、そんな感じだ。

いや、置き去りにしようとしているのはむしろローレルのほうだ。それも近いうちに。すでに下調べはすんでいた。俳優養成専門学校《セントラル・スクール・オブ・スピーチ&ドラマ》、これが目指す場所だった。家を出たいと言ったら両親は何と言うだろう? ふたりとも世間には疎《うと》いほうだ。母さんはローレルが生まれてから一度もロンドンに行ったことがないだろう。となれば、長女がロンドン行きを考えていると口にしようものなら、ましてや演劇などという得体《えたい》のしれない世界に進みたいと言うだけで、卒倒しかねない。

視線を下に向けると、ロープにかかる生乾きの洗濯物が風にあおられていた。父さんの母親グランマ・ニコルソンが忌《い》み嫌うジーンズだ(「ローレルったら、そんなものをはいてると安っぽい人間に見られるよ――いきがっている娘ほどたちの悪いものはないんだから」)。その一方の脚がもう一方に勢いよくぶつかり、これに驚いた片翼の雌鶏が、くわっくわっと鳴き声をあげて旋回を始めた。ローレルは白いフレームのサングラスを鼻先にずらし、ツリーハウスの壁に力なくもたれかかった。

遠因は戦争にある。終戦からすでに十六年――ローレルの人生とほぼ重なる年月だ――世の中はその間に進歩した。いまは何もかもが昔とは違うのだ。防毒マスク、軍服、配給カードその他諸々は父さんのカーキ色の大きなトランクにおさまり、屋根裏部屋に片づけられているではないか。なのに悲しいかな、それに気づいていない人たちがいる、二十五歳以上の人間はみんなそうだ。

どう言葉を尽くそうと、親を納得させるのは無理だろうとビリーは言った。これはジェネレーション・ギャップというやつで、自分の気持ちをいくら説明しても意味がないと言う。彼がいつもポケットに忍ばせているアラン・シリトーの本にもそんなことが書かれているらしい。大人というのは我が子を理解できないもの、子供のやろうとしていることをはなから間違いだと決めつけたがるのだと。

うちの親に限ってそんなことはないと、いつものローレルなら異議を唱えたところだが、このときは違った。代わりに頭に浮かんだのは、妹たちから少しずつ距離を置くようになった自分のこと、穏やかな夕暮れどきにはブラウスの下にトランジスター・ラジオを忍ばせて家を抜け出し、いそいそとツリーハウスに上ることが多くなったことだった。ツリーハウスでひとり、はやる心でラジオ・ルクセンブルクに周波数を合わせ、暗がりに寝そべって音楽にひたった。最新の曲がしんとした田舎の大気にしみ出し、古くさい景色を包みこむと、自分が何かさらに大きな存在の一部になったような、世界規模の陰謀に加担しているような、秘密組織の一員にでもなったような気がして、そんな思いにひたるうちに肌がぞくぞくした。人生を、世界を、未来を理解している新世代の人々が、世界のどこかで、この同じ時間に、ラジオの前で耳をそばだてているのだと……。

目を開けると、たちまち回想は飛び去った。それでも熱を帯びた余韻はまだ残っていて、満ちたりた気分で手足を伸ばすと、筋雲を横切っていくミヤマガラスを目で追った。**鳥よ、どんどん飛んでいけ**。わたしもあんなふうになろう、学校を卒業して十八になったらすぐにでも。遠ざかる鳥の姿が青い小さな点になるまで、まばたきしないでいよう。これがうまくいったら両親は聞き入れてくれるはず、そうなれば未来は容易に拓《ひら》けるはず、そう自分に言い聞かせた。

涙目になりながらどうにかこれをやり遂げると、そのまま視線を母屋のほうへさまよわせた。自分の寝室の窓、猫のコンスタブルが眠る土の上に母さんとふたりで植えたアスター、気恥ずかしくも妖精たちに宛てた手紙を挟んでおいた煉瓦と煉瓦の隙間。

一昔前の、まだ幼かったころのおぼろげな記憶が、海辺の汐《しお》だまりで巻貝を拾い集め、祖母が営む下宿屋の海の見える部屋で毎晩食事をしたことなどが、どれも夢のなかの出来事のように思えた。目の前に見えているこの農家こそが、ローレルの知る唯一の自宅だった。だから自分にも同じアームチェアが欲しいとは思わぬまでも、両親が毎晩決まった椅子におさまるのを眺めるのは好きだったし、薄い壁越しに届く両親の囁き声を聞きながら眠りにつくのも、手を伸ばすだけで妹たちの誰かを揺り起こせるのも嬉しかった。

ここを出たら、みんなが恋しくなるだろう。

ローレルは目をしばたたいた。恋しくなるに決まっている。瞬時に生まれた確信は、重みがあった。これが胃のあたりに石のように居すわった。服を無断で着られたり、口紅を折られて使い物にならなくなったり、レコードを傷つけられたりしたけれど、それでもきっと恋しくなる。妹たちのたてるやかましい音やはしゃぎ声、ばたばたと走りまわったり、喧嘩をしたり、狂喜乱舞したりする情景も懐かしくなるだろう。四人で使っている寝室で転げまわる様子は、まるで一緒に生まれた子犬のようだった。訪ねてきた人たちの唖然とするさまがおかしくて仕方なかった。ローレル、ローズ、アイリス、ダフネ——四人合わせて〝ニコルソン・ガールズ〟。まさに女の園だねと、ビールを飲みすぎたときなど父さんは歌うように言ったものだ。夏休みにおばあちゃん《グランマ》の家にしばらく泊まったあとなどは、まったくとんでもない子供たちだよと嘆いてみせたりもした。

こうしているいまも遠くから喚声や金切り声がローレルの耳に届き、小川のほとりで水遊びに興じる様子が伝わってきた。体のなかの何かが、ロープで引っ張られたようにぴくんと反応した。その情景を、古い絵画のワンシーンのように思い浮かべることができた。いまごろみなはズロースにスカートの裾をたくしこみ、浅瀬で追いかけっこをしているのだろう。そのうちローズは岩場に逃れ、華奢《きゃしゃ》な足首を水につけながら、濡らした棒で絵を描きはじめ、アイリスはなぜかびしょ濡れで、ぷんぷん怒りだすはずだ。ダフネは螺旋《らせん》を描く巻き毛を揺らしながら、体をふたつに折って笑い転げるに違いない。

チェックのピクニックラグが川辺の草地に広げてあり、母さんは流れの早い湾曲部で膝まで水に浸かり、手作りの紙舟を浮かべるところだ。そばでそれを眺めている父さんはズボンの裾をまくりあげ、煙草が口許で揺れている。その顔に浮かんでいるのは――ローレルの心の目にありありと映し出されたそれは――いまこうして目にしている情景をもたらしてくれた我が身の幸運がとても信じられないといった、あのいつもの嬉しい戸惑いの表情だ。

父さんの足許で、水をばしゃばしゃやってはきゃっきゃとはしゃぎ声をあげ、ふっくらした小さな手を伸ばして母さんの紙舟を捕まえようとしているのは小さな弟。我が家の光……。弟。無論、名前はある。ジェラルドだ。だが、そう呼ぶ人はいない。大人っぽい名前だし、彼はまだ幼い。今日で満二歳、丸みのある顔にはえくぼが浮かび、茶目っ気たっぷりの目をしている。足ときたら白くて、ぷくぷく太っていて、食べてしまいたいくらいだ。うっかり強く握りしめたりしないよう、自分を抑えねばならないときもあるくらいだ。誰もがこの子の歓心を買おうと躍起《やっき》になり、いちばん好かれているのはこの自分だと誰もが言い張るが、ローレルには自信があった、彼の顔がことさら輝くのはこのわたしを目にしたときだと。

となれば、今日のパーティに一度も顔を出さずにすますわけにはいかない。こんなに長いあいだツリーハウスに身をひそめているなんて、いったいどういう了見か？　そのあとビリーとこっそり落ち合うとなればなおさらだ。

ローレルは眉根を寄せて葛藤の熱い波と闘った。だが、すぐさま波はおさまり、心は決まった。木から下りたらキッチンからナイフを取ってきて、小川に行こう。模範的な娘、完璧な長女になろう。腕時計の針が十分進むあいだに任務をやりとげられたら、いつも頭のなかでつけている得点票にボーナスポイントを加算しよう。素早く梯子に片足をかけたそのとき、熱風が日焼けした素足をかすめた。

のちにローレルは思いめぐらすことになる――もしもあのとき、もう少し慌てずに行動していたら、事態は違っていたのだろうか？　もっと慎重にしていたら、あんな恐ろしいことは起きずにすんだのではないか？　だが、そのときの動作はゆっくりでもなかったし、慎重でもなかった。せっかちな性分だから、次に起きたことは自業自得としか言いようがない。だがこのときは仕方なかった。それまでひとりきりになりたいという思いが強かった分、今度は善は急げとばかり、一刻の猶予も許さない気分だった。

最近はこんなことばかり。《グリーンエイカーズ》の屋根にいる風見鶏のように、気まぐれな風次第で気分はいきなり極から極へと揺れ動いた。妙な気分、ときには自分でもびっくりするが、なぜかワクワクもした。まるで海辺のジェットコースターに乗っているみたいだ。

しかもこのときは怪我もした。小川にいるみんなのところへ早く行こうと気が急《せ》くあまり、ツリーハウスの床板の小口に膝小僧をぶつけてしまったのだ。じんと痛みが走り、思わず呻《うめ》き声がもれた。膝に目をやると、ぎょっとするほど真っ赤な血が見る見るふくれあがってきた。ひとまず下に下りるのをあきらめ、ツリーハウスに戻って傷の具合を確かめることにした。

床にしゃがみこみ、じくじくしだした膝小僧を見つめながら、己《おのれ》のせっかちを呪い、大きくて醜い傷をビリーに気づかれてしまうだろうか、どうやれば傷を隠せるだろうかとぐずぐず考えていると、雑木林のほうから聞こえてくる音にはっとした。がさがさと枝がこすれる音。取り立てて珍しくもない音だが、この日の昼下がりには聞こえるはずのないものだったから注意が向いた。ツリーハウスの窓から覗くと、バーナビーがベルベットの翼を思わせる長い耳を揺らし、丈の高い草を踏みしめてよたよたと歩く姿が見えた。少し遅れて、手作りの夏物のワンピースを着た母さんが颯爽《さっそう》とした足取りで草地から庭のほうに向かっていた。腰骨のあたりに抱きかかえられた弟は、日中の暑さを考えてのことだろう、遊び着から素足をのぞかせていた。

ここから少し距離はあったが、気まぐれな風に乗って母さんの口ずさむ歌が聞こえてきた。

四人の娘たちにも順繰りに聞かせてきた歌だ。弟がきゃっきゃと笑い、「もっと！　もっと！」とはしゃぐと（「もっちょ！　もっちょ！」と聞こえた）、母さんは弟のおなかに指を這わせていき、顎の下をくすぐる。純然たるふたりだけの世界。陽射しいっぱいの草地にたたずむその姿は牧歌的で、ローレルはこの水入らずの光景を目にして嬉しくもあり、うらやましくもあった。

母さんが庭木戸の掛け金をはずし、家のほうに歩きだした。ローレルの心は沈んだ。母さんがケーキ用のナイフを取りに来てしまった。

母さんの刻む一歩一歩が、罪をあがなうチャンスをローレルから奪っていく。途端に不機嫌になった。だから呼び止める気にも、下におりていく気にもなれず、ツリーハウスの床に釘づけされたようになった。そうやってしゃがみこんだまま、むっつり気分にひたるうちに、母さんは家のなかにはいってしまった。

立てかけられた二本のフラフープのうちの一本が、音もなく地面に倒れた。するとローレルはこれを連帯の印《しるし》と受け止めた。よし、ここを動くものか。もう少し気を揉《も》ませてやろう。小川に行くのは、気分が晴れてその気になってからでも遅くない。それまでは『バースデー・パーティ』を読み返し、未来の自分に思いを馳《は》せよう。まだずっと先の遠い未来に、美しく洗練された大人になった自分、擦り傷とは無縁の自分に。

その男は、地面と空が境目をつくる私道のいちばんはずれに現われた。最初はぼやけた染みでしかなかった。なぜあのとき目を上げたのか、ローレルは自分でもよくわからない。母屋の裏手に向かって歩いていく男に気づいた瞬間、ビリーが早めに着いて迎えに来たのかと思い、どきっとした。外見をはっきり捉えられてようやく、ビリーとはまるで違う身なり――黒っぽいズボンに長袖のシャツ、つばのある古めかしい黒い帽子――だとわかり、ほっと安堵の息を吐き出した。

安心した途端、好奇心がむくむくと湧き起こった。お客はめったに来ないし、歩いてくる人となるとさらに数は少ない。それでも近づいてくる男を目で追ううちに、漠とした記憶が脳裏にうごめいた。既視感《デジャヴュ》というか、いくら考えてもぴたっと言い当てることができないもどかしさを覚えた。不機嫌だったこともすっかり忘れ、向こうにこちらの姿が見えないのをいいことに、偵察をはじめた。

窓框《まどがまち》に肘《ひじ》を掛け、頬杖をついた。年が行っているわりに見てくれは悪くない。姿勢に自信のようなものが感じられた。急ぐ様子はない。見覚えのある人でもないし、村や近隣農家に住んでいる父さんの知り合いでもない。道に迷った旅行者という線もあったが、街道からだいぶ引っこんだ場所にある家だから、それはまずありそうにない。ひょっとしてジプシーとか浮浪者だろうか。たまにそういう人がふらりとやって来ることがあった。運に見放され、父さんから雑用仕事を与えてもらうとありがたがる、そんな人たちだ。あるいは――ここで恐ろしい考えが浮かび、ぞっとした――地元の新聞に出ていた男かもしれない。大人たちが神経をとがらせて話題にしていた男、ピクニックを楽しむ行楽客を脅したり、下流の湾曲部の人目につかない場所でひとり歩きの女性を恐怖に陥れる男。ローレルは体を震わせたが、それもすぐさま欠伸《あくび》に取ってかわられた。この人が極悪人なわけがない。革のブリーフケースが目に留まったのだ。きっと最新版の百科事典を売り歩いているセールスマンで、一家に是非ワンセットをと母さんを口説きに来たのだろう。ローレルは偵察を切りあげた。

数分が過ぎた。そうたいした時間ではない。ローレルが次に耳にしたのは、下から聞こえてくるバーナビーの低い唸り声だった。そこで窓まで這い進み、窓から首を突き出して下を覗くと、煉瓦敷きの小道の真ん中で警戒するように身構えるスパニエルがいた。私道にいる男をじっと見つめている。男はすぐそこにいて、菜園に通じる鉄の門扉《もんぴ》をがちゃがちゃやっていた。

「静かにして、バーナビー」母さんの声が家のなかから聞こえた。「すぐに行くからね」玄関ホールの暗がりに現われた母さんは、開いたドアのところでいったん立ち止まった。弟の耳許に何やら囁きかけ、ふっくらした頬にキスをする。弟が笑い声をあげた。

家の裏手、鶏小屋の横にある門扉がぎぎーっと鳴った——この蝶番《ちょうつがい》は頻繁に油をさしてやる必要あり——犬が再び唸り声を発した。背骨のあたりの毛を逆立てている。

「いい加減になさい、バーナビー」母さんが言った。「どうしちゃったの?」

男が家の角から姿を現わし、母さんがそちらに目をやった。母さんの顔から笑みが消えた。

「こんにちは」見知らぬ男は立ち止まり、左右のこめかみにハンカチを当てた。「いい天気だね」

はじめて見る人に小さな弟は満面の笑みになり、前に突き出したぽっちゃりした手を閉じたり開いたりして、上機嫌で挨拶をした。

これをされたら誰だってイチコロだ。男はポケットにハンカチをしまうと一歩前に進み出て、まるで幼き同胞に聖油でも塗ろうとするかのように片手をちょっと持ちあげた。

そこからの母さんの動きは驚くほど素早かった。弟をさっと男から遠ざけると、背後の地面に手荒く置いた。弟の素足に触れたのは砂利だった。快感と愛情しか知らない子供には受け入れがたい感触のはず。ショックのあまり泣きだした。

ローレルの鼓動が激しくなった。しかし体は凍りついたまま、身動きができない。うなじが総毛立った。母さんの顔から目が離せなかった。そこに張りついている表情はこれまで一度も見たことのないものだった。恐怖、そう気づいた。母さんは怯えていた。

ローレルは一瞬にして打ちのめされた。確固とした世界は煙と化し、吹き飛んだ。そこに冷たい恐怖が居すわった。

「やあ、ドロシー」男は言った。「久しぶりだね」

男は母さんの名前を知っていた。知らない人ではなかったのだ。

男が再び口を開いたが、声が小さすぎてローレルには聞き取れなかった。母さんがかすかにうなずいた。さらに続く話にじっと耳を傾け、小首をかしげている。その顔が太陽を振り仰ぎ、ほんの一瞬、目が閉じられた。

そして、あっという間にことは起きた。

水銀のようなきらめき——その後ずっとローレルの脳裏に焼きついて離れることのないイメージ。陽射しが金属の刃をとらえる。それは一瞬の美が宿った瞬間だった。

そしてナイフが、あの特別な日のためのナイフが振り下ろされ、男の胸に深々と突き刺さった。時の流れが遅くなったかと思うと、今度は高速で進んだ。男は悲鳴をあげ、驚愕と痛みと恐怖に顔を歪めた。ローレルは一部始終を見ていた。男の手が象牙の柄のほうに、吹き出す血で赤く染まるシャツのほうに、伸びるのを。男が地面に倒れこむのを。熱風にあおられ、男の帽子が土煙のなかを転がっていくのを。

犬が激しく吠えたてた。小さな弟は真っ赤な顔を涙で光らせ、小さな心臓が張り裂けんばかりに泣きわめいていた。ローレルには周囲の音がぐんぐん遠のいていくようだった。聞こえるのは自分の体内を駆けめぐる血流の音、それと荒い息遣いばかりだった。

ナイフからほどけたリボンは、花壇を縁取る石と石の隙間に挟まり、ひらひらとたなびいていた。それがローレルの目にした最後のもの、やがて視界はきらめく小さな星々で満たされ、次の瞬間すべてが暗転した。

## 2　サフォーク　二〇一一年

この日、サフォークは雨だった。子供時代の記憶に雨は一度もない。病院は町の反対側にあった。車はそこここに水たまりのできたハイストリートをゆっくりと進み、病院敷地内の車道にはいると、車回しをまわって玄関前につけられた。ローレルはコンパクトを取り出すと蓋《ふた》を開けて鏡を覗きこみ、一方の頬を手で押しあげ、そこに集まる皺《しわ》を静かに見つめた。手を放すと頬が下がる。反対側にも同じ動作を繰り返す。人々はこの皺を愛している。エージェントからそう聞かされた。キャスティング・ディレクターたちも詩的言い回しで魅力を語り、メイクアップ・アーティストたちもブラシを手に圧倒的な若さを振りまきながら、猫なで声でもてはやした。数か月前、どこかのインターネット新聞が読者を対象に「国民に愛される顔」についてのアンケート調査を行なったところ、ローレルが二位になったのだ。いわく、ローレルの皺は人の心を和《なご》ませるのだとか。

人々の心が和むのは結構だが、ローレルはそこに老いを痛感するばかりだ。

すっかり年を取ってしまった、コンパクトを閉じながらローレルは思う。といってもミセス・ロビンソンが抱く感慨とは違う。思えば国立劇場《ザ・ナショナル》で『卒業』に出演してからすでに二十五年が経っていた。いったいこれはどうしたことか？　こちらが目を離しているすきに誰かが時計の針を早回しした、そうとしか思えない。

運転手がドアを開け、黒い大きな蝙蝠傘《こうもりがさ》をさしかけた。

「ありがとう、マーク」ふたりは張り出し屋根《オーニング》の下にはいった。「金曜日に迎えに来てもらう住所はわかっているわね？」

マークは小旅行用のボストンバッグを下に置き、傘を振って滴《しずく》を切った。「町の反対側の、細い私道の先にある農場でしたね。予定通り、二時でよろしいですか？」

それでいいと告げると、彼はうなずき、雨のなかを運転席のドアまで駆けていった。走りだす車を見送りながら、ローレルは無性に旅がしたくなった。行先も決めず、ぬくぬくと暖かい車内で心地よいけだるさに包まれて、雨に濡れた街道をひた走る、そんな旅が。どこに行くにせよ、目的地がここでないことは間違いない。

正面玄関のドアに目をやったが、すぐには向かわず、煙草を一本取り出すと、火をつけて一服した。品よく吸うというよりはしみじみ味わっているふうだ。昨夜はさんざんだった。夢に母さんやこの病院、まだ幼いころの妹たちや、弟のジェラルドが出てきた。夢のなかのジェリーはまだ幼いひたむきな少年で、自作のブリキのスペースシャトルか何かを高く掲げて見せ、いまにタイムマシンを発明して、過去に戻っていろいろなことを修正するのだと言った。いろいろなこととは何かとローレルが尋ねると、ああ、過去にあったいろんな過《あやま》ちだよ——来たければ一緒に連れていってあげるよ。

是非行ってみたいものだ。

目の前のドアがシューッと音をたてて開き、看護師がふたり、勢いよく出てきた。ローレルに目を走らせたひとりが、はっと目を瞠《みは》った。すぐさま相棒にすり寄って耳打ちする。ローレルは会釈ともいえない会釈を返し、吸いさしを投げ捨てた。


ローズは玄関ロビーに並ぶ椅子に腰かけて待っていた。一瞬ローレルは、別人かと思った。紫色の鉤針編みのショールをはおり、その胸許をピンクのリボンで結んでいる。すっかり銀色になった伸ばしっぱなしの長い髪を、一本のゆるい三つ編みにして肩から前に垂らしている。髪を縛っているのがパン袋をねじって留めるビニール針金だと気づくと、胸がきゅんとなった。そんな感情を隠すようにわざと女子学生風の弾《はず》むような声をこしらえて声をかけたが、そういう自分にうんざりした。

「ロージー。すっかりご無沙汰しちゃったわね。いつもすれ違いばっかりで」

抱擁を交わす。ラヴェンダーの香りがローレルの鼻をくすぐった。懐かしい香りだが、この場にはそぐわない。それは夏のホリデーシーズンの昼下がり、グランマが営む海辺の下宿屋《青海荘》の、あの居心地のいい部屋に漂っていた香りであり、この妹の香りではない。

「来てくれて嬉しいわ」ローズはローレルの手を握りしめ、廊下のほうへ向かった。

「来ないわけにはいかないでしょ」

「そりゃそうよね」

「もっと早く来たかったんだけど、インタビューがあったものだから」

「わかってるって」

「リハーサルさえなければもう少し長くいられるのだけど。映画の撮影があと二週間で始まるのよ」

「わかってるって」ローズは、言葉を補うように握った手にさらに力をこめた。「姉さんが来てくれたんで、母さん大喜びでしょうね。何たって自慢の娘だもの。わたしたちにとっては自慢の姉さんよ」

身びいきは鬱陶《うっとう》しかった。ローレルは聞き流した。「ほかのみんなは?」

「それがまだなの。アイリスは渋滞にひっかかってるみたいだし、ダフネは午後こっちに着く予定よ。空港からまっすぐ家のほうに行くって言ってたわ。途中で電話をくれることになっているの」

「ジェリーは?　何時に来るって?」

これはほんのジョークのつもりだった。ニコルソン家の生真面目人間で、人をからかうのをよしとしないローズでさえ、これにはくすっと笑わずにいられなかった。我らが弟ジェラルドは、はるか彼方の星雲の現在地を算定するための宇宙カレンダーは作れるくせに、自分の到着時間の算定となると途端におぼつかなくなるのだ。

廊下の角を折れ、〈ドロシー・ニコルソン〉の名札がかかるドアの前に立った。ローズが口を開いた。「姉さん、ひとつ言っておくわね。前回姉さんが来たときから病状は悪くなる一方なの。持ち直したかなと思うとまたがくんと落ちこむの繰り返し。いま昔の母さんに戻ったかと思えば、次は……」唇をわなわなとふるわせ、ローズはビーズの長いネックレスを握りしめた。それから声を落として先を続けた。「頭が混乱しているのね。感情を高ぶらせることもあるの。昔のことや、わたしにはさっぱりわからないことを口走ったりしてね。看護師さんたちは、そこに深い意味はないって……母さんくらいまで症状が進むとよくあることだからって言うのだけど。そういうとき飲ませる薬があって、それを飲むと落ち着きはするけど、そのあとひどくぐったりしちゃうの。今日もあまり期待しないほうがよさそうよ」

ローレルはうなずいた。先週、電話で容態を問い合わせたとき、医者も同じようなことを言っていた。医者の遠回しな表現——**よく頑張られました……そろそろお迎えが……長い眠りに**——にはうんざりだった。ひどく感傷的な声音に我慢できず、ついこう言っていた。「つまり先生、母はじきに死ぬ、とおっしゃりたいんですね」声に威厳を持たせたのは、医者のへどもどする声を聞いて溜飲《りゅういん》を下げたかったから。してやった。だが勝利に酔えたのも医者が返答するまでの一瞬にすぎなかった。

ええ。

これ以上残酷な言葉があるだろうか。

ローズがドアを押し開けた。「母さん、いい人を連れてきたわよ」——思わず息を殺している自分に、ローレルは気がついた。

子供時代のある時期、ローレルは怖がりだった。暗闇を恐れ、ゾンビに怯え、父方の祖母から気をつけるように言われていた見知らぬ男たちに震えあがった。彼らは物陰に潜んでいて小さな女の子をさらい、口に出して言えないような悪さをするという（どんな悪さなの？　口が裂けても言えないようなことよ。返ってくる答えはいつもそんな具合で、要領を得ず、煙草や汗のにおい、へんなところにある毛、といった曖昧な物言いが、ますます恐怖心をあおった）。祖母の口ぶりはやけに説得力があったから、自分が邪悪な手口で死を迎えるのは時間の問題だと思っていた。

ときおり、とてつもない恐怖のあれこれが一塊《ひとかたまり》になって襲ってきて、夜中に目が覚め、悲鳴をあげた。暗い戸棚に潜むゾンビが、鍵穴からこちらを覗いていた。そんなとき、なだめてくれたのが母だった。「ほら、もう大丈夫。ただの夢よ。そろそろ現実と作り話の区別がつけられるようにならないとね。そう簡単なことじゃないけれど――母さんも克服するのにだいぶ時間がかかったわ、ものすごく」それからローレルのベッドにもぐりこみ、こう言った。「お話をしてあげるわね。家出してサーカス団にはいった女の子のお話よ」

夜ごとの恐怖を退治してくれた頼もしい存在だった母、その同じ人がいまは病院で、青白い顔をシーツからのぞかせている、それがローレルには信じられなかった。すっかり覚悟ができているつもりだった。友人の死も経験していたし、死ぬ瞬間がどんなものかも知っていた。末期がんの女性を演じてBAFTA（英国映画テレビ芸術アカデミー賞）を受賞したこともある。だが、それとこれとは別物だ。ここにいるのは自分の母親なのだ。このまま踵《きびす》を返して、逃げ出したかった。

だが、そうはしなかった。本棚の脇に立つローズが、促すようにうなずいた。そこでローレルは、母を見舞う従順な娘の役になりきることにした。すぐさまベッドに近づき、壊れそうな母の手を取った。「母さん、わたしよ。わかる？」

母のまぶたが震え、薄目を開けたが、またすぐに閉じられた。呼吸に合わせて胸が静かに上下を繰り返す。ローレルは、紙のように薄い両頬にそっとキスをした。

「プレゼントを持ってきたのよ。明日渡すつもりだったけど、待ちきれなくて」荷物を床に置くと、ハンドバッグから小さな包みを取り出した。作法にのっとり、一拍おいてから包みを開ける。「ヘアブラシよ」手のなかで銀色の品をひっくり返す。「いちばんやわらかい毛を選んだわ――イノシシの毛かしらね。ナイツブリッジのアンティークショップで見つけたの。ほら、ここに、母さんのイニシャルも彫ってもらったのよ。髪を梳《す》いてあげましょうか？」

返事は期待していなかった。実際、返事もなければ、それらしき反応もなかった。ローレルは母の顔の周囲に光冠のように広がる細い白髪にそっとブラシを滑らせた。かつては太く黒みがかった茶色だった髪も、いまでははかなく溶けてなくなりそうだった。「はい、おしまい」言って、彫られたDの装飾文字に光が当たるよう按配《あんばい》して、ブラシを棚に置いた。「これでいいわね」

ローズもとりあえず心満たされたのだろう、棚にあったアルバムをローレルに手渡すと、お茶を淹れてくるわと手振りで告げた。

どこの家庭にもそれぞれ決まった役割分担がある。ニコルソン家の場合はローズがお茶を淹れ、それを待つのがローレルだ。そこで母の枕許にあった椅子に腰をおろし、古いアルバムを慎重に開いた。最初の一枚は色あせたモノクロで、茶色く変色していた。そのセピア色の写真は、髪をスカーフでまとめた若い女性の一瞬を切り取ったものだった。何かの作業中に目を上げ、カメラを構える人を追い払おうとするように手を振りあげている。困惑と嬉しさがないまぜになったような笑みをかすかに浮かべ、開いた口はもはや聞き取ることのできない言葉を発しているようにも見える。たぶんジョーク、ローレルは決まってそう思いたくなる。カメラの背後にいる人物に何か気の利いたセリフを投げかけているのだと。その人はたぶん祖母の下宿屋に泊まっていた大勢のなかのひとり――たとえば旅回りのセールスマンとか休暇旅行にやって来た単身者、あるいはピカピカに磨きたてた靴を履いた物静かな公務員。専門職に就いているお蔭で兵役を免除されたのか。撮られた場所が海辺だと知る人なら、母の背後に穏やかな海岸線が延びていることに気づくはずだ。

母親のこそとも動かない体の上にアルバムを載せ、ローレルは語りかけた。「ほら、これ、母さんよ。グランマ・ニコルソンの下宿屋ね。一九四四年と書いてあるから、終戦間際。ミセス・ニコルソンのひとり息子はまだ戦争から戻っていないけど、このあと、じきに戻ってくるのよね。一か月もしないうちに。その日、母さんは配給カードを持って町に買い物に行き、食料品を抱えて戻ってみると、キッチンテーブルのところに兵隊さんがすわっていた。いままで見たことのない人が。でもマントルピースの上の額にはいった写真を見ていたから、すぐにわかった。写真より大人になっていたし、悲しげな顔だったけど、身なりは同じカーキ色の軍服だったから、にっこり微笑みかけてきた瞬間に気づいたのよね、ああ、この人がわたしの運命の人だって」

ローレルはページを繰った。黄ばんだ保護シートのめくれた角を親指で平らにならした。時の経過でシートは脆《もろ》くなっていた。「結婚式に着たドレスはレースのカーテンで手作りしたんだったわね。グランマ・ニコルソンを口説き落として、二階の客室にかかっていたのをはずさせたんでしょ。よくやったわ。たいしたものね母さん――あっさりオーケーしてくれるわけないもの。グランマの布製品好きは有名だったもの。前の晩は嵐で、式の当日が雨になるんじゃないかって、母さんは気を揉んだのよね。でも雨にならなかった。お日様が昇り、雲はすっかり吹き払われていて、こりゃあ縁起がいいぞ、ってみんなが言ったのよね。なのに母さんは、もうひとつ縁起担《かつ》ぎをつけ加えた。煙突掃除のミスター・ハッチに、教会の階段の下に立っていてもらった（結婚式の日に煙突掃除人を見かけると幸福になるという言いつたえから）。彼も大喜びで引き受けてくれて――父さんがあげた手間賃で、長男の靴を買ったんですってね」

この数か月、母に声が届いているという確信はなかった。それでも、わりと親切にしてくれる看護師が、聞いていないと考える根拠もないと言ってくれた。だからアルバムを繰りながら、あえて話に尾ひれをつけて話しかけた――そっくり全部捏造するわけでなく、描写が細部に及ぶときに想像力を働かせる程度だ。アイリスはこれを嫌った。母さんにとって大切な思い出を、姉さんに脚色する権利はないという。そんな逸脱行為の一件を聞かされた医師はちょっと肩をすくめ、大事なのは話しかけることであって、話の中身が本当かどうかは重要でないと言った。

そしてローレルに片目をつむって見せた。「とりわけあなたのようなご職業の方に、事実を重んじろと言うほうがおかしいですよね、ミス・ニコルソン」

味方になってくれたつもりだろうが、うわべだけの馴れ合いはぞっとしなかった。舞台の演技と実人生における方便との違いを指摘してやりたくなった。黒すぎる髪と白すぎる歯をしたこの小《こ》賢《ざか》しい医者に、どちらの場合も事実は重要なのだと言ってやりたかった。だが、シャツのポケットに、景品と思しきゴルフクラブの形をしたボールペンをさしているような男と人生哲学を論じ合うのは時間の無駄、そのくらいの頭はある。

次のページには、常と変わらず、ローレルの子供時代の写真が並んでいた。たちまち幼いころの思い出があふれ出した——星や妖精が描かれた壁に囲まれた部屋で、すやすや眠るベビーベッドのローレル、母親の腕のなかでむずかる寝起きのローレル。少し大きくなり、海岸の浅瀬をよちよち歩くぽっちゃり体形のローレル——やがてこれも終わりにさしかかると、しばし回想にひたった。続いてページを繰ると、妹たちのたてる物音や笑い声が解き放たれた。自分自身の思い出の数々が次々に生まれてきた妹たちとこれほど強く結びついているのはただの偶然だろうか？ 丈高い草のなかを転げまわる姿、ツリーハウスの窓から手を振っている姿、自分たちが生まれ育った《グリーンエイカーズ》の前に整列する妹たち——どこかに出かける前なのか、ブラシでとかした髪をピンで留め、みんなおめかししている。

妹たちが生まれてからは悪夢を見ることもなくなった。というか、夢に変化が起きた。昼間は戸棚に潜み夜になると出てくるゾンビや怪物や見知らぬ男たちは消え失せた。それに代わって津波が襲ってきたり、世界が終わりを迎えたり、新たに戦争が始まったりするなかで、自分が妹たちを守ろうと孤軍奮闘する夢を見るようになった。いまも鮮明に憶えているのは、まだ少女のローレルに母が言った言葉だった。あなたはお姉さんなんだから、みんなをしっかり守ってね。当時は気にもかけなかったが、あれは自らの体験から出た言葉だったのだろう。その背後には、第二次大戦さなかの空襲で幼い弟を亡くし、その後何十年も消えることのない深い悲しみがあったのだ。子供というのはそれくらい自己中心的で周りが見えていないもの、苦労知らずに育った子供であればなおさらだ。つまりニコルソン家の子供たちは世界一幸福だったということだ。

「この写真はイースターのときのものね。ダフネが子供用の高い椅子《ハイチェア》にすわっているところを見ると、一九五六年ね。ほら、やっぱりそうだ。あら……ローズが腕にギプスをしているわ、このときは左腕ね。アイリスが、後ろのほうでふざけてにやついている。でも笑っていられるのもいまのうち。憶えてるでしょ？　この日の午後、あの子ったら冷蔵庫にあったカニの爪を全部平らげちゃったのよね。父さんが前の日に釣りに行って持ち帰ったやつ」父さんがかんかんになって怒るところを見たのは、あとにも先にもあのときだけだった。陽射しをたっぷり浴びて昼寝をしたあと、さておいしいカニでも食べようかと、いそいそとキッチンに向かったものの、冷蔵庫にあったのはカニの殻ばかりだったのだ。いまでも思い出すのは、ソファの陰に隠れていたアイリスの姿だ。お尻を叩くぞとすごむ父さんが手を伸ばしても届かない場所に逃げこみ（もちろん脅しは口だけだが、それでも恐ろしいのに変わりはない）、絶対に出てこようとしなかった。それからアイリスはみんなの同情を買おうと必死に訴えては、一生のお願いよと言って、『長靴下のピッピ』の本を取ってきてもらったのだった。この思い出にローレルは心和ませた。いつも気むずかしいばかりのアイリスだから、こんなお茶目な一面があるのをすっかり忘れていた。

そのときアルバムの隙間から何かが滑り落ちた。ローレルは床から拾いあげた。はじめて目にする写真だった。古いモノクロ写真に写っているのは、腕と腕をからませたふたりの女性。白い縁取りの向こうから、どちらも笑顔を振りまいている。ふたりの頭上には小旗がずらりと並び、写真には写っていない窓からの陽射しが部屋に流れこんでいる。何か但し書きでもあるかと裏を返してみたが、日付以外は書かれていなかった。一九四一年五月。キツネにつままれた気分だった。このアルバムの中身は隅から隅まで知り尽くしている。だがこの写真、ここに写っているふたりにはまるで見憶えがない。ドアが開き、ローズがはいってきた。不揃いのティーカップが受け皿の上でかちゃかちゃと揺れた。

ローレルは手にした写真をかざした。「これ、知ってる?」

ローズはベッドサイドのテーブルにカップを置くと、目をすがめて写真に目をやり、にこっとした。「ああ、これね。何か月か前にひょっこり出てきたのよ。アルバムのどこに収めればいいか、姉さんならわかるかなと思っていたんだけど。この写真の母さん、素敵よね? 知られざる母の一面を発見したみたいな、特別な気分だわ。いまだからよけいそう思うのね」

ローレルは改めて写真に目をやった。ふたりとも当時流行のヴィクトリーロールに髪をセットし、スカートは膝丈だ。ひとりは指に煙草をはさんでいる。母さんの化粧はまるで違っていた。別人のようだった。

「妙な感じね。こんな母さん、想像したこともなかった」ローズが言った。

「こんなって、どんな?」

「若々しいじゃない。女友達と笑っているなんて」

「それが意外? どうして?」もちろんローレルの感想も同じだった。頭のなかにある母のイメージは――それは家族の誰もが同じだろうが――グランマが新聞に出したメイド募集の広告に応募し、下宿屋で働きはじめた時点からのものでしかない。それ以前のことも知らないわけではない――コヴェントリーで生まれ育ったこと、家族全員を空襲で亡くしたこと。家族の死が、母の心に深い傷を残したこともローレルは知っている。母ドロシー・ニコルソンは、いちばん大事なのは家族だと、折あるごとに子供たちに言って聞かせていた。子供時代のローレルたちにとってそれは呪文《マントラ》のようなものだった。傷つきやすいとりわけ多感な十代のころ、母はローレルの手を握りしめ、いつになく険しい顔でこう言った。「わたしのようになっては駄目よ、ローレル。あまり考えすぎると、いちばん大事なものを見失ってしまうわ。家族に腹を立てたくなることもあるだろうけど、家族というのはあなたが思っている以上にかけがえのない存在なのよ」

しかし、母ドロシーが父スティーヴンと出会う以前どんな人生を歩んできたのか、それが仔細に語られることはなかったし、子供たちも尋ねようとは思わなかった。そこに何らおかしな点はないと、かすかな戸惑いを覚えながらもローレルは思う。子供というのは両親の過去など知りたいとも思わないし、知ったところで意外な面を見せつけられ、気恥ずかしい思いをするだけだろう。だがこうして、別人と見まがうばかりの戦時中の母の姿を目の当たりにすると、結婚以前の母について何も知らない自分を痛感せずにはいられなかった。

女優になりたてのころ、ある著名な演出家が目の前に置かれた台本から身を乗り出し、壜底眼鏡の歪みを直すとローレルに向かって、きみは主役を張れる顔じゃないなと言ったことがあった。この一言にひどく傷つき悔し涙を流し、さんざん悪態をついた。それから鏡の前で何時間も過ごすうちに思わずカッとなり、長い髪をバッサリと切り落としていた。だが、これが〝転機〟となった。性格俳優になったのだ。先の演出家は主役の女性の妹役にローレルを抜擢し、その演技が劇評で絶賛された。人々はローレルの徹底した役作りの才に、登場人物の皮膚の下に自己をすっかり埋没させてしまう手際に舌を巻いた。だが、これといったテクニックがあるわけではない。ただ登場人物の秘められた部分を深く掘り下げる手間を惜しまなかっただけのこと。秘密ということに関してはよくわかっているつもりだ。生身の人間がひとりいれば、その背後に必ず語られない部分《ブラック・スポット》が控えていることも知っていた。

「ここに写っている母さん、これまで見た写真のなかでいちばん若いんじゃない?」ローズが、ローレルのすわる椅子の肘掛けにちょこんと腰かけ、写真を手に取った。ラヴェンダーの芳香がさらに強く感じられた。

「そうかしら」ローレルは煙草に手を伸ばしかけたが、病院にいることを思い出し、代わりにお茶を手に取った。「たしかにそうかもね」母の過去はブラック・スポットだらけだった。なぜそのことにいままで気づかなかったのか？　再度写真に目を走らせると、ふたりの女性がこちらの無知を嘲笑《あざわら》っているかのように見えた。ローレルはさりげないふうを装いながら口を開いた。「これ、どこにあったの？」

「本にはさまってたの」

「本？」

「というか、あれは台本ね……『ピーター・パン』の」

「母さんが芝居を？」そういえば母は、扮装ゲームや物真似がたいそう得意だった。だが本物の芝居に出ていたという話はついぞ聞いたことがない。

「それはどうかしら。その本は誰かからのプレゼントみたいよ。扉に添え書きがあったし……そういえば、わたしたちが子供のころ、母さんもそうやってプレゼントをくれたわね」

「なんて書いてあったの？」

「『ドロシーに』って」ローズは左右の指をからめながら、記憶を呼び起こした。「『真の友は闇を照らす一条の光／ヴィヴィアン』だったかな」

ヴィヴィアン。その名前を耳にした瞬間、心が波立った。肌がかっと熱くなったと思うと、ぞくっとした。こめかみが脈打つのがわかった。脳裏をよぎるさまざまなイメージに眩暈《めまい》が起きそうだった……ギラリと光る刃、恐怖にひきつった母の顔、ほどけた赤いリボン。古い記憶、おぞましい記憶が、見知らぬ女性の名前をきっかけに解き放たれた。「ヴィヴィアン」そう反復したローレルの声は、意図した以上に大きく響いた。「ヴィヴィアンて、誰なの？」

ローズが目を上げた。ぎょっとした顔だった。だがその問いにどう答えようとしていたのか、そのままうやむやに終わった。アイリスが駐車券を振り回して何やらわめきながらはいってきたのだ。アイリスのすさまじい剣幕に目を奪われたせいで、このとき母ドロシーがはっと息を呑んだことも、ヴィヴィアンの名が出た瞬間、その顔に走った苦悶の表情にも、ふたりが気づくことはなかった。三人のニコルソン・シスターズがベッドのそばに立ったとき、母ドロシーはこんこんと眠っているように見えた。その表情は、衰弱した己の肉体と三人の娘をその場に残して、心だけが病院を離れ、一九四一年のあの夜の闇に舞い戻っていることを微塵《みじん》も感じさせなかった。

## 3　ロンドン　一九四一年五月

　ドロシー・スミザムは階段を駆け下りた。コートに腕を通しながらミセス・ホワイトにおやすみなさいと声をかけた。家主であるこの女性は眼鏡の分厚いレンズの奥の目をしばたたくと、この間借り人の困った癖をあれこれ言いたてたくて仕方なさそうだったが、ドリーは足を止めなかった。玄関ホールの鏡の前で少し速度を落とし、身なりを確かめ、頬をちょっとつねって赤味を足すと、これでよしとばかり、ドアを開けて灯火管制下の闇のなかに飛び出した。急いでいた。今夜は家主と揉めている暇はなかった。ジミーはとっくにレストランに着いているはず、待たせたくなかった。ふたりでさんざん話し合ってきた。何を持って行くか、向こうに行ったらどうするか、出発はいつにするか……。

　ポケットに手を入れ、木彫りの小さな人形を指先で転がしながら、もどかしげな笑みを浮かべる。少し前に質屋のショーウィンドウで見つけたものだった。たいしたものではない。しかし目にした途端、彼のことを思った。ロンドンが破壊されていくなか、人の命の大切さがこれまで以上に身に染みた。一刻も早く彼にあげたかった——これを目にした瞬間の彼の顔が見えるようだった。きっとにっこり笑って手を差し出し、愛しているといつものように言うだろう。

小さな木彫りのミスター・パンチ（ドタバタ人形劇『パンチ＆ジュディ』の主人公）はそう珍しくもないが、彼へのプレゼントにはうってつけだった。ジミーは海辺の暮らしにずっと憧れていたのだから。いや、その思いはドリーも同じだった。

「あの、すみません」

いきなり女の声がした。「はい？」ドリーは返事をした。驚きのあまり声が詰まった。開いたドアから一瞬もれた明かりで、こちらの存在に気づいたのだろう。

「あの……お訊きしたいことが。二十四番地はどこでしょう？」

灯火管制で外は漆黒の闇、これでは何も見えるはずがなかったが、ドリーはついいつもの習慣で背後のドアを指さした。「あら、ついていたわね。ここがそうよ。いまのところ満室だけど、じきにひとつ空く予定よ」つまりは自分がいま借りている部屋のことだ（あれを部屋と呼べればの話だが）。ここで煙草をくわえ、マッチを擦った。

「ドリー？」

その言葉に、ドリーは闇に目を凝らした。声の主が駆け寄ってきた。空気の動きでわかった。次の瞬間、女はすぐそばにいた。「やっぱりそうだわ、ああよかった。わたしよ、ドリー。ほら……」

「ヴィヴィアン？」突如、その声を思い出した。よく知った声、だがどこか様子が違う。

「もう会えないかと思ったわ、手遅れじゃないかって」

「手遅れって……？」ドリーは言いよどんだ。今夜会う約束をした覚えはない。「何が手遅れなの？」

「いいの、何でもない……」ヴィヴィアンがいきなり笑いだした。神経を逆なでするような金属的な響きがドリーの背筋を凍らせた。「つまり、何もかもがね」

「あなた、飲んでるの？」こんなヴィヴィアンを見るのははじめてだった。いつもの優美さ、完璧な自制心は見る影もなかった。

相手は答えなかった。煮え切らない態度。近所の猫が近くの塀から飛び降り、ミセス・ホワイトのウサギ小屋の上にとんと着地した。ヴィヴィアンは身をすくませ、それから小声で囁いた。「話があるの。いますぐに」

ドリーは煙草を深く吸いこみ、返事を引き延ばした。ふだんであれば、ゆっくり腰を落ち着けて心を通わせたいと思ったはず。だがいまは困る、今夜は無理だ。すぐにも立ち去りたくて気が急いた。「悪いけど、これから……」

「お願いよ、ドリー、大事なことなの」

ドリーはポケットに手を入れ、木彫りのプレゼントを指先で転がした。ジミーはもう店に着いているはず。どうしたのかとやきもきしながら、店のドアが開くたびにわたしの姿を探しているに違いない。待たせたくない、特に今日は。しかしヴィヴィアンがこうして自宅に訪ねてきたのだ。ひどく神妙な面持ちで、ひどく怯えた様子で、背後にちらちら目をやって、大事な話があるとすがるように言っている。ドリーは根負けして溜息をもらした。ヴィヴィアンを置き去りにできなかった、こんなに動揺しているヴィヴィアンを。

ジミーならきっとわかってくれるだろう、彼もまたヴィヴィアンを憎からず思っているのだからと、そう自分に言い聞かせた。かくしてドリーは、彼ら全員の運命を決することになる決断を下した。「じゃあ来て」ドリーは煙草を消すと、ヴィヴィアンのか細い腕を取った。「なかにはいりましょう」

ふたりで家にはいり階段を上りながら、ヴィヴィアンは謝罪に来たのだろうか、とドリーは思った。その動揺ぶり、落ち着きのない様子から、そうとしか思えなかった。だがヴィヴィアンには富と地位がある、そんな人がわざわざ謝まりに来るとも思えない。考えるうちに落ち着かなくなった。考えても無駄——ドリーにとってはすべて終わったこと。むしろ二度と触れたくない話題だった。

廊下のはずれまで来たところで、自室の鍵を開けた。スイッチを入れると裸電球が鈍い光を放ち、狭いベッド、小さな戸棚、ひび割れた流し台、水が滴り落ちている蛇口、すべてがあらわになった。ヴィヴィアンの目で部屋を見わたした途端、恥ずかしくなった。何本もの円筒形のガラスでできたシャンデリアが下がり、ゼブラ模様のラグがあちこちに敷かれた、カムデン・グローヴのまばゆいばかりの豪邸を見慣れた彼女の目には、ひどくみすぼらしい部屋に映ったにちがいない。

古ぼけたコートを脱いで、ドアのフックに掛けた。「悪いわね、ここ、ものすごく暑いでしょ」努めて陽気に振る舞った。「おまけに窓はないし……灯火管制にはおあつらえ向きだけど、通気が悪くって」これで少しは場が和むかと、自らを励ます意味でもおどけて見せたが、うまくいかなかった。背後にたたずむヴィヴィアンが、すわる場所を探しているのにようやく気づき——ああ、どうしよう。「椅子もないのよ」この数週間、せめて一脚は手に入れようと思っていたのだが、相変わらず情勢は厳しく、ジミーとも相談してわずかでも貯金に回すことにしたため、椅子はなしですますことにしたのだ。

振り返ってヴィヴィアンの顔を見た瞬間、殺風景な部屋のことはドリーの頭からいっぺんに吹き飛んだ。「まあ、ひどい怪我」痣《あざ》だらけの友の顔に、ドリーは目をむいた。「その顔、どうしたの?」

「何でもないの」ヴィヴィアンは落ち着きなく行きつ戻りつしながら、焦れたように手を振った。「途中でちょっとね。電信柱にもろにぶつかってしまったの。馬鹿よね、せっかちな性分だから」たしかにそうだった。ヴィヴィアンは歩くのが異様に速い。変わった癖だが、ドリーはむしろ好感を持って眺めていた。とても洗練された装いの女性が小娘のようにせかせかと歩くのを見ていると、思わず笑みがこぼれたものだった。だが今夜のヴィヴィアンは、まるで別人だった。ストッキングは伝線し、髪は乱れ……。

「さあ、ここにすわって」ドリーは友をベッドのほうに促した。朝のうちにベッドメイクしておいたのは何よりだった。

そのとき空襲警報が鳴り響いた。ドリーは心のなかで毒づいた。何よりもあってほしくない状況だった。ここの防空シェルターは最悪なのだ。オイルサーディンの缶詰みたいに人が詰めこまれ、寝具はじめじめしているし、饐《す》えたにおいも強烈で、ミセス・ホワイトのヒステリーも耐え難い。そこにヴィヴィアンまで加わるとなると……。

「あれは無視して」ドリーの心を読んだかのように、ヴィヴィアンが言った。いかにも命令し慣れたお屋敷の女主人、といった口調になっていた。「行かないで。こっちの話のほうが大事なんだから」

防空シェルターにはいるより大事なこと？　ドリーの動悸が早まった。「あのお金のことね？」低い声で言った。「返してほしいの？」

「いいえ、そうじゃない、お金なんかどうでもいいの」

サイレンのうねるような響きは耳を聾《ろう》さんばかり、これが不安をますますあおり、ドリーを浮き足立たせた。なぜかひどく怯えていた。ここにいたくなかった、たとえヴィヴィアンと一緒でも嫌だった。暗い通りを駆け抜けて、ジミーの待つ店に行きたかった。「ジミーとわたしは——」言いかけたドリーを、ヴィヴィアンが遮《さえぎ》った。

「そうよ」ふと何かを思い出したように、ヴィヴィアンの表情が動いた。「それだわ、ジミーのことなの」

ドリーはわけがわからず、しきりにかぶりを振った。ジミーが何だというのか？　ヴィヴィアンは要領を得なかった。この人も連れていったほうがいいのかもしれない……みんながシェルターに逃げこむすきに、全速力で駆けていこう。まっすぐジミーのところに……彼ならどうすればいいかわかるはず。

「ジミーはね、ドリー……」ヴィヴィアンは大声で繰り返していた。「彼は、もういないのよ……」

そのときサイレンの音がぴたりとやみ、〝いない〟という言葉だけが室内にこだました。ヴィヴィアンの次の言葉を待ったが、そこへ狂ったようにドアを叩く音がした。「ドリー?……そこにいるの?」住人のひとり、ジュディスだった。上から駆け下りてきたせいで息を切らしている。「みんなでアンディ(アンダーソンが考案した組み立て式防空シェルターのこと)に行くわよ」

ドリーは返事をしなかった。ドリーもヴィヴィアンも退避行動を起こさなかった。廊下の足音が遠ざかるのを待って、ドリーはヴィヴィアンのすわるベッドに並んで腰かけた。「何か勘違いしているみたいね」ドリーは一気にまくしたてた。「彼とは昨日も会ったし、今夜もこれから会う予定よ。行くときはふたり一緒って決めているし、わたしを置いていくわけが……」言おうと思えばまだいくらでも言えたが、先が続かなかった。ヴィヴィアンのじっと見つめる眼差しが、確信にひび割れを起こさせ、そこに一抹の疑念が忍びこんできた。ドリーはバッグから煙草を一本取り出すと、震える指で火をつけた。

やがてヴィヴィアンが話しはじめた。この夜最初の爆弾が、ひゅーっと空を切る音を聞きながら、まさかとは思いつつ、ひょっとしたらこの人の言っていることは本当なのかもしれないと思いはじめていた。あまりにも突拍子もない話に聞こえるのだが、ヴィヴィアンの切羽《せっぱ》詰まった声の調子、彼女らしからぬ態度、話している内容からすると……。頭がくらくらしてきた。部屋は暑く、呼吸が乱れた。

貪《むさぼ》るように煙草をふかした。するとヴィヴィアンの話の断片と、自分の頭のなかを駆けめぐる想念とがひとつに溶け合った。爆弾がすぐ近くに降ってきたのだろう、すさまじい地響きとともに大音響が室内を満たした。ドリーの耳に痛みが走り、うなじが総毛立った。以前はわざわざ外に出て大空襲《ブリッツ》見物に興じたこともあった――空襲に興奮し、ちっとも怖いと思わなかった。だがいまは、そんな軽薄な娘ではない。あの呑気な日々は遠い昔のことに思えた。ドアに目を走らせ、早くヴィヴィアンが話を切りあげてくれないかと思った。一緒に防空シェルターに行くか、あるいはジミーのところに行きたかった。こんなところでぐずぐずしていては駄目だ。いますぐ逃げなくては、どこかに隠れなくては。いっそこの場から消えてなくなりたかった。

ドリーが焦りの色を強めていくのとは反対に、ヴィヴィアンのほうは落ち着きを取り戻したようだった。いままでは穏やかな口調になり声も小さくなったので、聞き取るのがやっとだった。手紙と写真のこと、卑劣な男のこと、ジミーを探し出すために駆り出された危険な男たちのことが語られた。計画に恐ろしい手違いが起きてしまったとヴィヴィアンは言った。そのせいで顔に泥を塗られた人がいるのだと。だからジミーはレストランに来たくても来られなかった。いくら待っても来なかった。それでようやく、彼が本当に逝《い》ってしまったのだと気づいたのだと。

あやふやで切れ切れの断片が突如ひとつにまとまり、ドリーの胸にようやく落ちた。「わたしのせいだわ」蚊の鳴くような声にしかならなかった。「でも、わからない……どうしてなの……あの写真……送らないことにしたのに……もう必要ないからって」ドリーの言わんとしていることは相手の女性にも通じていた。計画が中止になったきっかけはヴィヴィアンが作ったのだから。ドリーは相手の腕につかみかかった。「そんなこと起こるはずがない、だからいまごろジミーは……」

ヴィヴィアンはしきりに首を振った。その顔は慈愛に満ちていた。「よく聞いて。すごく大事なことだから、ちゃんと聞いて。あなたの住所は彼らに知られてしまった。もうじき捕まえに来るわ」

ドリーは信じたくなかった。怯えていた。熱い涙が頬を伝い落ちた。「わたしのせいだわ」そう繰り返す自分の声が聞こえた。「全部わたしのせいなんだわ」

「ドリー、もうやめて」爆撃機の一団が新たに飛来した。ヴィヴィアンはドリーの手をしっかり握りしめ、声を張りあげた。「悪いのはあなただけじゃない、わたしもいけなかったのよ。でも、いまはそんなことを言っている場合じゃない。彼らがいまにやって来るわ。すでにこっちに向かっているかもしれない。それを伝えに来たの」

「でもわたし……」

「ロンドンを離れなさい、いますぐに。絶対に戻ってきては駄目。奴らはあなたを探し出すまであきらめないわ。この先もずっと……」

外で爆音が轟き、建物全体が激しく揺れて浮きあがった。爆弾の落ちる位置がさらに近くなり、窓のない部屋にも不気味な閃光がどこからか射しこんできて、裸電球の鈍い光以上の明るさで室内を満たした。

「かくまってくれる家族はいる？」ヴィヴィアンが急きたてた。

ドリーは首を振った。家族の顔が脳裏に浮かんだ。母、父、そして弟。それはすでに過去のものだった。爆弾の降り注ぐ音に続き、地上からの反撃が始まった。

「だったら、友達は？」ヴィヴィアンは、すさまじい音に負けじと声を張りあげた。

ドリーはまたしても首を振った。そんな人は誰ひとり残っていない、しいて挙げるとすればヴィヴィアンとジミーくらいだ。

「とにかくどこかあるでしょ？」またしても爆弾が降ってきた。音からして〈モロトフのパン籠〉と呼ばれるクラスター爆弾のようだ。あまりのやかましさに、必死に訴えるヴィヴィアンの声も聞き取れず、ドリーはその唇を読まなくてはならなかった。「よく考えてちょうだい、ドリー。どこか行くあてはないの？」

ドリーは目を閉じた。何かが燃えるにおいがした。焼夷弾《しょういだん》が近くに落ちたに違いない。いまに空襲警戒班の人たちが手押しポンプで消火に乗り出すだろう。ドリーの耳に誰かのわめき声が届いたが、目をいっそう固く閉じて意識を集中させた。想念は瓦礫《がれき》のように散乱し、頭のなかはまるで暗い迷路のようだった。何も見えなかった。立っている地面はがたがた、空気は息もできないほどねっとりと感じられた。

「どうなの、ドリー？」

爆撃機だけでなくさらに戦闘機も現われた。機首をひょいと下げて空から襲いかかってくるさま、機体から尾を引くように流れ落ちる曳光弾の緑色の光、遠くのほうで起きている火災、それらをカムデン・グローヴの屋上から眺めた日のことを、ドリーは思い出していた。どれもこれも、以前は胸躍る光景だったはずなのに。

ナイトクラブ《400》でジミーと踊り、笑って過ごした一夜を思い出した。空襲のなか、ふたりで家路についたあの夜のことを。できることならあの日に戻りたかった。爆弾が落ちてくる音を聞きながら、暗闇のなかでふたり並んでベッドに横たわり、自分たちの未来をひそひそ声で語り合ったあの日に。農場の家、子供たち、海辺の暮らし。海辺……。

「そうだ、求人広告に応募したんだった」ドリーは顔を上げ、咄嗟に口にした。「何週間か前に、ジミーが見つけてくれて」《青海荘》のミセス・ニコルソンからの手紙はベッド脇の小机にあった。すぐさまこれを取りあげ、震えながらヴィヴィアンに手渡した。

ヴィヴィアンがざっと目を通す。「よかった、申し分ないわ。これで行先は決まったわね」

「ひとりじゃいやよ。ジミーと一緒に……」

「ドリー……」

「……一緒に行くことになっていたのに。こんなはずじゃなかった。わたしを待っているって言ったのに」ドリーは泣いていた。そんなドリーにヴィヴィアンが手を上げ、同時にドリーも動いたので、思いのほか強く頰を打つことになった。

ヴィヴィアンは謝らなかった。その顔は真剣だった。怯えてもいた。ドリーにはそれがわかった。だがヴィヴィアンは、こういうとき姉であればそうするように、自分の怯えをひとまず措《お》いて、ドリーが何よりも聞きたいはずの愛情のこもる声できっぱりと告げた。「ドロシー・スミザム。ロンドンを離れなさい、いますぐに」

「そんなの無理よ」

「無理じゃない。あなたは頑張り屋さん《サヴァイヴァー》なのよ」

「でもジミーが……」爆弾がまたしても宙を切り裂き、炸裂した。ドリーの喉から恐怖にひきつった悲鳴が飛び出した。

「いい加減にして」ヴィヴィアンがドリーの頬を両手でしっかりと包みこんだ。今度はちっとも痛くなかった。その目には優しさがあふれていた。「そうよね、あなたはジミーを愛している。……ジミーもあなたを愛している……それはわかっている。でもね、いまはわたしの言うことを聞いて」

ヴィヴィアンの眼差しには心を落ち着かせる何かがあった。ドリーは急降下する飛行機の轟きも、応戦する対空砲の銃撃音も、建物や人々が無残に押しつぶされるイメージも、どうにか頭から締め出した。

ふたりはひしと抱き合い、ドリーはヴィヴィアンの言葉に耳をすました。「今夜のうちに鉄道駅に行って切符を買いなさい。行先は……」そのとき、ばりばりっとすさまじい音とともに爆弾がすぐ間近に落ちた。ヴィヴィアンは身を固くし、急いで先を続けた。「列車に乗ったら終点まで行くの。決して後ろを振り返らないで。とにかくその仕事に就いて、一からやり直すの。いい人生を送ってちょうだい」

いい人生。それはまさにドリーとジミーが語り合ってきたことだった。未来、農場暮らし、子供たちのはしゃぎ声、雌鶏たちの陽気な声……あふれる涙がドリーの頬を濡らした。ヴィヴィアンはなおも言いつのった。「行くしかないのよ」彼女もいまでは泣いていた。無論、別れを惜しんでのこと、思いはどちらも同じだった。「第二のチャンスを逃がさないで、ドリー。これを天の配剤だと思ってちょうだい。さんざん苦労してきたのに、すべてを失ったあなただもの……」

ようやくドリーにもわかってきた。たとえ受け容れがたくても、ヴィヴィアンの言う通り、行くしかないのだと。心の片隅には「ノー」と叫びたい気持ちも少しはあった。体を小さく丸め、失ったすべてのものを、望み通りにならなかった人生のあれこれを思いながら悲嘆にくれていたいと。だが、それも嫌だった、できるはずがない。

わたしは頑張り屋《サヴァイヴァー》なのだ。ヴィヴィアンもそう言ってくれた。彼女にはわかるのだ――彼女もまた子供時代の辛い体験を乗り越えて、新たな人生を築きあげたのだから。ヴィヴィアンにできたのなら、わたしにだってできるはず。辛いことはたくさんあったが、それでも生き甲斐を見つけて頑張ってきた……この先も生き甲斐を見つければいいのだ。いまは勇気をもって、より良い人生を目指して前に進むしかない。これまで思い出すのも恥ずかしいことばかりしてきた。大それた理想など所詮は小娘の抱く愚かな夢、どれもこれも指で弄《もてあそ》ぶうちに灰になってしまった。だが誰にでも第二のチャンスは与えられている、誰であれ、このわたしにだって罪の赦しを受ける資格はある――そうヴィヴィアンは言ってくれた。次々に降ってくる爆弾が激しい衝撃音をたてるなか、ドリーは言った。「わかった、やってみるわ」

電球がまたたいたが、切れはしなかった。コードが大きく揺れ、四方の壁に影を投げかけた。ドリーは小さなスーツケースを引き出した。耳を聾する爆音も、通りの火災現場から流れてくる煙も、目にしみる煙霧も頭から締め出した。

持っていきたいものはたいしてなかった。もともと持ち物はそう多くない。心底欲しいものは、ここにはない。ヴィヴィアンを残していくことを思うとためらいが生じた。『ピーター・パン』の台本に彼女が添えた言葉——真の友は闇を照らす一条の光——を思い出し、また涙がこみあげてきた。

しかし迷っている場合ではなかった。行かねばならなかった。未来は目の前に広がっていた。二度目のチャンス、新しい人生。それを手に入れ、後ろを振り返らないこと。ジミーとふたりで立てた計画通り、海辺の町に行き、一からやり直すのだ。

敵機襲来の音も、降り注ぐ爆弾や、迎え撃つ対空砲の轟きも、もはやドリーの耳にはいらなかった。爆発のたびに地面が揺れ、天井の漆喰が落ちてきた。ドアチェーンがガタガタ鳴った。しかしそれにも気づかなかった。荷物を詰め終わり——出発の準備が整った。

ドリーは立ちあがり、ヴィヴィアンを見た。固い決意だったはずなのに心が揺れた。「あなたはどうするの？」そう尋ねてすぐに、ヴィヴィアンも一緒に来ればいい、一緒に来たいのではないかと思った。奇妙なことに、そうするのが一番に思え、それしか道はないように思えた……。出会ってしまったからにはそれしかない。

馬鹿げた考えなのはわかっていた。ヴィヴィアンに二度目のチャンスなど必要ない。彼女はこの街で、望み得るすべてを持っている。素敵な家、自らの財産、とびきりの美貌……。現にこうしてヴィヴィアンは、ミセス・ニコルソンの採用通知を差し出し、泣き笑いを浮かべて別れを告げている。もうこれきり会えないだろうことは互いにわかっていた。「わたしのことは心配しないで」ヴィヴィアンが言った。すぐ真上で爆音が轟いた。「大丈夫よ。これからうちに帰るから」

ドリーは手紙をしっかり握りしめ、決意をこめて最後のうなずきを返すと、新たな人生に向かって一歩を踏み出した。未来が何をもたらすのか見当もつかなかったが、この瞬間、それを引き受けるだけの覚悟はできていた。

# 4　サフォーク　二〇一一年

ニコルソン家の姉妹三人はアイリスの車で病院をあとにした。長女のローレルは昔から助手席にすわる特権を与えられていたが、この日は犬の毛だらけの後部座席におさまった。年長というだけならまだしも、名声が邪魔をした。自惚《うぬぼ》れていると思われるのは癪《しやく》だったのだ。いずれにせよ後部座席のほうがありがたい。したくもない会話につき合わされることなく、ひとり物思いにふけることができる。

すでに雨は上がり、陽射しが戻っていた。ローレルは一刻も早くヴィヴィアンのことをローズに尋ねたくてうずうずしていた――この名前をどこかで耳にしているはずなのだ。いや、それとは別に、一九六一年のあの忌まわしい日にも関係があると、なぜか思えてならなかった。だが、ここでは黙っていた。アイリスの好奇心はいったん火がつくと収拾がつかなくなる。根掘り葉掘り質問攻めにされるのはご免だった。ふたりの妹が前の席で世間話をするあいだ、ローレルはかすめ飛ぶ畑地を眺めていた。窓は閉まっていたが、刈りたての草の香りが鼻をくすぐり、コクマルガラスの鳴き声も聞きとれた。子供時代に見慣れた風景というのは何にもまして鮮烈だ。場所がどこだろうと、どんな眺めだろうと、目にするもの耳にするものすべてが、のちに出会う景色や音とはまた違った感動を呼び覚ます。それはその人の一部となり、もはや逃れることはできないのだ。

五十年の歳月がたちまち消え去り、モールヴァーン・スター社の緑色の自転車に妹をひとり乗せて、生垣沿いを疾走する自分の姿をそこに見ていた。日焼けした肌、金色に輝く脚の産毛、かさぶたのできた膝小僧。もう遠い昔のことなのに、つい昨日のことのように思われた。

「テレビなの？」

はっと目を上げると、アイリスがバックミラー越しにこっちを見ていた。「え、何の話？」

「インタビューよ。姉さんをすっかりご多忙にしているやつ」

「ああ、その話ね。実はシリーズものでね。月曜日にもう一度、続きを撮る予定なの」

「ローズから聞いたわ、明るいうちにロンドンに戻るんですってね。それはテレビで放送されるのかって訊いたのよ」

ローレルは小さく呻いてから、質問に答えた。「伝記シリーズの一本でね、放送時間は一時間くらい。一緒に仕事をした演出家や役者のインタビューがはいって、昔の映像や子供時代の写真とか……」

「ちょっとローズ、聞いた？」アイリスがきっとなった。「子供時代の写真ですってよ」運転席から腰を浮かさんばかり、バックミラーから睨みつけてくる。「わたしのすっぽんぽんの写真とか、それに近い格好のものだけは勘弁してよね」

「あら、それは残念」ローレルは黒いパンツについた白い毛をつまみながら言った。「話の種としたら最高なのに。だったら何を話せばいい？」

「カメラを向けられるのは姉さんだけで結構よ。何か思いつくでしょうよ」

ローレルは思わずこぼれそうになる笑みを包み隠した。このごろは丁重に扱われるばかりだったから、毒舌の達人とやり合えるとほっとする。

だが、争いごとを好まぬローズは気を揉みだした。「ほら、見て見て」町のはずれの取り壊された区画のほうに両手を振りたてながら言った。「あそこにスーパーマーケットができるんですってよ。呆れちゃうでしょ？　すでに三つもあるのにね」

「まったく、馬鹿な話よね！」

アイリスの癇癪《かんしゃく》の矛先がすんなり逸《そ》れてくれたおかげで、ローレルはシートにもたれ、車窓に目を戻した。車は街の中心部を走り抜けた。ハイストリートの幅が徐々に狭まり田舎道へと姿を変え、ゆるいカーブにさしかかった。この道筋は、目を閉じていてもいまどこにいるかわかるほど、ローレルにはなじみのものだった。前の席の会話が途切れた。道がさらに狭まり、頭上の木々が密度を増した。やがてアイリスがウィンカーを出し、《グリーンエイカーズ》の看板から続く私道へと車を進めた。

家はゆるい坂を上りきった先の、草地を見渡せる場所に昔通りの姿で立っていた。それはそうだ、家というのは建てられた場所にずっとありつづけて当然だ。アイリスが車を停めた場所は、母がようやく処分に同意するまで父の古ぼけたモーリス・マイナーが置いてあった平地だ。

「あそこの庇《ひさし》、だいぶくたびれたわね」とアイリスが言った。

ローズがうなずいた。「なんだか家が悲しげに見えない？　こっちに来てみて、雨漏りを見つけたの」

ローレルは車のドアを閉めたが、木戸に向かう妹たちのあとは追わなかった。手をポケットに入れてその場に立ちつくし、目の前の景色全体――下は庭から、上は陶器の煙突覆いに至るまで、あらゆるもの――を、頭に焼きつけた。ダフネを籠に載せて下におろすのに使った出窓、寝室の古いカーテンを張って劇場のような舞台をこしらえたバルコニー、煙草をこっそり独学した屋根裏部屋……。

この家はわたしのことを憶えている――突如ローレルはそんな思いに駆られた。

自分がロマンチックな人間だとは思わなかったが、降って湧いたような感慨がやけに強烈だったせいで、板壁と赤煉瓦の煙突、濃淡のまだら模様を見せる屋根瓦、それと、妙な位置に窓がある切り妻屋根のこの家が、記憶力を具えた存在にふと思えてきた。いまも窓ガラスを通して、こっちをじっと見つめてくるのがひしひしと伝わってきた。家は過ぎ去った日々を振り返り、目の前にいるデザイナーズ・ブランドのスーツを着た初老の女性と、ジェイムズ・ディーンの写真に夢中だった娘とを結びつけようとしているのだ。いまここに立つ人間をこの家はどう思っているのだろうかと、ローレルは気になった。

無論、馬鹿げた空想だ――家は何も思いはしない。人にしろ物にしろ、憶えているわけがない。家を憶えているのはローレルのほうであって、その逆はない。忘れようがないではないか。

ここが我が家になったのは二歳のとき。その後十七歳までここで暮らした。訪れるのは久しぶりだった——たまに病院に見舞うことはあっても、《グリーンエイカーズ》に立ち寄ることはなかった——なにしろ多忙な日々だったのだ。ローレルはツリーハウスにちらっと目を向けた。いや、あえて多忙になるよう自分を仕向けてきた。

「玄関の位置を忘れちゃうほどご無沙汰ってことはないでしょうに」アイリスの声が玄関ホールから聞こえてきた。すでに家にはいってしまい姿は見えないのに、声だけがまだそこにとどまっている。「ちょっと姉さん、いくら待ったって、執事がバッグを運んでくれるわけじゃありませんからね！」

ローレルはやれやれとばかり、ティーンエイジャーのように目を回して見せると、スーツケースを手に家のほうに歩きだした。足許の煉瓦敷きの小道は、いまから六十数年前のある晴れた夏の日に、母がここを見つけたときのまま……。

ドロシー・ニコルソンは《グリーンエイカーズ》をはじめて目にした瞬間、これこそ子育てにうってつけの家だと直感した。家探しをするつもりなどなかった。戦争が終わってまだ数年、ふたりに蓄えがあるはずもなく、姑の好意で下宿屋の一室に暮らしていた（無論、これまで通りメイド仕事を続けるのが条件——慈善事業じゃありませんからね！　というわけだ）。この日ドロシーとスティーヴンは、ピクニックをするつもりで出かけたにすぎない。

七月半ばに休みが一日貰えたのも珍しいことだが、まだ幼いローレルの世話をスティーヴンの母親が買って出てくれたのも、滅多にない僥倖《ぎょうこう》だった。ふたりは夜明けと同時に起き出し、モーリス・マイナーの後部座席にバスケットとラグを積みこむと、これといった計画も立てず西に向かって出発した。しばらくは順調だった――夫の膝に手を預け、夫の腕に抱き寄せられ、開け放った窓から暖気が流れこみ、このまま何事もなくいくはずだった。パンクさえしなければ。

ところがパンクした。そこで車を路肩に寄せて、破損具合を調べた。無残にも釘がタイヤに突き刺さり、一目瞭然、紛うかたなきパンクである。

ふたりは若かったし、愛し合ってもいたが、何をするときも常に一緒というわけではない。だからこの日もそうだったわけで、でなければ無駄に終わったであろう一日が無駄にならずにすんだのだ。夫がタイヤを交換しているあいだ、ドロシーは草の生い茂る丘に登り、ピクニックラグを広げられそうな平らな場所を探すことにした。そして、丘の上に《グリーンエイカーズ農場》を見つけた。

これはローレルの想像が生んだ話でも何でもない。《グリーンエイカーズ》を手に入れるまでの経緯は、ニコルソン家の子供たちの頭にすっかり刷りこまれていた。ドアを叩いたドロシーを訝《いぶか》しげに迎え入れた老農夫の頭を掻く仕草、居間の暖炉に巣を作る鳥たちの横で、農夫がお茶を淹れてくれたこと、床のあちこちにできた穴に板を渡してある様子。だがこの話の何より肝心な点は、きっとここで暮らすことになると直感したという我らが母の確信を、誰ひとり疑わなかったということだ。

母が何度も話してくれたように、この家が母に語りかけてきたのであり、母はその声を聞き取り、互いに深く理解し合える仲になったのだ。この家は気位の高い老婦人のようなもの、少少くたびれていて、そこそこ偏屈だった——誰だってそうなって当然ではないのか？　劣化がかつての威厳を覆い隠していることは、母も気づいたという。だがこの家は誇り高く、凛《りん》として、子供たちの笑い声や家族愛を育み、オーヴンでローズマリー風味のラム肉が焼けるにおいをもたらしてくれる、そんな場所に思えたのだと母は言った。過去を振り返るのではなく、新しい家族を心から歓迎したい、共に成長したい、新しい家風を喜んで受け容れたいと思っている、そんな育ちのいい表情をこの家はしていたのだと。このときローレルははたと気づいた。これまで思いもしなかったが、母が描き出すこの家は、母の自画像だったのかもしれないと。

玄関マットで靴の泥をぬぐい、家に足を踏み入れた。床板は懐かしい音をたててきしみ、家具の配置も昔通りだったが、それでも何かが違っていた。空気がよどみ、異臭が鼻をついた。カビだ。それも無理からぬこと——母が入院してからずっと閉めきりになっていたのだ。ローズも孫の世話の合間に時間を見つけては手入れをし、ローズの亭主フィルもできるだけのことをしてくれていたが、人が住みつづけているような状態に保てるはずもない。人のいた痕跡がいかに素早く消されてしまうものか、文明がいかに易々と野生に座を奪われてしまうものか、そんな不穏な思いに駆られながら、ローレルは身震いを封じこめた。

ともすれば落ちこんでしまう自分を叱咤すると、いつもの癖で玄関ホールのテーブルの下に積まれた紙束の上にバッグ類を置いた。そのまま深く考えもせずキッチンに向かう。そこは学校の宿題をやったり、絆創膏を貼ってもらったり、失恋の悔し涙を流したりした場所でもあった。外から戻ると誰もが真っ先に行く場所だった。ローズとアイリスはすでにそこにいた。ローズが冷蔵庫脇の照明スイッチを入れると、ブーンと電気の流れる音がした。ローズは両手をこすり合わせ、「さてと、お茶でも淹れるわね」

「何よりだわ」アイリスはパンプスを脱ぎ捨てると、黒いストッキングにつつまれた爪先を短気なバレリーナのように前後に曲げた。

「ワインを持ってきたけど」ローレルが言った。

「あら、先に言ってよ。だったらお茶はパス」

ローレルがスーツケースからワインを取りに行くあいだ、アイリスは食器棚からグラスを出した。

「ローズはどうする?」とグラスを掲げて見せ、キャッツアイタイプの眼鏡フレームの上辺で目をぱちくりさせた。その瞳の色はボブに切りそろえた髪と同じダークグレーだ。

「あらら」ローズは腕時計に何度も目をやり、おろおろしている。「そうね、どうしようかな。まだ五時を回ったばかりだし」

「何言ってるの、ローズったら」ローレルは油でべとつくカトラリーの引出しをあさり、ボトルオープナーを探した。「老化防止成分がたっぷり含まれているのよ」オープナーを取り出し、べとつく指をこすり合わせる。「健康食品そのものですからね」

「ふむ……じゃあいただこうかな」

ローレルはコルクを抜き、注ぎはじめた。グラスを一列に並べて、きっちり同量になるよう按配する。ついやってしまう癖に気づいてにやりと笑う——子供時代に逆戻りだ。何はともあれアイリスはご満悦だろう。どの家の兄弟姉妹にとっても公平な分配は重大事だろうが、我が家にあってはそれは命がけの戦いだったのだ。母はよく言ったものだ、いちいち数を数えるんじゃありません。他人より多く欲しがる女の子はモテないわよ。

「ちょびっとでいいわ」ローズはおずおずと言った。「ダフネが来る前にひっくり返っちゃまずいもの」

「そう言えば、彼女から連絡はあったの？」なみなみ注いだグラスをアイリスに渡す。

「病院を出る間際にね……言わなかった？　やだ、うっかり忘れてた！　道の混み具合にもよるけど、六時ごろになるだろうって」とローズ。

「じきに来るとなると、夕食の材料をかき集めておかなくちゃね」アイリスは食品棚の扉を開け、椅子の上に膝をついて消費期限を調べはじめた。「あなたたちふたりに任せたら、トーストとお茶だけになりかねないもの」

「手伝おうか？」ローズが言う。

「いいえ、結構よ」アイリスは振り返りもせず、手で追い払った。「助っ人は無用よ」

ローズがローレルをちらっと見た。ローレルはローズにワイングラスを渡すと、ドアのほうを手振りで示した。押し問答はやるだけ無駄。これは神聖にして侵すべからざる家族のしきたりなのである。アイリスは決まって料理を買って出るくせに、自分はいつも損な役回りばかりだと感じている。そんな殉教者気分に黙ってひたらせてあげるのもささやかな思いやりだと、姉妹は心得ていた。

「どうしてもって言うなら、あとはよろしくね」ローレルは自分のグラスに少し多めにピノを注ぎ足した。

ダフネの部屋がちゃんと整っているかどうかを確認しに、ローズが二階に上がっているあいだ、ローレルはワインを手に庭に出た。昼間の雨で洗い流された大気がすがすがしく、大きく息を吸いこんだ。ブランコが目に留まり、そこに腰をおろして、ヒールを履いた足で前後にゆっくり揺らした。ブランコは、母の八十歳の誕生日を祝う子供たち全員からの贈り物だった。母はすぐさま、古い樫の木の枝にぶら下げたいと言った。もっと眺めのいい場所はほかにもあったが、それを言いだす者はいなかった。そこからの眺めはがらんとした草地ばかり、よその人が見ればたしかにそうだが、面白みに欠けるこの眺めにこそ意味があるとニコルソン家の人間は知っていた。細長い葉がそよぐこの草地は、父が倒れ、息を引き取った場所なのだ。

記憶はいかようにも変えられるあやふやなもの。ローレルは記憶を操作し、あの日の午後の、まさにこの場所に我が身を置いてみた。手をかざして陽射しを遮りながら、十代の一途な眼差しを草地に走らせ、一日の仕事を終えた父が姿を現わすのを待つローレル。駆け寄って父の腕にしがみつき、並んで家に戻っていくローレル。だがもうひとつの記憶では、父が草の上を歩いてくるのを見守る自分がいた。父が足を止めて夕日を眺め、ピンクに染まる雲の縁を心に刻みつけ、いつものように「夕空赤いと羊飼いよろこぶ」と口ずさむ。その瞬間、父の体がこわばり、あえぎ声があがる。手で胸を押さえたかと思うと、そのまま前のめりに倒れる。

だが実際は違った。そのときローレルは地球の反対側にいた。年齢も十六ではなく五十六歳になっていた。LAで授賞式のための着替えをしながら、充塡液やボツリヌス菌溶液を顔に注入していないのはこのわたしくらいだろうかと、ぼんやり考えているところだった。父の死を知らされてもすぐにはぴんと来ず、アイリスが残した留守番メッセージを聞いてようやく理解したのだった。

そう、夏の昼下がり、十六歳のローレルの目の前で倒れて死んだのは、別の男だ。

ローレルはマッチを擦って煙草に火をつけると、目をすがめて地平線を眺めながら煙草のパッケージをポケットに戻した。母屋と庭は太陽に照らされていたが、草地の先の雑木林に近い畑地は陰に沈みはじめていた。目を上げると、ブランコの錬鉄製の吊り金具のすぐ上の葉群越しに、ツリーハウスが見えた。木の幹に材木を釘留めした梯子はいまもあったが、そのうちのいくつかは一方の釘が抜け落ち、斜めにひしゃげている。梯子の横木に、誰が掛けたのか、ピンクと紫色のきらきら光るビーズのネックレスが掛かっていた。たぶんローズの孫だろう。

あの日ローレルは、この木の上からゆっくりと地面に下り立ったのだった。

煙草を深く吸いこみ、記憶をたどった。ツリーハウスのなかであえぎ声とともに意識を取り戻すと、男の人とナイフと母の怯えた顔をたちまち思い出し、梯子のところまで這っていった。

地面に足が着いても梯子の両端を握りしめ、ざらざらした木の幹におでこをつけたまま身じろぎもせず、心を落ち着かせた。どこに行けばいいのか、次に何をすればいいのかわからなかった。ふと馬鹿げた考えが頭に浮かんだ。そうだ、川に行こう。妹たちや弟のところへ行けばいい。きっと父さんはクラリネットを手にうっとりとした顔で……。

だがここで、彼らの声が聞こえないことに気づいたのではなかったか。

そこで家に向かった。そっぽを向いて、熱く焼けた煉瓦の小道を裸足で進んだ。一瞬、花壇脇にある白い大きな物体が目の隅をかすめ、そこにあるべきものでないことがわかると、うつむいたまま視線を逸らし、足早に通り過ぎた。そうやってそちらに一度も目を向けぬまま、ちらとも視界に入れずに家にたどり着けたら、玄関をくぐれたら、すべてが正常に戻るはずと、いかにも子供じみた荒唐無稽な願望を働かせていた。

無論ショック状態にあったはずだが、その自覚はなかった。まるで現実世界をするりと抜け出せる魔法の外套をまといでもしたように、不思議に冷静でいられた。お伽噺《とぎばなし》の主人公がページの外に出てみたらお城そのものが眠りについていることに気づく、そんな感じだった。ローレルは立ち止まって倒れたフラフープを立てかけ直し、玄関をくぐった。

家のなかは不気味に静まり返っていた。太陽はとうに屋根の背後に隠れ、玄関ホールは暗かった。戸口でちょっと立ち止まり、目が慣れるのを待った。鉄の雨樋が冷えていくときにたてるパチパチという音が聞こえた。それは夏を告げる音、夏休みならではの音、蛾が明かりに群れる暑く長い黄昏時を知らせる音だった。

絨毯敷きの階段を見あげ、妹たちは二階にいないとなぜかわかった。玄関ホールの振り子時計がチクタクと時を刻むなか、母さんも父さんも弟もみんないなくなってしまったという思いに襲われた。自分ひとりが、外の白いシーツに包まれたものと一緒に取り残されてしまったと。そう思った途端、背筋に悪寒が走った。そのとき居間のほうでドンッという音がし、はっと振り返ると、火のない暖炉の前に立つ父の姿が目にはいった。珍しく、険しい顔だった。一方の腕をだらんと下げ、もう一方の手を拳に固めて木製のマントルピースの上に置き、こう言った。

「なんということだ、幸い家内は無事だったからいいようなものを」

男の声がした。ドアの向こうの、ローレルの位置からは死角になっている場所にいるらしい。

「お気持ちはお察しします、ニコルソンさん。これも職務でして、そこをご理解いただきたいのです」

ローレルは忍び足で近づいていき、開いたドアからもれる明かりの輪のなかで立ち止まった。母はアームチェアに腰かけ、腕に幼い弟を抱いていた。弟は眠っていた。その天使のような横顔がローレルに見て取れた。母の肩に預けたふくよかな頰が、ひしゃげていた。

部屋にはほかに、男の人がふたりいた。頭の禿げかけた男はソファにすわり、若い男は窓辺に立ってメモを取っていた。警官だ、と気づいた。警察の人に決まっている。何か恐ろしいことが起きたのだ。日当たりのよい庭にあるあの白いシーツ。

年長のほうが口を開いた。「奥さん、男に見憶えはありませんか？　以前どこかで会ったことがあるとか？　どこかで見かけたとか？　遠くからでも」

母は答えなかった。というか、誰の耳にも声は届かなかった。息子の頭に口を押しつけるようにしてつぶやいていた。その唇が動くと、弟の細い毛がかすかに揺れた。母に代わって父が声を荒げた。「知るわけないでしょう。家内がさっき申しあげた通り、相手をまともに見てもいないんですよ。お宅らがまずやるべきは、奴の人相と、新聞に出ていたピクニック場荒らしの犯人の人相とを比べることじゃないんですかね」

「あらゆる線を考えて捜査はします、ニコルソンさん、ご安心ください。ただ、お宅の庭に死体があり、そこに至る経緯をご存じなのは奥様だけなので」

父はかっとなった。「あの男は家内を襲ったんですよ。これは正当防衛だ」

「実際にご覧になったのですか、ニコルソンさん？」

年長の警官の声に焦燥の色がにじみ、ローレルは恐ろしくなった。一歩後ろに退いた。自分がここにいることは誰も気づいていない。ならばわざわざ知らせるまでもないだろう。このまままそっと立ち去り、床をきしませないようにして階段を上り、ベッドに縮こまっていればいい。大人の世界のややこしいごたごたは大人たちに任せ、すべてが終わった段階で見つけてもらおう。すべて片づいてから話してもらえれば……。

「どうなんです、ニコルソンさん、その場にいらしたとでも？　その目でご覧になったんですか？」

だがローレルは居間のほうに吸い寄せられた。暗い玄関ホールとは対照的にランプがともる室内、不可解な光景、父の張りつめた声、そのたたずまいが醸《かも》し出す由々しき事態の気配に引き寄せられた。ローレルには昔からそういうところがあった。どんなことでも首を突っこみたくなり、頼まれなくても手伝いを買って出ようとし、除け者扱いされたまま眠りにつくのをひどく嫌った。

ローレルはショック状態にあった。仲間を求めていた。自分をもてあましていた。何がそうさせたのか、気がつけば舞台の袖から進み出て、場の中心に立っていた。「わたし、そこにいました。あの男の人を見ました」

父がはっと目を上げた。驚愕の色を浮かべていた。素早く妻に目を走らせ、ローレルに目を戻した。口を開いた父の声はいつもと違っていた。かすれていて早口で、呼吸音に近かった。「ローレル、よすんだ」

全員の視線がローレルに集まった。母、父、ふたりの男。続く台詞《せりふ》がきわめて重要なことはわかっていた。父の視線を避けて口を切った。「男の人が家に来ました。そして弟につかみかかろうとしたんです」本当につかみかかろうとしていたのか？　この目で見たという確信があった。

父が眉をひそめた。「ローレル……」

今度はさらに素早く決然と、ことを進めた（それが当然だろう。もう子供ではないのだ。ベッドにもぐりこんで大人たちが事態を収拾するのを待つなんて嫌だ。わたしはもう大人、演じるべき役がある。それも、重要な役が）。スポットライトを浴びながら、ローレルは年長の男の視線を捉えた。「揉み合いになったんです。わたし見てました。男の人が母に襲いかかり、それから……男の人が倒れたんです」

一瞬、誰もが口を閉ざした。ローレルは母に目をやった。もはや弟に向かってつぶやきをもらしてはおらず、弟の頭の陰から、ローレルの肩先を通り越したどこか一点をじっと見つめていた。誰かの淹れた紅茶があった。ローレルはその後の長い歳月、そんな些細なことも忘れずにいた。誰がお茶を用意したのだろう、だが誰ひとり口をつけていなかった。カップは部屋のあちこちのテーブルの上に、ひとつは窓框の上に、手つかずのまま置かれていた。玄関ホールの振り子時計がチクタクと時を刻んでいた。

やがて禿げかけた男がソファの上で居ずまいを正し、咳払いをした。「ローレルさん、でしたね?」

「はい」

父がふうっと息を吐き出した。まるで風船がしぼむような大きな音だった。それからローレルを手振りで示しながら口を開いた。「うちの娘です」根負けしたと言いたげな声だった。「いちばん上の子です」

ソファの男はローレルをじっと見つめ、それから口角を上げたが、大きな笑みではなかった。「こっちにおいで、ローレル。ここにすわって、最初から話を聞かせてくれるかな。きみが見たことを全部」

# 5（サフォーク　一九六一年）

ローレルは警察官に見たままを語った。ソファの端におずおずと腰をおろすと、父が仕方なしに促すのを待って、その日の午後、どう過ごしていたかを話しはじめた。目にしたすべてを、起こった通りに。ツリーハウスで本を読んでいたこと。それから男の人がやって来たので、その様子をずっと見ていたこと。

「なぜずっと見ていたの？　何かおかしな点でもあったのかな？」警官の声にも口ぶりにも、期待らしきものは微塵も感じられなかった。

ローレルは眉根を寄せ、細部まですっかり思い出そうとした。自分が価値ある目撃者だということを証明したかった。たしかに怪しかったのだ。男は走っていたわけでもわめいていたわけでもないし、奇矯な振舞いに出たわけでもない。にもかかわらず男は――天井に目をやり、的確な言葉を探した――いかにも邪悪そうだった。そう口に出し、選んだ言葉に満足を覚えた。男には邪悪な雰囲気があった、だから怯えた。いや、なぜ怯えたのか、正確なところはうまく伝えられなかった。

その後に起こったことが、第一印象を微妙に歪めているかもしれないと思ったのか？　ごく普通のものが実際より危険に見えてしまっただけなのか？

いや違う、ローレルには確信があった。あの男には恐怖心を掻きたてる何かがあったのだ。

若い警官が手帳に何か書き留めた。ローレルはふうっと息を吐いた。気まずさから両親のほうを見られなかった。

「男が家に来たときの様子は？　そのあとどうなったの？」

「家の角をじりじりと回りこむというか、ふだん家に訪ねてくる人より、とても用心深そうな感じで――こそこそしているというか――そこに母が弟を抱いて家のなかから出てきたんです」

「弟さんを抱いていた？」

「はい」

「ほかにも何か持っていた？」

「はい」

「何を？」

ローレルは頬の内側を嚙み、銀色のきらめきを思い浮かべた。「バースデー・ナイフを持っていました」

「それがそのナイフだとわかったんだね？」

「特別の行事のときに使うナイフなので。柄のところに赤いリボンが巻いてあるんです」

警官の態度に何ら変化はなく、一呼吸あってさらに質問が続いた。「それから何があったの?」

ローレルには用意ができていた。「男の人が、母と弟に襲いかかったんです」

男が弟のほうに身を乗り出すさまを語るうちに、陽射しの反射で写真の細部が見えにくくなるような、そんなごくわずかな疑念が頭の隅をかすめた。一瞬ためらい、自分の膝に目を落としながら、そのときの情景を頭のなかに再現しようとした。そして先を続けた。男はたしかにジェリーのほうに手を伸ばした。そうだ、両手を前に突き出し、母さんの腕から弟をもぎ取ろうとした。それで母さんは危険を察知して、ジェリーをさっと男から遠ざけた。すると男は母さんの手からナイフを奪おうとしたので、揉み合いになり……。

「で、どうなった?」

若い警官は手帳に音をたててペンを走らせ、ローレルが言ったことをすべて書き取っていた。ペンの音がやけに大きく、ローレルの体はかっと火照《ほて》り、室内はますます息苦しくなった。父さんはなぜ窓を開けないのかと気になった。

「それから?」

ローレルは大きく息を呑みこんだ。口のなかがからからだった。「母がナイフを振り下ろしました」

ペンを走らせる音以外、何ひとつ聞こえない。ローレルの頭に、そのときの情景がまざまざと甦《よみがえ》った。男が、黒っぽい顔の、異様に大きな手をした恐ろしげな男が、母につかみかかって危害を加えようとし、続いて弟をも傷つけようと……。

「そして男はその場に倒れこんだ？」

ペンの音がやんだ。窓辺の若い警官は手帳越しにローレルを見つめていた。

「男はすぐに地面に倒れたんだね？」

ローレルはおずおずとうなずいた。「だったと思います」

「確信はない？」

「その先はよく憶えていないんです。気絶してしまったみたいで。意識が戻ったときは、ツリーハウスのなかにいました」

「それはいつのこと？」

「ついさっきです。それでここに来ました」

年長の警官が周囲にもわかるほどの音で、ゆっくりと深呼吸をした。そして口を開いた。

「こっちが知っておくべきことは、ほかに何かあるかな？　見たこと聞いたこと、どんなことでもいいよ」禿げあがった部分に手を走らせた。その瞳は薄いブルー、灰色に近かった。「ゆっくり時間をかけて考えてみて。どんな些細なことでも捜査には重要だからね」

何か言い忘れていることがあるだろうか？　ほかに見たり聞いたりしたことはあっただろうか？　じっくり考えた。なさそうだった。大丈夫、何もかもすべて話しきった。

「何もない？」

はい、と答えた。父は両手をポケットに突っこんだまま、眉の下から睨みつけていた。

ふたりの警官はちらりと視線を交わし、年長のほうが軽くうなずくと、若いほうがぱたんと音をさせて手帳を閉じた。事情聴取は終わった。

その後ローレルは自室の出窓に腰かけ、親指の爪を嚙みながら、木戸のそばにたたずむ男三人の姿を見つめていた。三人はさほど多くの言葉を交わすわけでもなく、ときおり年長の警官が話しかけると、父が暮れはじめた地平線のほうをあちこち指さしながらそれに答えるというふうだった。ひょっとしたら農作業の方法や、この時季の暑さのこと、サフォーク州古来の土地活用法などを話題にしていたのかもしれないが、ローレルにはそうは思えなかった。

一台のいかついバンがこちらに向かってやって来ると、先の若い警官が坂の上で出迎えた。丈の高い草の上を大股で進み出ると、後ろを振り返って家のほうを手振りで示す。バンの運転席から現われた男が後部の荷台からストレッチャーを引き出すのを、ローレルは見守った。しばらくしてこれが庭を横切り戻ってくる途中で、死体を覆うシートがはためいた（シートはさほど白くないことがこのときわかった。血に染まった箇所が黒ずんでいた）。ふたりがストレッチャーを運びこむとバンは走り去った。警官たちも引き揚げ、父が家にはいってきた。玄関ドアの閉まる音が、床越しに二階まで届いた。ブーツを脱ぎ捨てる音——ドン、ドン——続いて靴下だけの静かな足音が、居間にいる母のほうへゆっくり進んでいった。

ローレルはカーテンを閉めると、窓に背を預けた。警官は立ち去った。自分は本当のことを話した。脳裏に甦ったもの、あのとき起こったことすべてを話した。なのにどうして、こんな気持ちになるのだろう？　妙な気分、あやふやな気分だった。

ベッドに寝そべり、祈るときのように指をからませた両手を膝のあいだにはさみこみ、体をぎゅっと丸めた。目を閉じたが、銀色のきらめき、白いシート、母の顔がまぶたの裏に浮かんできて、すぐにまた目を開けた、あのとき男は母の名前を……。

ローレルははっと身を固くした。男は母さんの名を口にしたのだ。

そのことを警官に告げなかった。ほかに見聞きしたことで憶えていることはないかと訊かれたのに、ないと答えた。何もありませんと。だが、あったのだ……。

部屋のドアが開き、ローレルはさっと身を起こした。年長の警官が戻ってきて、叱られるのではと咄嗟に思った。しかしはいってきたのは父だった。隣家に預けてある子供たちを連れ戻しに行ってくると伝えに来たのだ。ドアのところで父は、ノブをとんとん叩きながら何かためらっているようだった。ようやく口を開いたが、声がかすれていた。

「ショックだったね。こんなことが起きるなんて」

ローレルは唇を噛んだ。これまで一度も体験したことのないような激しい嗚咽《おえつ》が、心の奥底からいまにも噴き出しそうだった。

「母さんは立派だった」

ローレルはうなずいた。

「母さんはよく頑張った、そしておまえも偉かったよ。警官にしっかり対応していたね」

ローレルは口ごもった。涙がじわっと湧きあがった。「ありがとう、父さん」

「警察の話では、あの男は新聞に出ていた容疑者らしい。川の近くで悪さを働いている男だとね。人相も一致するし、母さんを襲うなんてそれ以外あり得ないさ」

たしかにローレルもそう考えたのだ。あの男を目にした瞬間、新聞に出ていた男だと思ったのではなかったか？　ローレルは途端に気が楽になった。

「で、ひとつ頼みがあるんだ」父は両手をポケットに入れてちょっとゆすってから、先を続けた。「母さんとも話し合ったんだが、今回のことはほかの子たちには伏せておくのがいいだろうってことになってね。あの子たちにはまずもって理解できないだろうし、それなら、よけいなことは言わないほうがいい。できればおまえにも、ずっと離れた場所にいてもらいたかったが、こうなってしまったからには仕方ない」

「ごめんなさい」

「謝ることなんてないさ。おまえが悪いんじゃない。警察に協力してくれたし、母さんを助けることにもなった。一件落着だよ。悪人がやって来たが、すべてうまく収まった。もう心配することは何もない」

父はちょっと口許を歪めて微笑んだ。「おまえはたいした娘だよ、ローレル。じゃあこれからみんなを迎えに行ってくるからね。今日のことはわたしたち三人だけの秘密だよ、いいね？　よし、いい子だ」

かくして秘密は守られた。我が家の語られざる一大事件となった。妹たちの耳にはいることはなかったし、ジェリーはまだ幼かったから憶えているはずはなかった。だがそれが見こみ違いだったことは、あとになってわかった。

妹たちは当然のこと、何かとんでもないことが起きたらしいと感づいていた――バースデー・パーティの最中にいきなりひとまとめにされてお隣の家に送りこまれ、買いたてのデッカ社のテレビの前にすわらされたのだ。その後数週間、父と母はふさぎこんでいたし、二人組の警官が定期的にやって来ては、閉めきった扉の向こうで何やら真剣な様子でひそひそ話をしていたのだから――だが、実はジェリーの誕生日に、ホームレスの男が草地で死んでいたのだと父が打ち明け、それでみんなは納得した。残念なことだが、そういうこともたまには起きるのだと、父は言ったのだ。

そのころから、ローレルの爪を嚙む癖はひどくなった。警察の捜査は数週間で打ち切られた。男の年齢と容貌がピクニック場荒らしの容疑者に酷似《こくじ》していたこともあり、犯行を重ねるうちに暴力性が高まるケースは珍しくないと警察は判断し、またローレルの目撃証言によって母の正当防衛も立証された。強盗未遂、九死に一生を得た被害者。新聞が派手に書きたてたくなるような要素はいっさいなかった。良識ある行動をよしとする時代だったことも幸いして、事件は三面に小さく扱うにとどめるという取り決めがなされた。芝居の幕は下り、一件落着となった。

しかし事件は尾を引いた。表面的にはふだんの暮らしが戻ってはきたが、ローレルの日常は心のざわめきにたえず脅かされていた。家族の者たちとの溝がさらに深まり、これといった理由もなく気分がころころ変わるようになった。あの事件が、事情聴取で自分が演じた役割が、警官とのやり取りが何度も頭のなかで再現され――なお悪いことに、言わずにすませてしまったことも思い出され――ひどいパニック状態に陥り、呼吸困難になったりもした。《グリーンエイカーズ》のどこにいても――家だろうが庭だろうが――自分の目にしたもの、取った行動に、がんじがらめになっているような気がしてならなかった。記憶はどこまでもつきまとった。逃れようがなかった。記憶の根っこともいうべき事件そのものがあまりにも不可解だったから、なおのこと始末が悪かった。

俳優養成学校のオーディションに合格したとき、ローレルは両親の懇願に取り合わなかった。家を出るのはせめてあと一年待つべきだ、Aレベル（高等教育終了統一試験）を終えてからにしてはどうか、妹たちのことを、何よりおまえになついている弟のことを考えてほしいと訴えられたが、聞く耳を持たなかった。最低限必要なものだけを荷物にまとめ、家族の許を去った。人生がいきなり方向転換したのだ。思いがけない嵐に、くるくる回る風見鶏のように。

ローレルは最後のワインを飲み干すと、草地の上を低く飛んでいくミヤマガラスのつがいを目で追った。誰かが巨大な調光器を操作したかのように、世界は闇に包まれつつあった。たいていの女優はお気に入りの言葉を持っている。ローレルの場合は〝薄暮《グローミング》〟だった。口に出して言うときの響きに具わる憂愁と寄る辺なさが心地よく、同時に〝輝き《グローイング》〟と似た響きもあって、光の破片《かけら》が闇を研磨してくれるような気がするからだ。

一日のうちのこの時間帯は、とりわけロンドンに出る以前の、子供時代と結びついていた。

それは父が一日の農作業を終えて家に戻ってくる時間であり、母が風呂上がりのジェリーの体を拭いている時間であり、妹たちが二階で、何度も繰り返されるアイリスの物真似に笑い転げている時間であり（大人になったアイリスが校長となり、今度は生徒たちから物真似される側になったのは何とも皮肉だ）、家に明かりがともり、石鹼の香りがたちこめ、樫材の大きなテーブルに夕食が並ぶ、昼から夜への転換点でもあった。一日を区切る自然界の節目を、このときもローレルは無意識のうちに感じ取っていた。実家にいながらにしてホームシックになっている、そんな気分だった。

草地の向こう、毎日のように父が行き来していた私道に、何か動くものがあった。ローレルははっとした。一台の車だった。白い車――それがはいってきた。ローレルは立ちあがり、グラスを振ってしずくを切った。すこし肌寒くなってきた。腕を体に巻きつけ、ゆっくりと門のほうに歩きだした。車が威勢よくヘッドライトを点滅させた。いかにもダフネらしいやり方だ。ローレルは手を振った。

## 6（サフォーク　二〇一一年）

夕食のあいだじゅう、ローレルは末の妹の顔に目を奪われていた。何らかの手が加えられていた、それも巧妙に。そのせいで光り輝いていた。「効果抜群の保湿剤を使いはじめたせいかもね」訊けばダフネはそう答えるだろう。嘘ではぐらかされるのは不愉快なので、訊かずにおいた。代わりに、ブロンドの巻き毛を揺らしながらダフネが〈ＬＡブレックファスト・ショー〉の裏話で一座を沸かせるのに調子を合わせ、うなずいて見せた。ダフネは番組の天気予報担当で、毎朝、チップとかいうニュース・キャスターとにぎやかな掛け合いを演じている。ダフネのとりとめのない独演が途切れることはほとんどなく、ようやくその隙間を捉えたローズとローレルは同時に口を切っていた。

「お先にどうぞ」ローレルはワイングラスを——見ればすでに空っぽ——ローズのほうに傾けながら言った。

「じゃあ言うわね。母さんのお祝いの会をどうするか、ちょっと話し合っておいたほうがいいんじゃないかしら」

「そうだ、それがあったわね」アイリスが言う。

「わたしだって考えてたわよ」とダフネ。

「だわよね……」

「決まってるでしょ……」

「わたしたち……」

「わたしなら……」

「ロージーはどうしたい？」

「そうね……」押しの強い姉妹たちに挟まれて苦労が絶えないローズ。ここでえへんと言って話しはじめた。「お祝いは残念だけど病院ですることになるわね。でも母さんにとって思い出深いものになるようなことを考えられたらなって思うの。家族の誕生日を何よりも大切にしていた母さんだし」

「わたしもそう言おうと思ってたのよ」ダフネがベビーピンクの爪をぴんとそろえて口を覆い、しゃっくりをごまかしながら言った。「何と言っても、これが最後になるでしょうしね」

沈黙が流れた。スイス時計の無遠慮な音だけが響きわたった。ついにアイリスが鼻息も荒く口を開いた。「あなたって人は……あっちに行ってから、ずいぶんと無神経になったみたいね」

まっすぐに切りそろえた鋼色のボブヘアに手をやる。

「あら、だって……」

「あなたの言わんとすることは、みんな百も承知よ」

「でも本当のことでしょ」

「そりゃそうかもしれないけれど、わざわざ口に出して言わなくたって」

ローレルは一同を見回した。アイリスは睨みつけていた。ダフネは悔しそうに青い目をしばたたいていた。ローズは、いまに千切れるのではと心配になるくらい、おさげ髪をしきりにひねっていた。ローレルはグラスのなかに溜息を吐き出し、口を開いた。「母さんの好きなものを持っていったらどうかしら。たとえば父さんのレコード・コレクションのなかの何枚かをかけるとか。そういうことを言いたかったのよね、ロージー?」

「ええ」ローズは助かったとばかり言葉を継いだ。「そうね、それがいいわ。それと昔よく母さんがしてくれたお話をみんなで再演するのはどうかしら」

「庭を下ったところにある門は妖精の国に続いているとかいう、ああいうやつね……」

「母さんが森で見つけたドラゴンの卵の話とか」

「母さんがサーカス団にはいりたくて家出した話もあったわね」

「そういえば、みんなでサーカスごっこをしたの、憶えてる?」アイリスが唐突に言った。

「あれはわたしのためのサーカスだったのよ」ダフネがワイングラスを干しながら、満面の笑みを浮かべた。

「まあ、そうだけど」アイリスが口をはさむ。「でもあれは……」

「わたしがひどい麻疹《はしか》にかかって、町に来ていたサーカスに行きそびれたからですからね」ダフネはそのときのことを思い返し、嬉しそうに笑った。「母さんが父さんに頼んで、草地のはずれにテントをこしらえてもらって、あなたたちみんなが道化師に扮装して、ローレルはライオンになって、母さんは綱渡りをやったのよね」

「あの綱渡り、結構さまになっていたわよね」とアイリス。「ロープから落ちそうで落ちないの。きっと何週間も練習したのね」

「でなければ、あの話は本当で、実際にサーカス団の一員だったのかもよ」ローズが言う。

「それに関しては、まんざら作り話じゃなかったりして」

ダフネはうっとりと溜息をもらした。「わたしたち、ああいう母さんの子に生まれてきて幸せよね？　ものすごくお茶目で、子供みたいなところが残っていて、よそのうちの退屈な母親たちとは大違いだったもの。学校の友達を家に呼んだときなんか、ちょっぴり鼻が高かったわ」

「あなたが？　ちょっぴり？」アイリスはわざと驚くふりをした。「よくもまあぬけぬけと……」

「母さんのお祝いに話を戻すわね」ローズがしきりに手を振りたてた。新たな舌戦に突入させないよう必死なのだ。「ケーキを焼こうと思うの、ヴィクトリア・スポンジをね。母さんの大好物だし……」

「そういえばあれ、どうなっちゃったのかしら」ダフネが勢いこんで言った。「ほら、リボンのついたナイフ……」

「赤いリボンのやつね」アイリスが言う。

「……それと柄が象牙だった。誕生日にはあれでなくちゃって、母さん、こだわってたでしよ」

「魔法のナイフだって言っていたわ、願い事を叶えてくれるのよって」

「そうそう、わたしなんかそれをずっと信じていたんだから」ダフネは頬杖をついて、うっとりと溜息をついた。「あの不思議なナイフ、どうしちゃったのかしらね」

「消えちゃったのよね」とアイリス。「それで思い出したわ。ある年に、あれが見当たらないんで母さんに訊いたら、どこかに行っちゃったって言ったの」

「この家から忽然と消えたものなんていくらでもあるじゃないの、ペンとかヘアピンとか、それと一緒よ」ローレルはすぐさま口を開いた。そして咳払いをした。「喉がからからだわ。もう少しワイン、持ってこようか？」

「あれを見つけられたらいいわね……」そんな声を聞きながら、ローレルは玄関ホールを横切った。

「それ、いいかも！　母さんのバースデー・ケーキをあれで切ったら……」

ローレルはキッチンに逃げこみ、ナイフ探しに乗り出そうと盛りあがる妹たちをどうにか煙《けむ》に巻いた（「どこかに紛れちゃうなんて、おかしいわよ」ダフネの声は熱を帯びていた）。

スイッチを入れると、キッチンがゆっくりと息を吹き返した。まるで、隠居の身になってなお店番をする律儀な老店主のようだった。ほかに人もおらず、蛍光灯のワット数を半分に落としてあるせいもあり、記憶のなかのキッチンよりわびしげに映った。タイルの目地は黒ずみ、並んだキャニスターの蓋はべとつく油膜にうっすらと覆われていた。いま目にしている光景は、母さんの視力が落ちた証拠だと思うと胸がざわついた。清掃代行業者を頼んであげればよかった。なぜそこに気づかなかったのか？　そうやってあれこれ自分を責めるうちに――後悔に際限なし――もっと頻繁に訪ねてきて、自ら掃除を買って出るべきだったと思うのだった。

とりあえず冷蔵庫だけは新調した。取り計らったのはローレルだった。ケルコ社の旧式冷蔵庫がついに壊れたとき、ローレルがロンドンから電話で注文して買い替えた。省エネタイプで製氷機もついていたのに、母さんはこの機能を一度も使わなかった。

冷やしておいた持参のシャブリを取り出し、ドアを閉めた。少し荒っぽく閉めたせいで、ドアに貼りついていたマグネットのひとつが外れ、留めてあった紙切れが床に舞った。それが冷蔵庫の下にもぐりこんでしまい、ローレルは舌打ちした。四つん這いになって、埃の塊と一緒に紙を回収した。地元紙『サドバリー・クロニクル』の切り抜きだった。アイリスが茶のツイード・スーツと黒タイツに身を包み、勤務校の前で校長然とした姿で写っている。せっかく救出した切り抜きだ、貼り直せそうなスペースを探した。言うは易く行なうは難し。ニコルソン家の冷蔵庫の扉は常にメモであふれ返っていた。どこかの誰かがメモを簡単に貼れるマグネットを売り出そうと思いつく前からそうだった。家族全員に知っておいてもらいたいことはすべて、白い大きなドアにセロハンテープを使って貼り出してあった。写真、賞状、お祝いカード、そして新聞・雑誌に取りあげられたものは必ず。

不意にひとつの思い出が甦った――一九六一年六月の夏の朝――あれはジェリーの誕生パーティの一か月ほど前のことだ。家族七人で朝食のテーブルを囲み、バターをたっぷり塗ったトーストにストロベリージャムを載せていたあの朝、父が地元新聞に載ったある記事を切り抜いた。それは母ドロシーの写真だった。賞を獲ったサヤインゲンを手に微笑む母。父さん以外の全員が顔を洗い終えたところで、父さんがこれを冷蔵庫にテープで貼りつけ……。

「ねえ、大丈夫?」

ローレルがはっと後ろを振り向くと、ローズがキッチンの戸口に立っていた。

「大丈夫よ。なんで?」

「しばらく姿が見えなかったものだから」ローズは鼻に皺を寄せ、まじまじとローレルを見た。

「それに、なんだか疲れたような顔だし」

「それはここの照明のせい」ローレルは言った。「この明かり、結核患者のような美しい頰の輝きを引き出してくれるのよ」ローズに表情を読み取られないようくるりと背を向け、栓抜きに意識を集中した。「ナイフ大捜索作戦は順調のようね」

「ああ、まあね。実のところ、あのふたりにかかると……」

「彼女たちのパワー、もっとましなことに使えたらいいのにね」

「同感だわ」

ローズがラズベリー・コブラーの焼け具合を見ようとオーヴンを開けると、しゅーっと蒸気があがった。母さん秘伝のプディング菓子だ。熱々のフルーツの甘い香りが室内を満たすと、ローレルは目を閉じた。

あの事件について尋ねる勇気を奮い起こすのに、何か月もかかった。両親は努めて前だけを見るようにして、あの事件はなかったことにしようと固く心に決めていたから、ローレルもあの男の夢を見るようにさえならなければ、決して口にすることはなかっただろう。だが毎晩のように同じ夢を見るようになった。家の脇に立つ男が、母の名前を呼んでいる夢を……。

「いい焼き加減だわ」ローズが焼き皿を引き出しながら言った。「母さんのには負けるけど、贅沢《ぜいたく》は言ってられないものね」

あれはロンドンに発つ数日前のこと、ローレルはキッチンの、まさにこの場所で母を捕まえたのだった。そして単刀直入に尋ねた。「ねえ、どうしてあの人、母さんの名前を知っていたの?」問いが唇を離れた瞬間、胃のあたりが激しく泡だった。答えを待ちながら、それは何かの間違いだと言ってほしい、そんな祈るような気持ちでいる自分に気がついた。ローレルが聞き違えただけで、男はそんなことは言っていないと。

母はすぐには答えなかった。そのまま冷蔵庫に向かい、ドアを開けて中をがさごそやっていた。ローレルは母の背中を見つめるうちに、永遠に思えるほどの時間が流れたように感じられ、あきらめかけたそのとき、母がようやく口を開いた。「あの新聞よ。新聞に載っていた記事を男は見たんだろうって、警察の人が言っていたわ。男の鞄《かばん》に新聞がはいっていたんですって。それでここに来たのね」

筋の通る説明だった。

つまり、ローレルは何としても納得のいく説明が欲しかった、その結果、得たのがこれだった。男は新聞で母の写真を見かけ、母の居場所を突き止めようとした。だから頭のどこかで

〝なぜ〟と囁く声がしても、ローレルはそれを払いのけてきた。あの男は頭がおかしかったのだ――まっとうな理由などわかりようがないではないかと。そもそもそれを知ってどうなるというのか？　もう終わったこと。ローレルが細い糸を執拗にいじり回さない限り、タペストリーはほつれずにすむ。描き出された模様は無傷のままでいられるのだ。

とりあえずはそれですんでいた――今日までは。何とも信じられないことに、五十年の歳月を経て一枚の古い写真に遭遇し、ある女性の名前がひょいと顔をのぞかせたことから、ローレルが勝手に織りあげていた記憶の布地はほころびはじめていた。

がちゃんという音とともに、焼き皿がオーヴンに戻された。「あと五分ね」ローズが言った。

ローレルはワインをグラスになみなみと注ぎ、無心を装った。「ねえ、ロージー」

「え？」

「今日、病院で見たあの写真の女性だけど、母さんに本をくれたとかいう……」

「ヴィヴィアン？」

「そう、その人」ボトルを置きながら、かすかな身震いが起きた。その名前に心当たりがあったのだ。「母さんからその人のこと、何か聞いてる？」

「ちょっとだけ、写真を見つけたあとにね。友達だったんですって」

ローレルは写真に記された数字、一九四一を思い出した。「戦時中よね」

ローズはうなずき、ティータオルを几帳面にたたんだ。「たいした話は出なかったけど。でもヴィヴィアンはオーストラリア人なんですって」

「オーストラリア人？」

「子供のころにこっちに来たんですって。理由までは聞かなかったけど」

「ふたりが知り合ったきっかけは？」

「何も言ってなかったわ」

「その人、どうしてうちに訪ねてこなかったのかしら？」

「さあ、わからないわ」

「変だと思わない？　その人のことがこれまで一度も母さんの口から出なかったなんて」ローレルはワインを口に含んだ。「なぜかしらね」

オーヴンのタイマーが鳴った。「喧嘩別れしたのかもよ。だんだん疎遠になったとか。よくわからないけど」ローズは手にミトンをはめた。「どうしてそんなに気にするの？」

「さあ、どうしてかな」

「じゃあ、食べましょうか」ローズはコブラーの載った皿を両手に抱えた。「焼け具合はばっちり――」

「そうか、死んだのよ」ローレルは咄嗟に確信した。「ヴィヴィアンは死んだんだわ」

「どうしてわかるの？」

「それは……」ローレルは息を呑みこみ、急いで前言を撤回した。「たぶんそうじゃないかって思っただけ。戦争中だもの。あり得るでしょ？」

「どんなことだってありよね」ローズはフォークでパイ皮を刺して、焼け具合を確かめた。

「たとえばこのプディングだって、存外いい照りが出たじゃない。さてと、向こうのおふたりさんと渡り合う覚悟はできた?」

「実を言うとね……」記憶の底からちらりと顔をのぞかせたあることを確かめたくて、すぐにも二階に上がりたくなった。「さっきあなたが言った通りなの。ちょっと疲れてるみたい」

「プディングは食べないの?」

ローレルは首を振ってドアに向かいながら、「悪いけど、今夜は早寝させてもらうわ。明日は体調を崩すわけにいかないし」

「何か持っていこうか——鎮痛剤? お茶?」

「いらないわ。気を遣ってくれてありがとう。でも、ひとついいかしら……」

「なに?」

「例の台本だけど」

「台本?」

「『ピーターー・パン』の——写真が挟んであったという本。それ、ある?」

「姉さんたら、おかしな人ね」ローズは口許を歪めて笑った。「あとで探して、持っていってあげる」ローズは顎でコブラーをさし示し、「あとでいいでしょ?」

「もちろんよ、急がないわ、すこし休みたいだけ。デザート楽しんでね。そうだ、ロージー?」

「え?」

「あなたひとりをやかまし屋さんたちのなかに返すことになっちゃって、ごめんね」

オーストラリアと聞いてぴんと来たのだった。母が語ったという話をローズから聞くうちに、ローレルの頭のなかに電球がぱっとともり、ヴィヴィアンがなぜこんなに気になるのかもわかった。さらには、もう何十年も前に、ヴィヴィアンの名前とはじめて遭遇した場面も思い出したのだ。

妹たちがデザートを食べ、決して見つかることのないナイフを探すあいだ、ローレルは屋根裏部屋に上がって自分のトランク探しにとりかかった。トランクは各自ひとつずつあった。これに関して母ドロシーは徹底していた。戦争を体験しているからだと父から聞いたことがある――コヴェントリーにあった母の実家は空爆を受け、母は愛するものすべてを失い、母の過去は灰燼に帰してしまった。だから子供たちにはそういう悲しい思いをさせたくないという強い思いがあったのだと。物を失う悲しみをすべてにわたって回避するのは無理としても、必要なときにすぐに取り出せるよう、クラスの集合写真の収納場所くらいは各自わきまえているよう躾《しつ》けられた。思い出の品々に対する熱い思い、身の周りの品への愛情――手に取って慈しむうちに、なおいっそう深い意味を持つようになった物への愛着――は母の場合、度を越していたし、あれこれためこむ癖もついていけないほどだった。何から何まで取っておいた。何ひとつ捨てなかった。家族内のさまざまなしきたりを信仰のごとく大事にする気持ちも人一倍強かった。その好例があのナイフだった。

ローレルのトランクは、父さんが結局修理できずに終わった壊れたラジエーターの横に押しこまれていた。表面にステンシル印字された名前を見るまでもなく、それが自分のトランクであることはすぐにわかった。なめし革のベルトと壊れたバックルが動かぬ証拠。目にした途端、そこに収められているはずのものを思い、胸が高鳴った。何十年ものあいだ一度も頭に浮かばずにいた品々がこれほど正確に心に甦るものなのかと、妙な気分だった。自分が探そうとしているものも、その手ざわりも、それを目にすれば湧きあがってくるだろう諸々の感情もわかっていた。それを収めたときに抱いた感慨のかすかな余韻を思い出しながら、ローレルはベルトをはずした。

トランクから立ちのぼる埃と湿気のにおい、そこに入り混じる名前も忘れたコロンの香りは、ローレルを十六歳当時に連れ戻した。紙類がぎっしり詰まっていた——日記、写真、手紙、成績表、カプリパンツ（くるぶし丈の細身のズボン）の裁縫型紙が数種——だがこれらをゆっくり懐かしむことはしなかった。次々に束を取り出しては素早く目を走らせていく。

左隅の中ほどに目指すものはあった。薄手の本、地味な装丁だが、ローレルにとってはさまざまな思い出を呼び覚ますものだった。

いまから数年前のこと、ハロルド・ピンターの『バースデー・パーティ』のメグ役に抜擢された。リトルトン劇場の舞台に立てる絶好のチャンスだったのだが、ローレルは断わった。あれはあとにも先にも、役者としてのキャリアより私情を優先させた唯一の出来事だった。映画の撮影スケジュールを辞退の理由にした。必ずしも嘘ではなかったが、本当でもなかった。理由は曖昧にしておきたかった。この芝居をやり遂げる自信がなかったのだ。この作品は一九六一年のあの夏と密接に結びついていた。あのころ何度も繰り返し読んだ本だった。あの若者が――当時あれほど夢中だったのに、おかしなことにいまでは名前すら出てこない――くれたのだ。台詞をすっかり暗記し、劇中の情景を自分の内面に渦巻く鬱憤や不満に染めあげることに夢中だった。そこへあの男がこの家の私道をやって来て、ローレルの頭と心をすっかりかき乱した。だからこの芝居のどの場面であれ、考えだすと途端に気分が悪くなってしまうのだ。

いまも肌がじっとり汗ばみ、鼓動が速くなっていた。幸い、必要なのは本それ自体でなく、そこに挟みこまれたものだ。まだそこにあるのは、ページからはみ出した紙を見ればわかった。二枚の新聞の切り抜き。一枚は、サフォーク州のある夏の日に起きた、ある男性の死亡事件をかなりぼかして報じた地元新聞のもの。もう一枚は『ザ・タイムズ』の訃報記事――これは友人シャーリーの父親がロンドンに行くたびに持ち帰る新聞から、こっそり切り抜いたものだった。シャーリーの家に遊びに行ったある晩のこと、彼女の父親が、「これ、見てごらん。きみの家の近くで死んでいた男のことが出ているよ」と言って見せてくれたのだ。かなり長い記事だった。死んだ男はふだつきの悪人どころか、《グリーンエイカーズ》の玄関先に現われるよりずっと以前は有名人で、賞賛の的だったことも知った。子供はなく、妻がいたとあった。

頭上の裸電球が投げかける光は文字を読むには弱すぎた。そこでローレルはトランクを閉じ、本を持って下におりた。

この日、ローレルにあてがわれた部屋は、かつて妹たちと一緒に寝起きした部屋で（これもまた長女に与えられた特権というわけだ）、おろしたてのシーツが敷かれていた。誰かが――たぶんローズだろう――スーツケースを部屋に運びあげてくれていたが、荷を解くことはしなかった。窓を大きく開け放ち、出窓に腰かけた。

指に煙草をはさんだまま、本のあいだから切り抜きを取り出した。地元紙の記事はやり過ごし、訃報記事を手に取った。行をざっと追っていき、そこにあるはずの文字が目に飛びこんでくる瞬間を待った。

三分の一ほど進んだところで、その名前に出くわした。

ヴィヴィアン。

ここでこの段落の先頭に引き返し、全体を読んだ。**ジェンキンズは一九三八年、オーストラリアのクイーンズランドに生まれ、その後オックスフォード在住の伯父の手で養育されたミス・ヴィヴィアン・ロングマイアと結婚した。**少し下った箇所にこうあった。**ヴィヴィアン・ジェンキンズは一九四一年、ノッティングヒル大空襲で命を落とした。**

ローレルは煙草を深く吸いこみ、吐き出した。指が震えていた。

言うまでもなく、ヴィヴィアンという女性はふたりいて、ともにオーストラリア人だという可能性はあるだろう。母の戦時中の友人と、うちの玄関先で死んだ男のオーストラリア生まれの妻ヴィヴィアンは別人だと。しかし果たしてどうなのか？

もしも母がヴィヴィアン・ジェンキンズと知り合いなら、ヘンリー・ジェンキンズとも知り合いだったに違いない。あの男が「やあ、ドロシー。久しぶり」と言ったとき、母の顔には間違いなく恐怖の色が浮かんだのだ。

ドアが開き、ローズがはいってきた。「気分はどう？」そう言いながら、煙草の煙に気づき、鼻をくしゃっとさせた。

「薬みたいなものよ」と、ローレルは煙草を振って見せ、その手を窓の外に突き出した。「父さんと母さんには黙っててね……外出禁止になったら困るもの」

「わたしは口が堅いから安心して」ローズはそばに来て、小ぶりの本を差し出した。「ちょっと傷《いた》んでいるわね」

傷んでいるどころではなかった。表紙は文字通り、数本の糸でかろうじてつながっているといった状態だったし、緑色の布張りの表紙は泥をかぶったように変色していた。なんとなく燻《いぶ》されたようなにおいからすると、煤《すす》ということも考えられる。ページをそっと繰っていき、タイトル・ページを開く。手書きの添え書きがあった。

ドロシーに
真の友は闇を照らす一条の光
ヴィヴィアン。

「母さんにとって大事なものだったんでしょうね」ローズが言った。「ほかの本と一緒に書棚に並べずに、トランクにしまいこんでいたわけでしょ。それも何十年間も」

「母さんのトランクを無断で開けたの？」母はプライバシーをことのほか大事にする人だ。ローズは顔を赤らめた。「そんな目で見ないでよ、姉さん。別に爪やすりで南京錠をこじ開けたわけじゃありませんからね。何か月か前、入院する直前にこの本を取ってくるよう頼まれただけなんだから」

「母さんが鍵を渡してくれたってこと？」

「しぶしぶね。自分で梯子を昇ろうとしているところを、わたしに見つかっちゃったものだから」

「まさか」

「ほんとだってば」

「救いがたい頑固者ね」

「姉さんと似た者同士ってわけね」

ローズはいい意味で言ったつもりだろうが、ローレルはぎょっとした。記憶の断片が甦ったのだ。両親にロンドンの俳優養成学校にはいることを告げた晩のことだった。娘が内緒でオーディションを受けたのを知ったふたりはショックを受け、気分を害し、傷ついた。家を出るにはまだ若すぎると言い張り、卒業も待たず、Aレベルも受けずに終わる娘を案じた。テーブルをはさんで娘と向き合ったふたりは、実に冷静な声で交互に諄々と説いた。ローレルはわざとうんざり顔をしてみせ、両親がひととおり話し終えたところで、向こう見ずな怒れるティーンエイジャーにありがちな、吐き捨てるような口調でこう言い放ったのだった。「何と言われたって出ていくわ。わたしの気持ちを変えようとしても無理。好きにさせてもらいます」

「あなたはまだ若いから、自分が何を望んでいるのかわかっていないのよ」母は言った。「人は変わるものなの。大人になれば、もっとちゃんとした判断ができるようになるわ。あなたのことがわかるからこそ……」

「わかるもんですか」

「そういう強情なところもわかっているの。頑固で、天邪鬼なところも、夢がいっぱいあることも知っている、わたしによく似て……」

「似ていません」そのとがった言葉は、すでに折れそうになっていた母の心を刃のように切りつけた。「母さんみたいな生き方なんてご免だわ」

「いい加減にするんだ」父が母を抱き寄せた。ローレルには、寝室に行くよう目配せしたが、話はこれで終わったわけではないと言い添えた。

ベッドで悶々とするうちに数時間が過ぎた。妹たちはどこに行ったのか、たんに姉をひとりにさせるためにどこか別の場所に追いやられただけなのか。両親とぶつかったのはこれがはじめてだったから、痛快でもあり、ずたずたに傷ついてもいた。もうあとには引けない、そんな気分だった。

闇のなかにじっと横たわっていると、ドアが開き、誰かが無言のままそばに立った。ベッドの縁が沈むのがわかった。やがて母の声がした。それまで泣いていたのだとわかった。原因は自分にあるとわかっていたから、母の首にしがみつきたくなった。

「口論になってしまって残念だわ」そう言う母の顔を、窓から射しこむ淡い月明かりが照らし出した。「人生って面白いわね。まさか自分の娘とやり合うなんて思ってもみなかった。わたしも昔は面倒ばかり起こしてた——両親にいつも隔たりを感じていたの。もちろん父のことも母のことも大好きだったのよ。でも、わたしのことをちっともわかってないと思っていた。自分のことは自分がいちばんわかっていると思いこんでいたから、両親の言うことなんて聞こうとしなかった」

ローレルは薄く微笑んだ。話がどこに向かおうとしているのかはわからなかったが、それまで熱い溶岩のように煮えたぎっていた心は、ありがたいことに鎮まっていた。

「似た者同士なのよ、あなたとわたしは」母は続けた。「あなたがわたしと同じ過ちを犯すんじゃないかって心配するのも、そのせいなんだと思うの」

「でも、過ちを犯す気なんてないわ」ローレルは起きあがって、枕にもたれかかった。「わかってるくせに。わたしは女優になりたいの。そういう人間にうってつけの場所といったら演劇学校なのよ」

「ローレル……」

「母さんが十七歳だったころのことを思い出してみて。未来が眼前に開けていたときのことを。そんなとき、ロンドン以外の場所に行こうなんて考える？」いささか見当違いの理屈だった。母さんはロンドンへの憧れを口にしたことなど、一度もないのだから。

一瞬、間があいた。外ではクロウタドリが仲間を呼んでいた。「たしかにそうね」母はようやく、ちょっと悲しげにつぶやくと、手を伸ばしてローレルの髪をなでた。「行くならやっぱりロンドンでしょうね」

あのときは自分のことしか頭になく、母が十七歳のときに何に憧れていたのか、娘に繰り返させたくない過ちとは何だったのかを考えもせず、尋ねようともしなかった。そのことを、いまになってローレルは気づいた。

ローズが持ってきてくれた本を取りあげ、ローレルは言った。「母さんの昔の持ち物を見るのって妙な気分よね」思った以上に声が震えた。

「昔って？」

「わたしたちが生まれる以前、という意味よ。この家で暮らしはじめる前、母親になる前ということ。考えてもみてよ、この本を貰ったとき、ヴィヴィアンという友達と写真におさまったとき、わたしたちが母さんの子になるのをどこかで待っているなんて、母さんにはわかっていなかったのよ」

「写真のなかの屈託のない笑顔を見れば、そうでしょうね」

ローレルは笑わなかった。「昔の彼女のこと、考えたことある？」

「母さんのこと？　そりゃあもちろん……」

「そういう意味じゃなく、ひとりの若い女性としてってこと。結婚前の母さんはまるで別人だわ。そのころの母さんのことをわたしたちは何も知らないのよ。当時の母さんのこと、考えたことないでしょ？　彼女が何を望み、何をどう感じ……」ここでちょっと妹を盗み見た。「どんなことを胸に秘めていたのかとか」

ローズが曖昧な笑みを浮かべたところで、ローレルはかぶりを振った。「気にしないで。今夜はちょっと感傷的になっているだけ。この部屋にいるせいね。懐かしの部屋に」無理に陽気を装った。「そういえばアイリスのいびき、憶えてる？」

ローズが声をあげて笑った。「父さんのよりひどかったわよね。いまはよくなったのかしら」

「じきにわかるわよ。そろそろベッドにはいるんでしょ？」

「あのふたりが食べ終える前に、先にお風呂にはいっちゃうわ。ダフネに鏡を占領される前にね」声を落とし、目尻の皮を持ちあげる仕草をした。「あの子、これやってるよね……？」

「どうもそのようね」

ローズは顔をしかめた。「まったくおかしなことするわよね、あっちの国」そう言いながら部屋を出ていき、ドアを閉めた。

ローズの足音が廊下を遠ざかるにつれて、ローレルの笑顔も消えた。夜空を見あげる。バスルームのドアがかちりと鳴り、すぐそこの壁の向こうで給水管に湯が流れる音がした。

五十年前、ローレルははるか彼方に瞬《また》く星に向かって、母が人を殺した、と語りかけた。あれは正当防衛だと母さんは言ったが、わたしはこの目で見ていた。母さんがナイフを構え、それを振り下ろし、男が後ろ向きに、菫《すみれ》の花が咲く草地に倒れた。母さんはその男と知り合いだった。母さんは怯えていた。なぜ怯えたのか、その理由をわたしは知らない。

突如ローレルは、自分の人生が抱える欠落部分が――喪失と悲しみ、闇がもたらす悪夢、正体不明の憂鬱といったことごとくが――あの答えの出ない疑念となっておぼろに立ち現われたような気がした。十六歳のときからずっと頭の隅に蠢《うごめ》いていた――母の語られざる秘密。「ドロシー、あなたは誰なの?」息を殺して問いかけた。「母さんになる前のあなたは、どんな人だったの?」

# 7　コヴェントリーからロンドン　列車の旅　一九三八年

ドロシー・スミザムは十七歳、自分は赤ん坊のころに、よその家からさらわれてきたに違いないと思っていた。そう考えないとどうにも腑《ふ》に落ちないのである。確信を強めたのは土曜日の朝、十一時ごろのこと。父親が指にはさんだ鉛筆をくるっと回して下唇にゆっくり舌を走らせ、一家を駅まで運んだタクシー代（三シリング五ペンス）とトランクの追加料金（三ペンス）を黒い表紙の小型手帳に書きこんだときだった。こうやって使途と金額を記録することにボーンマスでの休暇旅行の大半が費やされ、上機嫌でコヴェントリーに戻れば戻ったで、その夜のうちにうんざり気分の家族を招集し、意気揚々と支出の分析をすることになるのだ。作成された一覧表を基に、前年度の各人の支出と照らし合わせ（下手をすれば十年前までさかのぼる）、次回に向けて節約宣言をさせられる。かくして年に一度の長期休暇で身も心もリフレッシュした父親は、H・G・ウォーカー自転車製作所の経理部で、一年後の休暇まで真面目に仕事に専念するという次第。

ドリーの母親は隅の座席で、鼻先に木綿のハンカチをしきりに押し当てていた。人目につかぬようハンカチは手のなかに折りこまれ、ときおりおずおずと視線を走らせては、夫が不機嫌になっていないか、いまもまだしかつめらしい顔で出納帳を眺めているだろうかと確認するのである。毎年恒例の夏の休暇が始まる前日に決まって風邪をひくジャニス・スミザムの几帳面さには驚嘆すべきものがあった。その徹底ぶりときたら見あげたものであり、鼻をぐずぐずさせさえしなければ――これがまたひどく卑屈に、申し訳なさそうにやるものだから、ドロシーは父親の鉛筆で耳をふさぎたくなる――習慣を律儀に守る母親に尊敬の念を抱いていたところだ。母親が海辺で過ごす二週間は毎年判で押したように変わりばえしない。夫をおだてまくって砂上楼閣の王様気分にさせてやり、娘ドリーの水着の露出度にやきもきし、息子クスバートにまっとうな友達ができるだろうかと気にかける、といった具合だ。

気の毒なのはクスバートだ。昔は歯も生えそろわない口を大きく開けてキャッキャッとよく笑い、ドリーが部屋を出ていこうとすると決まって泣きじゃくる、それが妙に心を捉えて離さない、そんな愛くるしい赤ん坊だった。ところが大きくなるにつれ、成長すればするほど、もはや宿命との心中《しんじゅう》は避けられそうにないことがわかってきた。つまりミスター・アーサー・スミザムのドッペルゲンガーと化すということだ。これの意味するところは悲しいかな明白だ。弟とは愛情で結ばれてはいるけれど、血を分けた姉と弟とはとうてい思えない。これが先の疑問を呼び覚ました――わたしの本当の両親は誰なのか、どこでどう間違って、こんな悲惨な家族に組みこまれる羽目になったのか？

実の両親はサーカスの軽業師《かるわざし》だろうか？　たとえば綱渡り名人のカップルとか？　その可能性は高そうだ――ドリーはすらりと長い自分の脚に目をやった。スポーツは何でも得意だった。

体育教師のミスター・アンソニーがホッケー・チームのメンバーを選ぶときは、毎年決まってドリーを指名した。親友のケイトリンの家で、彼女の母親の部屋のカーペットを丸めて片づけ、蓄音機にルイ・アームストロングのレコードをかけるときなど、自分以上の名ダンサーは想像できないほどだった。それにどうだ——と、ここで脚を組んでスカートの皺を伸ばす——この生まれもった気品ときたら。これがすべてを物語っているではないか。

「父さん、駅に着いたらお菓子、買ってもいいでしょ?」

「お菓子?」

「ほら、駅にあるでしょ? ちっちゃいお店がさ」

「さあ、どうだったかな」

「やだな、父さんてば……」

「予算というのがあるのよ」

「でも母さん、約束したじゃないか……」

「ほらほら、クスバート。お父さんはちゃんとわかってますよ」

ドリーは車窓を流れ去る田園風景に目をやった。サーカスの軽業師——これがぴったりな気がした。スパンコールをちりばめた衣裳、大天幕の下で夜ごと繰り広げられるショー。客はまばらだが、陶然となった観客たちからどっと上がる嘆息と歓声が場内を満たす。魅惑、興奮、ロマンス——そう、やはりこれで決まりだ。

うっとりするような自分の出自は、ドリーがちょっと人目を惹くような態度をとるたびに両親に叱られることからも説明がつきそうだ。「ドロシー、みっともないでしょ」スカートが短すぎたり、話し声が大きすぎたり、口紅が赤すぎたりすると、母は決まってヒスを起こした。「そうやってすぐに人の気を惹こうとするんだから。お父さんがどう思うか知っているくせに」たしかにドリーは知っていた。父親が好んでよく持ち出す言い回しではないが、林檎はなった木の近くに落ちるものなのだ。だから父さんは、さらってきた娘の自由奔放なボヘミアン気質が、母さんと協力して細心の注意でまとわせた礼儀作法の被膜から、いつかそのうち腐った果実さながらしみ出してくるのではと、びくびくしながら暮らしているに違いない。

ドリーはポケットのなかの袋から一粒、ペパーミント・キャンディを取り出して口に入れると、舌で頬の内側に転がして、窓に頭をもたせかけた。そもそもどうやって誘拐を成功させたのか、これはかなりの難問だった。どこをどう見ても、アーサー&ジャニス・スミザム夫妻は犯罪に手を染めるようなタイプではない。うっかり放置された乳母車にふたりが忍び寄り、寝ている赤ん坊をさらう図などとても想像できなかった。必要に迫られて、あるいは欲に駆られて盗みに走る人たちは、所有への情熱が強いのだ。その点アーサー・スミザムは、〝情熱〟なるものは英国人魂からとは言わぬまでも、せめて英語の辞書からは排除すべきであり、〝欲望〟の項もこれに囚われる人がいる限り、削除すべきだと信じて疑わないような人である。そんな人がサーカスを見物するだろうか？ まずもって不必要な娯楽だと切り捨てるに決まっている。

もっと可能性が高いのは――キャンディが割れた――ドリーが玄関先に捨てられていたという設定だ。スミザム家の一員にされたのは欲望からでなく、義務ゆえの結果だという考え方だ。

ここで座席にもたれて目を閉じた。まぶたの裏にありありと情景が浮かびあがった。他人に明かせない妊娠、団長の脅し、サーカス団のコヴェントリー巡業。この若い夫婦は頑張って自分たちだけで何とかやってきた。愛と希望を赤ん坊に注いで育ててきた。だが、悲しいかな、やがて仕事にあぶれ（綱渡りの技にも限界があるというわけだ）、食べ物を買う金も底をつき、絶望の淵に立たされた。ある夜、泣くことさえままならぬほど衰弱した赤ん坊を抱いて町の中心部をさまよい歩くうちに、ふたりはある一軒の家に目を留めた。ほかのどの家よりも掃除が行き届いている玄関先の石段、室内にともる明かり、ドアの下から漂ってくるジャニス・スミザムの（誰もが絶品と認める）ポットロースト・ブリスケットの肉のにおい。この家なら……。

「我慢できないよ。無理だってば！」

ドリーがはっと目を開けると、弟が通路の真ん中で足を交互に上げて飛び跳ねていた。

「我慢なさい、クスバート、じきに……」

「だって漏れちゃうよ！」

ドリーは再び目を、さっきよりもきつく閉じた。やはり間違いない——悲劇の若い夫婦の話を本気で信じているわけではなかったが——自分が特別な存在だという点に関しては紛れもない真実なのだ。ドリーはいつも、自分は人とは違うと感じてきた。ほかの誰よりも生気がみなぎっている。だから世界は（運命でも宿命でも、呼び方は何でもいい）、とにかくそれがこのわたしのために、壮大な企てを用意しているに違いないと思っていた。証拠だってある——それも科学的な証拠が。ケイトリンの父親は医者だから、当然こういうことには詳しい。以前ケイトリンの家の客間でロールシャッハ・テストをやったとき、そのようなことを彼に言われたのだ。あれはインクの染みのついたカードを順繰りに掲げて見せていく心理テストだった。ドリーの番になり、カードを見て、ぱっと心に思い浮かんだことを口にした。そうやって半ばまで進んだとき、ドクターはパイプをくわえたまま「いやはや……」とつぶやき、次には頭を振り振り「これは驚いた」と唸り、続いて「こんな結果は、はじめてだ」と言った。明るいその笑顔は、友人の父親なのにとてもハンサムに思えた。ドクター・ルーファスがドリーの回答を「非凡だ」と言い、もう少しテストを続けさせてほしい——いや、是非に——と言われたが、ケイトリンがへそを曲げて睨んだので、書斎についていくわけにはいかなかった。

　非凡。ドリーはこの言葉を頭のなかで転がした。非凡。わたしはこんな平凡なスミザム家の人間じゃない、絶対にそんなはずがない。わたしの人生は、これから輝きを放ち、素晴らしいものになるはずだ。母さんや父さんが必死で閉じこめようとするまっとうな暮らしなど、さっさと飛び出してしまおう。なんなら家出してサーカスに入団して、大天幕の下で運を試してみてもいいかもしれない。

　列車の速度が落ち、ユーストン駅のホームがぐんぐん近づいてきた。ロンドン市内の建てこんだ家並みが車窓に現われ、ドリーはわくわくした。ロンドン！　大都会の巨大な渦（自宅の下着用の引出しに隠してあるウォード・ロック社の『ロンドン案内』の序文にあった言い回しだ）、たくさんの劇場とナイトライフが楽しめる町、本物のお金持ちが素敵な暮らしをしている町。

ドリーがまだ小さいころ、父親はロンドンに出張することがたまにあった。そんなときは起きて帰りを待っていたものだった。母親はとうに寝たと思っていたようだが、階段の手すりの小柱の隙間から顔をのぞかせ、帰りを待ちわびた。鍵が錠に差しこまれ、かちっと音がすると、思わず唾を呑みこんだ。父親がはいってきて母親がコートを脱がせると、すごいところに行ってきたというオーラ——以前よりぐんと偉くなったようなオーラ——が父親の周囲に漂った。出張の話を聞きたいとは思わなかった。どうせ精彩に欠ける描写をされて、頭に思い描いている町が色あせてしまうのが落ちだと、子供心にも思っていたからだ。しかし今日ばかりは父親と目が合うのを期待し、列車で通過中の大都会に父親もまた魅せられていることを、その眼差しから見て取れたらいいのにと思った。

だが願いは叶わなかった。父親の視線は手帳から片時も離れない。このときは最終ページを開いていた。そこには列車の時刻表と、プラットホームの番号がきちんと書かれているのだ。そのとき父親の口の両端がひきつり、ドリーの心は沈んだ。パニックの前触れである。余裕のある旅程表をこしらえ、出かけていく場所も毎年同じ、A地点からB地点へ、B地点からC地点へと列車を乗り継ぎ、慌てふためくことは何もないはずなのに、それでもこの人はパニックを起こすのだ。そろそろ来るぞ——ドリーは先回りして身をすくめた——そら来た、血気に逸《はや》る戦闘開始の号令だ。

「タクシーを呼んでくるから、みんな固まってそこを動くんじゃないぞ」来たるべき試練を前にして、冷静をアピールすべく雄々しく振る舞う家長。帽子を取ろうと荷物棚を探る。

「クスバート、手をつなぐわよ」母さんがおろおろする。

「やだよ……」

「各自、自分の荷物に責任を持つように」父親は感情もあらわに声を張り上げ、先を続ける。

「バットやラケットはしっかり抱えているように。足の悪い人や杖を突いている人に引っかけたりしたらことだぞ。こんなところで時間を食うわけにはいかないんだ」

同じ車両にいた身なりのいい男の人が、父親を横目で一瞥した。ドリーは思った——これまでも何度思ったことか——神様お願い、この場からわたしをかき消して。


スミザム一家には決まりごとがあった。毎年そっくり同じ休暇を過ごすうちに練りあげられ定着した行動パターン、朝食を終えたらそのまま玄関に向かうのである。海浜小屋《ビーチ・ハット》は見栄っ張りの贅沢品だとして、父親はしばらく前から借りるのをやめてしまった。となると、手ごろな場所を確保するには、人がまだ少ない早朝を狙うしかないというわけだ。ところがこの日の朝に限って、民宿《ベルヴュー》の女主人ミセス・ジェニングズのせいで、食堂に足止めを食ってしまった。お茶が濃く出すぎたとかで、淹れなおすかどうかで手間取ったせいだ。父親は徐徐に落ち着きをなくした——前日に張り切りすぎて踵《かかと》に絆創膏を貼ってはいたが、白いズック靴は早くしろと、せっついてくる——だが、女主人の厚意を無にするなど論外だ、だからアーサー・スミザムは論外な行動は起こさなかった。結局、窮地を救ったのはクスバートだった。埠頭を描いた絵の上にかかる船舶時計に目をやるや、ポーチドエッグを丸呑みして絶叫した。

「大変だ！　もう九時半だよ！」

これにはミセス・ジェニングズもあらがえず、キッチンに戻りながら、楽しんでらしてねと声をかけた。「いいお天気だこと、文句なしのお日和ですわ」

　たしかに文句なしの日和だった。空は雲ひとつなく晴れわたり、微風が心地よい熱気を運んでくる、何かわくわくするようなことが起こりそうな、そんな素敵な夏の一日だった。遊歩道にたどり着くと、観光バスがちょうどやって来るところだった。この大群に先を越されてなるものかとばかり、ミスター・スミザムは家族を急きたてた。二月の段階で二週間分の宿泊を予約し、三月に全額先払いした者の優越感を漂わせ、スミザム夫妻は日帰り客たちに不快そうな視線を投げつけた。あの連中は、わたしらのビーチに紛れこみ、わたしらの埠頭に押し寄せ、わたしらのアイスクリーム屋の行列を長くしている不届き千万なインチキ野郎というわけだ。

　ドロシーがのんびり歩くその数歩先を、勇猛果敢な家長に率いられた一家は、入場口付近に群がる侵略者どもを出し抜き、音楽堂のほうへ突進した。勝利者よろしく威風堂々と、ステージ脇の石壁寄りの石段を占拠した。父親はピクニックバスケットを下ろすと、ズボンのベルトの隙間に親指を突っこんで左右を見回し、この場所が〝申し分なし〟と宣言した。さらに自己満足の笑みを浮かべ、「宿の玄関から百歩と歩かずにすんだぞ。百歩もないとはね」

「ここからジェニングズさんに手を振ることもできそうですね」妻は夫を喜ばせるチャンスとばかり、口を開いた。

ドロシーは微苦笑を浮かべ、広げたタオルの縁を伸ばすことに専念した。言うまでもなく、この場所から《ベルヴュー》は見えない。屋号の〝見事な眺望《ベルヴュー》〟とは名ばかりで（かつてパリで一か月も過ごしたことがあるという、気難し屋のミスター・ジェニングズが、柄にもなく生《ジョ》きる喜び《ワ・ド・ヴィヴル》を感じつつ命名したのだとか）、建物自体は遊歩道から斜めに走るリトル・コリンズ通りの中ほどに位置していた。だから〝眺望《ヴュー》〟はさほど〝見事《ベル》〟なわけでなく――正面側の部屋からの眺めといったら町の中心部のくすんだ家並みだけだし、裏手の部屋からは棟割り長屋の雨樋が見えるばかり――建物にしてもフランス風でも何でもないわけで、ドロシーに言わせれば、ケチをつけることさえ馬鹿ばかしい。というわけで、ドロシーはポンズのコールドクリームを肩に擦りこむと、雑誌を目の高さに掲げ持ち、その上から目だけ出して、ビーチ・ハットのバルコニーで笑いさんざめくあでやかな富裕階級の人々を盗み見ていた。

そのなかに、とりわけ目を惹く若い娘がいた。ブロンドの髪、太陽をたっぷり浴びた肌、笑うとできる愛らしいえくぼ（これがまた、ひっきりなしに笑う）。ドリーは見ずにいられなかった。こっちの人の腕をなでたかと思えば、今度はあっちという具合に、バルコニーでの振舞いはさながら猫のようにセクシーで自信にあふれていた。とびきり素敵な男性には顎をちょっと突き出し、唇を嚙みながら笑みを浮かべて見せる。そよ風に揺れる銀色のサテンのドレス。そよ風。自然までもが弱肉強食の掟を心得ている。焼けつくような暑さにうだるスミザム家の陣地で、ドリーは髪の生え際に汗の粒をびっしり浮かびあがらせ、水着は汗で張りつかせているというのに、銀色のドレスはこちらを嘲笑うかのように高みではためいていた。

「クリケットやりたい人、いるかな？」

ドリーは雑誌の背後にひょいと顔を埋めた。

「ぼく、やる！」クスバートが（すっかり日焼けした脚で）飛び跳ねながら言った。「投手《ボウラー》がいいな、父さん、ボウラーやらせてよ。ねえ、いいでしょ？　いいでしょ？　ねえ、ねえ、ねえってば」

前に立ちはだかる父親の影が一瞬、熱射を遮った。「どうしたドロシー？　いつもは第一打者になりたがるくせに」

差し出されたバットも、父親のおなかのでっぱりも、口ひげについたスクランブルドエッグの食べかすもドロシーは見ていなかった。ドロシーの心の目に映っていたのは、銀色のドレスを着た美しい娘が、友人たちと冗談を言い合い、はしゃいでは笑い転げる姿であり——すぐ目の前の父親ではなかった。

「悪いけどやめとくわ、パパ。頭がちょっと痛いの」弱々しい声を出す。

頭痛とくれば〝女性特有の〟といった響きがあるわけで、ミスター・スミザムの引き結んだ唇に畏怖と嫌悪が浮かんだ。それからうなずくと、おもむろにその場を離れた。「だったら安静にしていなさい、ま、無理をせず……」

「早く来てよ、父さんてば！」クスバートがわめいた。「ボブ・ワイアット（当時の実在の名プレーヤー）、位置につきました。さあ、いよいよ名勝負の始まりです！」

こんなふうに急きたてられたら行くしかない。父親は踵を返すとバットを肩に担いで、絶好調の若者を精一杯気取って浜辺に向かった。ゲームが始まると、ドリーは壁のほうに体をずらして身を隠した。クリケットはアーサー・スミザムの昔とったきねづか、家族内で何かにつけ話題にのぼる武勇伝のひとつであり、休暇旅行における輝かしき見せ場なのだ。

こうやってよそよそしく振る舞う自分に、嫌気がささないでもなかった——家族旅行につき合うのも、今回が最後かもしれないのだ——なのに、うんざり気分からどうしても抜け出せない。日を追うごとに、家族との溝が広がっていくのを感じていた。みんなを愛していないわけではないのだが、両親が、最近はクスバートまでもが、いちいち癇にさわる。自分は普通の人とは違うとずっと思っていたから、苛立ちはいまに始まったことではないのだが、最近になって事態はさらに悪化した。卒業後のドリーの進路について父親が夕食の席で話題にするようになったのだ。九月になると、自転車工場の秘書課でアシスタントの席が空く——三十年勤続の強みで、その席にドリーが就けるよう、秘書課長に掛け合うことも可能だと。そう言うと父は決まってにやりと笑い、片目をつむって見せるのだ。こんなに優遇してやるのだから感謝されて当然だと言わんばかりに。ドリーにすれば、想像するだけでホラー映画のヒロインのように悲鳴をあげたくなった。最悪のシナリオだった。それだけではない。十七年間も父親をやってきたくせに、娘のことをまるでわかっていないアーサー・スミザムという男にも不信感を抱かずにはいられなかった。

砂浜のほうで起きた「シックス!」の歓声に、『ウーマンズ・ウィークリー』誌の上から目だけのぞかせると、振り切ったバットをマスケット銃のように担ぎ、三柱門のあいだを駆ける父親の姿が目に留まった。ドリーの隣に控えるジャニス・スミザムは、「お見事！」とか「素晴らしい！」といった声援をおずおずと発するのだが、息子が波打ち際にボールを追いかけていくとなると、「気をつけなさい」とか「慌てないで」とか「息をちゃんとするのよ、クスバート。喘息があるのを忘れちゃ駄目ですよ」とか、すさまじい声を張りあげる。パーマネントしたてのきれいに波うつ髪、実用本位の水着、世間様に対して極力目立たないよう振る舞おうとするところ。そんな母親を見ているうちに、ほとほと呆れて溜息がもれた。何より腹立たしいのは、ドリーの将来に母親がまるで理解を示さないことだった。

自転車工場への就職を父親が本気で考えていることをはじめて知らされたとき、母親がその提案を笑顔でやんわりと退け、うちの娘の気質に合うもっと刺激的な仕事があるはずだと言ってくれるのではとドリーは期待した。産院での取り違え事件をたまに空想して楽しむことはあっても、それを本気で信じていたわけではないからだ。並んで立つ自分たちふたりを見比べたら、そんな話を真に受ける人はまずいない。ジャニスとドロシーの髪の色はどちらもそっくり同じチョコレート・ブラウンだし、頰骨も同じように高く、胸が豊かなところもよく似ていた。また、つい最近知ったのだが、ふたりにはさらに重要な共通点もあった。

それを知ったのは、ホッケーのスティックを探してガレージの棚をがさごそやっていたときのことだった。いちばん上の棚の奥のほうから、パウダーブルーの靴箱が出てきた。目にした途端、ふと懐かしい気持ちになったが、それがなぜなのか、すぐには思い出せなかった。やがて甦ってきたのは、両親の寝室のツインベッドの片側に腰をおろした母が、この青い箱を膝に置き、中身をひとつひとつ眺めては感傷にひたっているのを目にしたときの記憶だった。そのときはひとりきりの時間を邪魔してはいけないような気がして、黙ってその場を立ち去ったのだが、その後ずっと箱のことが気になっていた。母をあれほどうっとりと夢見心地にさせ、老いと若さが入り混じった表情を引き出したものとは何だったのかと、あれこれ想像をふくらませることになったのだ。

そしてあの日、ひとりガレージで箱の蓋を開け、すべてを知った。そこには母のもうひとつの人生の欠片《かけら》が詰まっていた。あちこちの歌謡ショーのパンフレットをはじめ、のど自慢大会の優勝者に贈られる青いリボンがいくつも収まり、もっとも美しい歌声の持ち主ジャニス・ウイリアムズを称える表彰状も数枚あった。きらめく瞳をした快活そうな娘の写真が載った新聞の切り抜きもまじっていた。愛らしい容姿、出世街道を歩む人の表情、クラスメートたちが送るであろう平凡で退屈な人生とは無縁の顔がそこにあった。

ところが現実は違った。ドリーは写真にしばし見入った。母には才能があった――他人とは違う、特別な存在になれる本物の才能が――なのにこの十七年間、同じ屋根の下で暮らしながら、ドリーはジャニス・スミザムが歌うのを一度も聞いたことがなかった。かつて新聞で「この世でいちばん好きなことは歌うこと。いまにも空を飛べそうな気分になれるんです。いつの日か国王陛下の前で歌ってみたいわ」と語った若い女性の声を、いったい何が奪うことになったのか?

ドリーにはその答えがわかるような気がした。

「そうだ、姿勢を正せ」水際にいるクスバートに父が声をかけた。「しゃきっとな。猫背は駄目だぞ」

アーサー・スミザムのせいだ。非凡なる経理担当者にして自転車工場の熱血社員、良質でまっとうなものをこよなく愛し、規格はずれのものをことごとく嫌う男。

三柱門の後方へさっと下がって、クスバートにボールを投げる体勢にはいった父親の姿を見つめながら、ドリーは溜息をついた。おそらく母の意欲をくじいたのはこの男だ、特別な存在になれるはずの母の才能をことごとくつぶしてしまったのだ。だが、このわたしを同じ目に遭わせようったって、そうはさせるものか。父の言いなりになどなる気はない。「ねえ母さん」

ドリーは雑誌を膝に置くと、唐突に声をかけた。

「なあに？　サンドイッチでも食べる？　シュリンプペーストを塗ったのがあるわよ」

ドリーは大きく息を吸いこんだ。時も場所もわきまえず、こんなふうに切り出そうとしている自分が信じられなかったが、思い立ったが吉日とばかり、思い切って口にした。「わたし、父さんの自転車工場で働く気なんてないから」

「え、そうなの？」

「絶対にいや」

「あらまあ」

「毎日同じことの繰り返しなんて我慢できっこないもの。自転車の型名や注文番号で埋まる手紙をタイプして、末尾にいちいち『敬具』をつけるなんて」

母親は目をしばたたかせ、何を考えているのかさっぱりわからないといった表情で娘を見つめた。「そう」

「そういうこと」

「だったら何をしたいの？」

ドリーは答えに詰まった。具体的なことは何も考えていなかった。ただ自分を待ち受けている何かがあると信じていたにすぎない。「さあ、わからない。ただ……。つまり、自転車工場はわたしのような人間には向いていないって言いたいだけ。そう思わない？」

「またどうして？」

そこは言わずにすませたかった。こっちが言わなくても察してほしかった、共感してほしかった、自力で考えてほしかった。言葉を見つけようと格闘するうちに、失望の引き波がドリーの希望を押し流してしまった。

「いい加減、落ち着かないとね、ドロシー」母親の口調は穏やかだった。「もう子供じゃないんだから」

「わかってるわ、でもそういう問題じゃ……」

「子供じみた考えは捨てなさい。しっかり前を見なくちゃね。お父さんはご自分の口から伝えてびっくりさせてやるつもりのようだけど、実はね、もう工場のミセス・ルヴィーンに話をして、面接の段取りをつけてくださっているのよ」

「嘘でしょ？」

「わたしが伝えるべきことではないけれど、九月の第一週に面接をするらしいわ。こんな頼りになるお父さんがいて、あなたは本当に運がいいのよ」

「そんな……」

「お父さんに任せておくのが一番よ」ジャニス・スミザムは手を伸ばしてドリーの脚をぽんと叩いただけで、抱き寄せようとはしなかった。「いまにわかるわ」母の取ってつけたような笑みの下に一抹の不安がちらとのぞいた。娘を裏切っていることにうすうす気づいていながら、あまり深く考えないようにしている、といったふうだった。

　胸が焼けつきそうなほどひりひりした。できることなら母の体を揺さぶり、母にも昔は非凡な才能があったことを思い出させてやりたかった。なぜここまで変わってしまったのか問い詰めたかった。失望したと言ってやりたかった（これはいささか酷な気がした）。同じことがいつか我が身にも起こると思うと、とても耐えられなかった。と、そのとき……。

「あ、危ない！」

　ボーンマス海水浴場の水際であがった悲鳴にドリーの気が逸れ、ジャニス・スミザムを不本意な会話から救い出した。

　そちらでは、さっきまで銀色のドレスを着ていた娘が、『ヴォーグ』誌のグラビアから抜け出たような水着姿でたたずんでいた。口をきゅっとすぼめてふくれっ面をこしらえ、腕をさすっている。ほかの美しい娘たちもそばに集まり、舌うちしては同情の素振《そぶ》りを見せている。何があったのか、ドリーは懸命に考えた。ドリーと同じ年頃の青年が身をかがめて砂地に手を伸ばした。それから身を起こして手を高々と持ちあげる――ドリーは思わず口許に手を当てた――なんとクリケットのボールだ。

「皆さん、申し訳ない」父が言った。

ドリーは目をむいた――父さんたら、どうするつもり？　ちょっと、まさかそっちに行こうというんじゃないでしょうね。やだ、嘘でしょ――頬がかっと熱くなる――近づいていく。ドリーはこの場から消えてしまいたかった、身を隠したかった、だが目を逸らすこともできなかった。父親は人垣の前に進み出ると、バットを振る初歩的な仕草をして見せた。人々はうなずき、父親の話に耳を傾けている。ボールを手にした青年が何か言うと、例の娘が自分の腕に手を当て、それから軽く肩をすくめ、父親に向かってあのえくぼを見せた。ドリーはふうっと息を吐き出した。トラブルは回避できたようだった。

しかしその後、目の前に現われた美女のオーラに幻惑されたのか、父親はその場から立ち去るのも忘れ、代わりにくるっと後ろを振り向くと、ドリーと妻がいる草地のあたりを指さし、一同の注意を促した。ちょうどそのときジャニス・スミザムは、娘も恥じ入りたくなるような、優美さの欠片もない動作で立ちあがりかけたところだった。というわけで、すわるタイミングを逸し、へっぴり腰のまま手を振る格好になった。

ドリーのなかの何かが身もだえ、息絶えた。これ以上の屈辱はあり得なかった。

ところがさらに駄目押しがあった。

「ねえ、見て見て！　ほら、こっちだってば！」

いっせいに視線がそちらに向いた。蚋《ぶよ》にも劣らぬ執拗さをもってしても、さすがに待ちきれなくなったのだろう。クリケットへの興味はどこへやら、クスバートは水際に群れる遊覧驢馬《ろば》の一団にふらふらと吸い寄せられ、そのうちの一頭にしがみついていた。すでに片足を鐙《あぶみ》にかけ、背にまたがろうとしている。何ともおぞましい光景だが、ドリーはただ眺めているしかなかった。横目で周囲に目を走らせると、みんなの目も釘づけだった。

哀れ驢馬はクスバートの重さに早くも耐え切れぬ様子。もはやドリーの我慢も限界だった。ここで助けに行くべきなのはわかっていたが、その気になれない。このときばかりは嫌だった。そこでドリーは、頭が痛い、陽射しが強すぎるとぼやきながら雑誌を手に取ると、窓からの眺めといったら排水パイプばかりの、狭くて薄暗い部屋に避難することにしたのである。


野外ステージの裏手で、長めの髪に安っぽいスーツといったいでたちの若者が一部始終を見ていた。それまでは帽子を顔に載せてうたた寝をしていたが、「あ、危ない！」という叫び声が夢に飛びこんできて、目を覚ましたのだった。手のつけ根でまぶたをこすり、声の発生源をつきとめようとあたりに目を走らせた。すると午前中ずっと水際でクリケットをしていた父子が目に留まった。

何やら一悶着あったようで、父親が浅瀬にいる一団を相手にさかんに手を振りたてていた——金持ち階級と思しきこの一団は、さきほどまで近くのビーチ・ハットで騒いでいた連中だ。

そこもいまはもぬけの殻、バルコニーの手すりに銀色の布地がはためくばかりだ。ドレス。これにもとうに気づいていた——気づかないほうがどうかしている、そのくらい目を惹いた。海辺で着るようなものではない、ダンスフロアにこそ似合う代物だ。

「ねえ、見て見て！」誰かが叫んだ。「ほら、こっちだってば！」若者は声のするほうに目をやった。さっきまでクリケットをしていた子供が今度は驢馬《ドンキー》を相手に、まさに自分が馬鹿《ドンキー》を演じていた。野次馬連中は、この先どうなることかとこの見世物に興味津々だった。

だが、若者は違った。ほかにすべきことがあった。ハート形の唇とぐっとくるような腰のくびれを持つ可愛い娘が、いま家族から離れ、ひとりビーチを立ち去ろうとしていた。若者は立ちあがるとショルダーバッグを肩にかけ、帽子をぐいと引き下げた。待ちに待った千載一遇《せんざいいちぐう》のチャンスを逃すつもりはなかった。

## 8（ボーンマス　一九三八年）

はじめこの若者はドリーの視界にはいっていなかった。というより、周りが何ひとつ見えていなかった。海水浴場から遊歩道のほうにとぼとぼと向かうあいだ、目をしょぼつかせ、屈辱と失望の涙をこらえるので精一杯だった。砂浜もカモメも、満面の笑みを浮かべた人々の憎たらしい顔も、すべてが熱い悔し涙にぼやけて見えた。みんながこの自分を嘲笑っているわけでないのはわかっていた。それはそうなのだが、問題はそういうことではない。人々の上機嫌が気分を落ちこませ、すべてを百倍うんざりさせるのだ。あんな自転車工場でなんか働けるものか、絶対に願い下げだ。やがて父親そっくりの男と結婚し、じわじわと母さんみたいになるなんて……そんなの冗談じゃない……父さんたちはそれなりに幸せなのだろうから、それはそれで結構だが、わたしが望んでいるのはそんなものじゃない……だったら何が望みなのか、それはどこで見つかるのか……。

ドリーははたと足を止めた。さらに強まった風が、ドリーがビーチ・ハット脇を通り過ぎる一瞬を捉えて、例のシルクサテンのドレスを巻きあげ、手すりから吹き飛ばして砂地を滑走させた。そしてこの銀色のゴージャスな布地はドリーの足許に流れ着いていた。あらまあ——ドリーは信じられないといったように息を呑んだ――えくぼが愛らしいあのブロンド娘は、風で飛ばされないようちゃんと留めておかなかったらしい。こんなきれいな服をいい加減に扱うなんて、どういう神経をしているのか？　ドリーは肩をすくめた。自分の持ち物を大事にしない娘《こ》は、それを持つ資格なんてない。目の前にあるのは王女様が着ていそうなドレス――あるいはアメリカの映画スターとか、雑誌のファッションモデルとか、コートダジュールあたりで休暇を楽しむ女相続人とか――ドリーが折よく通りかからなければ、砂丘のほうへどんどん吹き飛ばされ、永久に失われてしまっただろう。

　突風がまたも吹き抜け、ドレスは海水浴場のほうへ転がっていき、ビーチ・ハットの裏手に消えた。ためらう間もなく、すぐさまドリーは追いかけた。あの娘はお馬鹿さんだ、それはそうなのだが、神々しいまでに銀色に輝くドレスがひどい目に遭うのを見て見ぬふりはできなかった。

　ドレスが戻ってきたと知ったら娘は感謝するに違いない、そんな場面がドリーには想像できた。ことの次第を説明し――無論、自分がすでに味わった以上の不快感を与えないよう細心の注意を払ってのこと――ふたりでひとしきり声をあげて笑ってから、危機一髪だったのよと伝えよう。そこで娘が冷たいレモネードを勧めてくれるはず。本物のレモネードであって、《ベルヴュー》のミセス・ジェニングズが出すような水っぽい偽物ではない。ふたりはおしゃべりに花を咲かせ、ふたりには共通点がものすごくいっぱいあることを知るだろう。やがて太陽が傾き、そろそろ帰らなくてはと言うと、娘は残念そうに笑みを浮かべるが、すぐにぱっと顔を輝かせてこちらの腕をつかみ、「明日の朝、是非ここにいらして。仲間たちとビーチ・テニスをやる予定なの。すごく楽しいわよ……ね、来るって言って」……。

銀色の布を追いかけてビーチ・ハットの裏手に駆けこんでみれば、すでにドレスは風に運ばれるのをやめて、誰かの足首に絡みついていた。それは帽子をかぶった男で、ちょうど腰をかがめてドレスを拾いあげようとしているところだった。その指がサテンの布地をつかむと、砂がさらさらとこぼれ落ち、それと一緒にドリーの希望もこぼれ落ちた。

本音を言えば、この瞬間、帽子男を殺したくなった。できることなら八つ裂きにしてやりたかった。心臓が早鐘を打ち、悪寒が走り、視界がぼやけた。海のほうにさっと目を走らせると、すっかり途方に暮れたクスバートのほうに向かう無表情な父親の姿があった。母親はといえば、周囲の慈悲を乞わんばかり、痛々しいまでに身をすくませている。いまではブロンド娘とその仲間たちはこの茶番劇を指さし、膝を叩いて笑い転げていた。

驢馬が当惑しきった哀れっぽい声で鳴いた。その声はドリーの気持ちをそっくり反映していた。気がつけばドリーは、目の前の男に嚙みついていた。「ちょっと！」こいつはブロンド娘のドレスを盗もうとしている。それを阻止するのがわたしの役目だ。「そこの人。自分のしていることが恥ずかしくないの？」

男が目を上げた。驚いた表情を浮かべている。帽子の下からのぞく端整な顔だちを目にした途端、ドリーは唖然とした。その場に立ちつくし、せわしく息をしながら、次の展開を思案した。すると先を促すように相手の唇の両端が持ちあがった。突如ドリーは我が意を得た。

「どうなの……」ドリーは陶然となった。妙に興奮していた。「自分のしていることがわかっているの？　そのドレスはあなたのものじゃないでしょ」

若者が口を開き、何か言いかけた。するとそこへ、サックリング（乳くさい奴の意）とかいう不運な名前を持つ小太りの警官が――海水浴場を偉そうに巡回してきたのだろう――現われた。

バジル・サックリング巡査は午前中ずっと遊歩道を見回り、担当区域の浜辺に抜かりなく目を光らせてきた。そしてこの黒髪の娘が浜に現われるやたちまち目を奪われ、以来ずっと観察を怠らなかったのだ。ところが忌々《いまいま》しい驢馬騒動に一瞬気を取られ、次に振り返ると娘の姿は消えていた。緊迫の数分の後、ようやく娘の居場所を突き止めた。娘はビーチ・ハットの裏手で、何やら興奮のていで何者かと言い争っている様子。相手はほかでもない、帽子を目深《まぶか》にかぶり、午前中ずっと野外ステージの裏手に潜んでいたチンピラ風の若造だ。

警棒に手をかけ、サックリング巡査は海水浴場をぐんぐん突き進んだ。砂のせいで思ったより無様な歩きぶりになったが、最善を尽くした。そして接近を果たしたそのとき、娘の声が聞こえた。

「そのドレスはあなたのものじゃないでしょ」

「何かお困りですか？」巡査はおなかをちょっとひっこめて、足を止めた。そばで見ると、思った以上に愛らしい。ボウタイを思わせるふっくらした唇、その両端がきゅっと上がっている。桃の実のような肌――すべらかで柔らかそうな感触は、見ただけでもわかった。艶やかな巻き毛がハート形の顔を囲んでいる。巡査はさらに言いつのった。「この人が何か面倒をかけているんじゃないですか、お嬢さん？」

「あら、いいえ、そんなんじゃないんです」娘の顔が朱に染まり、サックリング巡査は娘がはにかんでいるのだと気づいた。制服姿の男と口をきくなど滅多にないのだろうと察しをつける。なんとチャーミングな娘か。「この人から返してもらうものがあったんです」

「本当に？」巡査は眉間《みけん》に皺を寄せ、若造を見た。いかにも人を小馬鹿にしたような表情だ。態度もひどく気障《きざ》ったらしい。高い頬骨、生意気そうな黒い瞳。こういう目つきは間違いなくよそ者のそれ、おそらくアイルランド系だ。サックリング巡査は目をすがめて睨みを利かした。若造は足の重心を移し替え、溜息のような音を小さくもらした。その切なげな素振りが癇にさわった。今度は前より大声になる。「本当に問題ないんですね？」

またしても返事がない。サックリング巡査は警棒を握りしめた。手になじんだ警棒にさらに力をこめる。これぞ信頼のおけるベストパートナー、決して裏切ることのない分身だ。痛快な思い出をたどるうちに指先がむずむずしはじめると、若者は恐れをなしたのかひょいと頭を下げた。これにはがっかりだった。

「だったら、お嬢さんにさっさと返しなさい」

「ありがとう、お巡《まわ》りさん。ご親切に感謝しますわ」娘にまたも微笑みかけられた途端、巡査のズボンの下では、不快とも言いがたい気まぐれな衝動が起きていた。「風で飛んだだけですから」

サックリング巡査はえへんと咳払いをし、いかにも警官然とした表情をこしらえた。「ならば、お嬢さん。ご自宅までお送りしましょう。風もいけませんが、独り歩きは危険ですからね」

《ベルヴュー》の玄関先に着いてようやく、ドリーはサックリング巡査の手厚い保護から解放された。それでもしばらくは手こずった。部屋までおつき合いしますよ、お茶でも飲んで神経を鎮めたほうがいいと持ちかけられ――だがドリーは、こんなつまらないことにつき合わせるのは忍びない、すぐにも巡回に戻るべきだと言いくるめた。「お巡りさんの助けを待っている人がたくさんいるんですから」

ドリーは巡査に感謝の気持ちをたっぷりと伝えると――巡査は別れを惜しむように握手を長びかせた――大仰な仕草でドアを開けて、なかに身を滑りこませた。しかしドアは閉め切らぬまま、巡査が肩をそびやかして遊歩道のほうへ戻っていくのを隙間から見守った。巡査の姿が遠くの小さな点になるのを見届けたところで、クッションの下に例の銀色のドレスを隠し、そっと外に出ると、いま来た道を引き返した。

先の若者が、この界隈ではもっとも洒落たゲストハウスのひとつの柱にもたれ、ドリーを待っていた。若者にはちらとも目をくれずに前を行き過ぎ、背筋をしゃんと伸ばし、顎をつんと反らせてそのまま歩きつづけた。若者があとを追ってくる――ドリーにはそれがわかった――浜辺からジグザグに延びる小路にはいりこむ。心臓の鼓動がどんどん速まるのがわかった。周囲の建物の石壁に阻まれて海辺のざわめきがふっつり途切れると、鼓動の音が聞こえるようだった。さらに速度を上げる。スニーカーがタールマック舗装にこすれ、息も上がってきたが、立ち止まることも振り返ることもしなかった。この先にちょっとした空地があるのをドリーは知っていた。幼いころ、薄暗い分かれ道にうっかり迷いこんでしまい、名前を呼ばれても聞こえず、両親にどん底の恐怖を味わわせたことがあったのだ。

そこにたどり着いてようやく足を止めたが、振り返らなかった。その場にじっとたたずみ耳をすまし、若者が追いつき、その息がうなじにかかり、その熱が肌に伝わる瞬間を待った。

若者に手をつかまれた途端、呼吸が乱れた。ゆっくりと体を回され、向き合う格好になる。無言のまま待っていると、相手はドリーの手首の内側にそっと唇を当てた。体の芯に戦慄が駆け抜けた。

「こんなところまで何しに来たの？」ドリーは囁き声をもらした。

相手の唇は相変わらずドリーの肌に触れていた。「きみが恋しくて」

「まだ三日しか経っていないのに」

相手は肩をすくめた。掻きあげたさらさらの黒髪が、また額にかかる。

「列車で来たの？」

相手はゆっくりうなずいた。

「日帰りで？」

さらにうなずく。かすかな笑みがこぼれる。

「ジミーったら！　こんなところまで来るなんて」

「会いたかったから」

「浜にいる家族とずっと一緒だったらどうするつもりだったの？　こうやって別行動をとっていなかったら？」

「それでも顔は見られる」

ドリーは首を振った。嬉しかったが、そんな素振りは見せなかった。「父さんに見つかったら殺されちゃうわ」

「うまく取り入るさ」

ドリーは笑い声をあげた。いつも笑わせてくれるのだ。そこもまた彼の魅力だった。「あなたってどうかしてるわ」

「きみのせいだよ」

その通りだった。彼はドリーに夢中なのだ。胃が宙返りしそうだった。「じゃあこっちに来て。この先に野原があるの。そこなら誰にも見つからないわ」


「あそこで逮捕させるつもりだったのかい？」

「おお、ジミーったら！　馬鹿言わないで」

「あいつの顔ときたら──ぼくを牢屋に閉じこめて、鍵をどこかに捨てちまいそうな勢いだったな。きみを見つめるあいつの目には焦ったよ」ジミーは首をひねってドリーのほうに顔を向けたが、ドリーは目を合わさなかった。ふたりが寝そべっている場所の草は丈が高く、柔らかだった。ドリーは空を見あげたままダンス音楽を口ずさみ、指先をくっつけてダイヤモンドの形をこしらえた。ジミーはその横顔を視線でなぞった——額から延びる滑らかな曲線が眉間のあたりでへこみ、そこから再び上昇してつんとした鼻を形作り、すとんと落ちると上唇のくぼみに達する。ああ、なんて美しいんだ。ジミーの全身が欲望に疼《うず》いた。彼女に覆いかぶさり腕を押さえつけ、この顔に猛然とキスを浴びせたい、そんな衝動を抑えるのは容易ではない。

だが、こらえた。そんなことは絶対にしたくなかった。たとえ、それで憤死することになろうとも、一線を踏み越える気はなかった。ドリーはまだ学校に通う身で、こちらは大人。十七歳と十九歳。二歳などたいした違いではないが、住む世界が違っていた。ドリーはまっとうな家族とまっとうな家に暮らす娘だ。片やジミーは十三歳で学業を断念し、父親の世話をしながら、生活費を稼ぐためにどんな半端仕事でもやった。床屋でひげそり用の石鹼を泡立てる仕事は週給五シリング、パン屋では七シリング六ペンスだった。町はずれの建設現場で重い荷を運ぶ仕事も、言い値の手間賃で引き受けた。そして家に戻ると、肉屋で分けてもらった筋だらけのクズ肉で父親の夕食を作った。そんな人生だった。そうやって父親とふたりでどうにかこうにかやって来た。そんななか、唯一の愉しみといえば写真を撮ることくらいだった。それがいま、なぜこうなったのか、自分でもよくわからないのだが（そこを深く考えすぎるとすべてが駄目になりそうで、あえて考えないようにしていた）、ドリーとつき合うようになり、世界がさらに輝きを増したのだ。だからことを急ぎすぎて、元も子もなくしたくなかった。

とはいえ辛かった。町のカフェで友達と一緒にいる彼女を見初《みそ》めた瞬間から、すっかり夢中だった。食料品店の配達で店内を通り抜けながら、ふと目を上げると、彼女がまるで旧友に出会いでもしたように、にっこり笑いかけてきたのだ。それから彼女は笑い声をあげ、まっ赤になった顔をカップで隠した。そのとき気づいた、たとえ百まで生きようとも、これほど美しい笑顔には出会えないだろうと。一目で恋の電流が全身を駆け抜けた。あの笑い声が、少年のころの純粋な喜びを思い出させてくれたのだ。ドリーから立ち昇る焼き菓子の甘いにおいと、ベビーオイルの香り、薄地の木綿のワンピースが隠している胸のふくらみ――ジミーは満たされぬ欲求に悶々としながら顔をそむけると、けたたましく鳴きながら海のほうへ低く飛んでいく、一羽のカモメに意識を集中させた。

果てしなく広がる空は申し分のない青に染まり、風は穏やかで、夏の香りがあたりを満たしていた。ジミーは溜息をもらし、銀色のドレス、巡査、彼女を脅す役を割り振られたときに感じた憤りなど、すべてを水に流すことにした。くよくよしても仕方ない。言い争うにはあまりにも素晴らしい日和だったし、まずいことになったわけでもない、実際、何もなかったのだ、いまのところは何も。ドリーの〈なりきりゲーム〉にはいつも面食らうばかりだった。なぜあんなふうにわざわざ芝居をしたがるのか理解できず、面白がる気にもなれなかったが、彼女が喜ぶならばとつき合っているにすぎない。

すべて水に流したことをドリーに証明するかのように、ジミーはさっと身を起こすと、ショルダーバッグから愛用のブローニーを取り出した。「写真を撮ってあげるよ」言ってフィルムを巻きあげる。「海辺のデートの記念に一枚いかがです、ミス・スミザム？」予想どおり、ドリーはぱっと顔を輝かせた——写真を撮られるのがたいそう好きなのだ——ジミーは周囲に目を走らせて太陽の位置を確かめると、小さな野原のはずれまで移動した。

ドリーはポーズを取るべくすでに身を起こし、猫のように伸びをしていた。「こんな感じでどうかしら？」ドリーの頬は陽射しを浴びて輝き、ボウタイのようにふっくらした唇は、ジミーが道端の露店で買ってきた苺の果汁で赤く染まっていた。

「パーフェクト」ジミーは言った。まさに完璧だった。「光も最高だ」

「最高の光のなかで、どんなふうにしてほしい？」

ジミーは顎をなでさすり、いかにも考えこんでいるような演技をしてみせた。「どんなポーズを取らせたいんだ。よく考えろ、ジミー、いまがチャンスだ、逃すんじゃない……ほら、よく考えるんだ……」

ドリーが声をあげて笑い、ジミーも笑った。ジミーは頭を掻き掻き言った。「ありのままのきみでいいよ、ドリー。今日のことをそっくりそのまま残しておきたいんだ。たとえあと十日間会えなくても、ポケットにきみを入れて持ち歩けるからね」

ドリーは微笑んだ。かすかに歪むその唇は謎めいていた。それからうなずいた。「わたしを忘れずにいられるような写真ということね」

「そういうこと。ちょっと待って。レンズを調整するから」ジミーは撮影レンズに付属のレンズをかぶせて距離を調節し、陽射しが強すぎるのでレバーを引いて絞りこんだ。急いては事をし損じる。さらに念を入れて、ポケットから布を取り出し、ガラスの表面を丹念に磨く。「さあ、これでよし」ジミーは片目を閉じ、ファインダーを覗いた。「じゃあ、撮――」ジミーはカメラを取り落としそうになったが、目を逸らすことができなかった。

ドリーはファインダーの向こうからこちらをじっと見つめていた。ほどいた髪が風に波打ち、首筋をなでている。しかもドリーはワンピースのボタンをはずし、肩口から脱ぎ終わっていた。そしてカメラに目を向けたまま、水着の肩ひもをゆっくりと腕のほうへずらしはじめた。

**嘘だろ**。ジミーは生唾を呑みこんだ。ここで何か言うべきだったのだろう。言うべきことはわかっていた。ジョークを飛ばすんだ、気の利いたやつを言ってやれ。だが、こんな姿のドリーを前にしたら、顎をつんと持ちあげ、挑むように見つめてくる眼差し、あらわになった胸の曲線を目にしたら――いやはや、十九年間で習い覚えた言葉は一瞬にして消し飛んでいた。窮地を救ってくれる気の利いた台詞も見つからぬまま、ジミーは自分にできる唯一のことをやるしかなかった。シャッターを切ったのだ。

「この写真は絶対に自分で焼いてね」ドリーは震える指でワンピースのボタンを留めながら言った。心臓は早鐘を打ち、気分は溌剌としてすがすがしく、不思議に力がみなぎっていた。自分の大胆さ、こっちを見た瞬間にジミーが見せた表情、いまなお目を合わせると顔を赤らめるジミーの様子……そのどれもが心を酔わせた。それだけでなく、これは何よりの証拠なのだ。このわたし、ドロシー・スミザムは、ドクター・ルーファスが言う通り非凡な女性だという紛れもない証拠。自転車工場で人生を終わらせるような人間ではないし、そうなるつもりはさらさらない。わたしは特別な人生を歩む運命なのだ。

「あんな姿のきみを、他の男に見せるとでも思ってるの?」ジミーは意味もなく、しきりにカメラのストラップをいじりまわした。

「うっかり見られちゃうかもしれないでしょ」

「そんな奴、即座に殺す」ジミーが小さくつぶやく。高ぶる感情に声がすこし割れていた。ドリーはくらっとなった。ジミーにそんなことができるのか。そんなことが実際に起こるだろうか。ドリーの生まれ育った、チューダー様式の棟割り長屋が立ち並ぶ新興住宅地では、まず起こりそうにないことだ。アーサー・スミザムが妻の名誉を守るために腕力をふるう場面など想像すらできない。だがジミーはうちの父さんとは正反対の人間だ。腕っぷしが強く、誠実さが顔に出ていて、こちらの胃がきゅんとなるような微笑みを浮かべる労働者階級の男だ。ジミーの言葉は聞こえなかったふりをして、カメラをジミーの手から取りあげると、いかにも物思いにふけっていると言わんばかりにそれを見つめた。

それから片手でカメラを持ちあげ、長い睫毛《まつげ》の下から茶目っ気たっぷりの視線を投げかけながら、口を開いた。「ねえ、あなたが持ち歩いているこれ、かなり危険な道具よね、ミスター・メトカーフ。人が望まないものだってあなたには撮れてしまうんだもの」

「たとえばどんな?」

「あら」ドリーは肩をすくめた。「人はみんな、やってはいけないことをやるものよ。たとえば、まだ学校に通っている純真無垢な少女が、世慣れた男にたぶらかされて道を誤ったりとか──そのあわれな娘の父親が知ったら、どう言うかしらね」ドリーは下唇を嚙んだ。不安だったが、そんな素振りは見せないようにした。体をすり寄せ──といっても度が過ぎぬ程度に──ジミーの日焼けして引き締まった腕に触れた。ふたりのあいだに電流が走った。「もしもそういう人たちが、あなたとこの箱型カメラに機嫌を損ねられでもしたら、いとも簡単にとんでもない目に遭わされちゃうんだわ」

「だったらきみは、ぼくの機嫌を損ねないようにしなくちゃね」そう言って前髪の下から笑顔をのぞかせたが、それもすぐに消えた。

ジミーは目を逸らさなかった。ドリーは自分の呼吸が浅くなるのがわかった。場の空気ががらりと変わった。ジミーの強い眼差しがすべてを変えた。感情の抑制装置の目盛りが振りきれ、ドリーは眩暈を覚えた。息を呑みこんだ。不安がつのったが、興奮もしていた。何かが起ころうとしていた、自分が仕掛けた何かが。もはや止めようがなかった。止めたいとは思わなかった。

そのとき何かが聞こえた。ジミーの口からもれた小さな溜息だった。ドリーはくらっとした。ジミーの眼差しはいまもドリーに注がれていた。ジミーが手を伸ばしてドリーの髪を耳の後ろに掻きあげた。その手に力が加わり、ドリーのうなじをしっかりとつかんだ。指の震えが伝わってきた。この接近が突如ドリーに自らの若さと未熟を感じさせ、何か言わねばと口を開きかけたが（何を言うつもりだったのか？）、ジミーが素早くかぶりを振ったので、口を閉じた。

ジミーの顎の筋肉がぴくりと動いた。深く息を吐き出すと、ドリーを抱き寄せた。ドリーはこれまで何度も接吻の場面を思い描いてきた。千回はくだらないだろう。だがこんな接吻は想像を絶していた。映画でキャサリン・ヘップバーンとフレッド・マクマレイが交わす口づけは、見ていてとても感じがよく、その瞬間にどう振る舞えばいいかを知りたくて、ドリーは親友のケイトリンと腕をからめて練習したこともあった。だが、現実はまるで違った。そこにあるのは熱と重みと切迫感だった。太陽と苺の味がした。ジミーの肌はしょっぱく、押しつけてくる体の熱が伝わってきた。ジミーが激しく求めているのがわかると、なおのこと興奮した。荒い息遣い、筋肉質の強靭な肉体、自分より背が高くて大きな体が必死で情欲と闘っていた。

ジミーは唇を離すと、目を開けた。それから安堵と驚きの入り混じる笑い声をあげた。熱を帯びたかすれ声だった。「愛してるよ、ドロシー・スミザム」おでことおでこが触れ合った。ジミーはドリーの服のボタンのひとつを軽く引っ張った。「愛している。いつかきみと結婚したいと思っている」

草の生い茂る小高い丘をふたり並んで下りていくあいだ、ドリーは一言も発しなかったが、頭はせわしなく回転していた。いまにプロポーズされるはず。ボーンマスに来てくれたこと、接吻、力強い抱擁……これの意味するところはそれ以外にない。その確信が生々しい現実となって迫ってきた。どうせなら大声で、正式なプロポーズをしてほしいと思った。歩む足の爪先までが切望感に疼いた。

非の打ちどころのない未来ではないか。ジミーと結婚すればいいのだ。父の勤める工場で働かないなら何をしたいのかと母さんに問われたとき、どうしてこのことを思いつかなかったのか？　望みはこれしかない。これこそが実行に移すべきことなのだ。

ドリーは横目でジミーを盗み見た。彼もまた同じことを考えているのだとわかった。ジミーは幸せのあまり気もそぞろといった様子で、珍しく無口だった。彼もまた同じことを考えているのだとわかった。いまも頭のなかは、どうやれば最高のプロポーズになるか考えるのでいっぱいなのだろう。ドリーは天にも昇る心地だった。スキップしてくるくる旋回し、踊りだしたい気分だった。

結婚を口にするのはこれが最初というわけではない。以前もふざけ半分で話題にしたことはあった。両親が決して来ることのない界隈にある薄暗いカフェの片隅で、もしも結婚したら……と囁き合ったものだ。そういうときはいつも、ドリーはぞくぞくするような快感を覚えた。ふたりが将来住むことになる農場の家の様子や、共に歩むことになる人生を面白おかしく描き出す行為には、閉めきったドアの向こうにあるふたりのベッドと、（肉体的にも道徳的にも）拘束のない世界が暗黙の裡に語られているような気がしてならず、母親に学校の制服のアイロンがけをしてもらっているドリーのような女学生は、いたく好奇心をくすぐられた。

ふたりの未来図を思い描くうちに頭がくらくらしてきたドリーは、ジミーの腕に腕をからめ、陽射しにあふれる草原から陽の射さない路地へと進んだ。やがてふと足を止めたジミーに抱き寄せられ、近くの建物の石壁に背を預けた。ジミーが薄暗がりのなかで微笑み、おずおずと口を開いた。「ドリー」

「なあに」ついに来た。ドリーは息が止まりそうだった。

「実は話しておきたいことがあるんだ。すごく大事なこと」


ドリーがにっこり微笑んだ。その顔は無邪気さと期待に輝き、ジミーの胸は焼けつきそうだった。あんなことをした自分が信じられなかった。衝動に負けてキスをしてしまった。しかもそれは想像と寸分たがわぬ甘美なものだった。何より嬉しかったのは、ドリーもキスに応えてくれたこと、口づけには未来が感じられた。同じ町内とはいえ、まるで違う環境で生まれ育ったふたりだが、価値観にさほどの違いもなければ、乗り越えがたい障害もなかった。どちらも相手を思う気持ちに変わりはない。握りしめた彼女の手は柔らかかった。そこで、このところ寝ても覚めても頭に渦巻いている一件を口にした。「実はね、少し前にロンドンから電話をもらったんだ。相手はローラントという人でね」

ドリーはうなずき、先を促した。

「その人は『ピクチャー・ポスト』という雑誌を始めることになって──写真でニュースを伝えるのを主体にした雑誌でね。その彼が、『テレグラフ』誌に載ったぼくの写真を見て、うちで働かないかと誘ってくれたんだ」

ジミーは、ここでドリーが歓声をあげ、飛び跳ねたり、興奮して腕にしがみついたりするとばかり思っていた。この誘いは、ずっとやりたいと思っていた夢の実現そのものだったのだ。

かつて屋根裏部屋で父の古い写真機と三脚を見つけ、箱におさまるセピア色の写真に魅了されて以来、ずっとあたためてきた夢だった。だがドリーは微動だにしなかった。笑顔もいまでは歪み、凍りついていた。「ロンドンですって？」

「そうだよ」

「ロンドンに行っちゃうの？」

「そうだよ。知ってるだろ、でかい宮殿にでかい時計塔がある、あの大都会だよ」

おどけた調子を心がけたつもりだったが、ドリーは笑わなかった。まばたきを繰り返し、吐き出すように言った。「いつ行くの？」

「九月に」

「向こうに住むの？」

「仕事だもの」ジミーは口ごもった。何かが変だった。「写真雑誌だし」言いよどみ、それから眉間に皺を寄せた。「ドリー？」

見れば、ドリーの下唇がわなわなと震えていた。いまにも泣きだしそうだった。

ジミーは焦った。「ドリー？　どうしたのさ？」

ドリーは泣かなかった。両手を大きく広げると、こんどはその手を両の頬に押し当てた。

「結婚しようって言ったくせに」

「え？」

「あなた言ったじゃない……だからてっきり……なのに……」

ドリーはへそを曲げていた。ジミーはわけがわからなかった。いまでは両手をしきりに振りたて、頬を上気させ、何やら早口でまくしたてるばかり。どうにか聞き取れたのは〝農場の家〟と〝父さん〟と、いまひとつ不可解な〝自転車工場〟という単語だけだった。

ジミーは何とかなだめようとしたが無駄だった。すっかりお手上げだった。ついにはドリーが大仰な溜息をついて、腰に両手を当てがった。その顔は倦み疲れ、怒りに満ち満ちていた。ジミーとしては、むずかる子供にするように抱き寄せて髪をなでてやることくらいしか思いつかなかった。それでますます激昂するか、おとなしくなるか、どちらになってもおかしくない。だからドリーが落ち着きを取りもどしつつあるとわかると、思わず知らず笑みがこぼれた。感情に起伏があまりないジミーは、喜怒哀楽が激しいドリーには面食らうことが多かった。とはいえ、そこには心酔わせるものがあった。嬉しいときのドリーの喜びようは過剰なほどで、その反面、いったん怒りだすと容赦がなかった。

「てっきりわたしと結婚したいんだと思ってたのに」ドリーは顔を上げて、ジミーをきっと睨みつけた。「なのにロンドンに行っちゃうなんて」

ジミーは笑わずにいられなかった。「なのにってことはないだろ、ドリー。ミスター・ローラントは金で雇ってくれるんだよ。そうなれば貯金もできる。結婚したいのは山々だよ……それがわからないの？　ただ、ぼくとしては、いい加減なことはしたくないんだ」

「どこがいい加減なの？　ふたりは愛し合っている、一緒になりたいんでしょ。農場の家で……丸々と太った雌鶏を飼って、ハンモックがあって、裸足で踊って……」

ジミーは微笑んだ。以前ドリーに、自分の父親が子供時代を過ごした農場の話をしたことがあった。子供のころにわくわくして読んだ冒険物語のことも話していた。ドリーはそうした話をふくらませて、自らの人生に重ね合わせていたのだ。何の変哲もない話をもとに、類まれな想像力から生まれるきらめく糸で見事な絵柄を織りあげてしまうドリーがたまらなく好きだった。ジミーは両手でドリーの頰を包んだ。「いまはまだ農家を買えるだけのお金がないんだよ、ドリー」

「だったらジプシーみたいなトレーラー暮らしだっていいのよ。カーテンに雛菊を飾るの。雌鶏は一羽だけ……ううん、さびしくないように二羽がいいわね」

ジミーは矢も盾もたまらずキスをした。あどけないドリー、ロマンチックなドリー、ぼくのドリー。「そう長くは待たせないよ、ドリー。いつかきっと、きみの望むものすべてを与えてあげたいんだ。そのためにも仕事を頑張るから……きみはただ待っていればいいんだ」

二羽のカモメが路地の上空を鳴きながら横切っていった。ジミーは陽でぬくもったドリーの腕に指を走らせた。そのままドリーの手を取り、しっかりと握りしめて、海のほうへ歩き出した。ドリーの抱く夢も愛していたし、見ているとこちらまでうきうきしてくる元気一杯のドリーも愛していた。彼女と出会ってはじめて、いままでになく潑剌とした自分を実感してもいた。だが、ふたりの未来をきちんと見定め、ふたりにとって賢明な道を考えるのは自分の務め、幻想や夢想に溺れるわけにはいかなかった。そこからは何も生まれない。ジミーは聡明だった。理解力父親の病状が悪化する前、まだ学校に通っていたころには教師たちもそう言っていた。

もあった。《ブーツ・ライブラリー》（会員制図書館）で借りた本を通じてさまざまなことを学んだ。唯一彼に欠けていたのはチャンスだった。それがいま、ついにめぐってきたのだ。

ふたりは黙々と路地を抜け、遊歩道が見える地点までやって来た。そこは午後の海水浴客であふれていた。彼らはシュリンプペーストのサンドイッチを食べ終われば、また海へと戻っていくのだろう。ジミーは立ち止まるとドリーのもう一方の手も取って、指をからめ合わせた。

「じゃあね」彼はそっと言った。

「十日後にまた会おう」

「その気になったらね」

ジミーは微笑み、別れのキスをしようと顔を寄せた。そこへひとりの子供が、路地のほうに転がっていくボールを取ろうと、わめきながらぶつかってきたため、それは果たせずに終わった。少年を目にして、妙に気恥ずかしくなったのだ。

ドリーが遊歩道のほうを身振りで示した。

「もう戻らないと」

「もう面倒を起こすんじゃないよ」

ドリーはあははと笑い、ジミーの唇にキスをした。それから胸がきゅんとなるような笑顔を残して、光の射すほうへ駆けていった。ワンピースの裾が素足をなでていた。

「ドリー」彼女が見えなくなる寸前に声をかけた。ドリーが振り返った。背後から陽射しを受けて、彼女の黒髪が光の冠のように見えた。「きみには豪華な服なんていらないよ、ドリー。今日見たあの子なんかより、千倍もきれいなんだから」

ドリーが微笑み返した――少なくともジミーにはそう見えた。逆光になった顔からは表情が読み取れなかった――ドリーは上げた手を振りながら行ってしまった。

太陽と苺、そして列車に乗り遅れないよう猛ダッシュしたせいもあり、ジミーは帰りの車中、ほとんど眠りっぱなしだった。夢に出てきたのは母親だった。もう何年も見ている新味のない内容だった。母親とジミーはお祭りの会場で、マジックショーを見ている。マジシャンが可愛いアシスタントの女性を箱のなかに閉じこめ、扉を閉める（この箱がいつも決まって、自宅一階の《棺と木工玩具のW・H・メトカーフ&サンズ》で父が作る棺に驚くほど似ていた）。すると母親が腰をかがめ、「いいことジミー、いまに彼がおまえの注意を逸らそうとするわよ。観客の目をくらませるテクニックなの。だから絶対に目をはなしちゃ駄目よ」と言った。ジミーはまだ八歳かそこらだ。しっかりとうなずき目を皿のように見開くと、絶対にまばたきしないぞ、たとえ涙で目が痛くなっても閉じるものかと頑張る。しかしどこでへまをしたのか、箱の扉が開いてみれば――あら不思議！――女性は消えていた。ジミーは一部始終をどうやら見逃したらしい。母親が笑い、その笑い声が妙な気分にさせる。手足に冷たい戦慄が走る。しかしすでに母親はそばにおらず、見ればステージの上の箱のなか、そこから母親が話しかけてくる。おまえは白昼夢を見ているのね、わたしの香水が強すぎるせいで……。

「切符を拝見」

ジミーははっと目を覚まし、隣の席に置いたショルダーバッグに手を伸ばした。やれやれ、よかった。うっかり眠りこんでしまった。バッグにカメラがはいっているというのに迂闊《うかつ》だった。これを失くすわけにはいかなかった。カメラは未来への扉を開ける鍵なのだ。

「切符ですよ、旦那」車掌の目が隙間ほどに細くなった。

「ああ、ごめん。ちょっと待って」ポケットから取り出した切符を手渡し、はさみを入れてもらう。

「コヴェントリーまでですね」

「ええ」

キセル乗車でないことがわかっていささかがっかりしたふうだった。車掌はジミーに切符を戻すと、かぶった帽子をとんと叩いて通路を歩きだした。

ジミーは図書館で借りた本をバッグから取り出したが、読まずに終わった。この日あったドリーとのこと、ロンドンのこと、将来のことが気にかかり、スタインベックの『ハツカネズミと人間』に集中できなかった。ドリーとの言い合いが尾を引き、少し頭が混乱していた。ロンドン行きを知らせて喜ばせたかっただけで、怒らせるつもりなどなかった——あれほど気立てがよく明るいドリーがへそを曲げたということは、何か非常識なところがあったのだろう——だがジミーには、あれでよかったのだという意識があった。

ドリーだって無一文の男とは結婚したくないはずだ。あの子は〝もの〟に囲まれているのが好きなのだ。きらきらしたアクセサリーや可愛いもの、思い出の品など、何でも集めたがる。今日だって、ビーチ・ハットにいる人々や、銀色のドレス姿の娘を羨ましそうに見ていたではないか。農場の家への憧れをどう語ろうとも、あの子が望んでいるのは昂揚感や華やかさ、あれこれ買い物を楽しむことなのだ。それも無理はない。あの子はきれいだし、愉快だし、チャーミングなのだから。まだ十七歳なのだ。そういったものと無縁で暮らす人生など想像もつかないだろうし、わかる必要もない。安くしてもらった肉屋の売れ残りを食べ、砂糖が買えないときは紅茶にコンデンスミルクを一滴たらして飲むような暮らしをしている男などではなく、最高級品を何でも買い与えられる男でなければドリーとつき合う資格はない。だからこそ、そういう立派な男になろうと思っているのだ。そんなふうになれたらすぐにも彼女と結婚するつもりだった。彼女を手離す気などさらさらなかった。

だが、それを口にするのは時期尚早だ。

愛さえあればと、無一文で結婚した男女がどういう末路をたどることになるか、ジミーは間近に見て知っていた。ジミーの母は、裕福な親の反対を押し切ってジミーの父と結婚した。しばらくは夢のような日々だった。だがそれも長くは続かなかった。ある朝ジミーが目を覚ましてみれば、母の姿はなかった。そのときに味わった戸惑いはいまもまだ記憶に生々しい。「ぷいっといなくなっちまったんだとさ」と、街角で人々が囁き合うのを耳にした。それで思い出したのは、少し前に母とふたりで見たマジックショーだった。母がふっと消えるところを想像し、母の肉体が目の前で分解して塵《ちり》と化すさまを思い描き、ただ驚くばかりだった。そんな魔術を使える人がいるとすれば母さんくらいのものだと、ジミーは思うことにしたのだ。

　子供時代に遭遇するさまざまな謎にいち早く答えを出してくれたのは、配慮ある大人ではなく、同世代の子供たちだった。**ちびすけジミー・メトカーフ／おっかさんにおんまをあげた／そしたらまんまと金持ち男と駆け落ちし／おこぼれひとつもらえなかった。**ジミーは校庭で聞かされたこの戯《ざ》れ唄を家に帰って父に聞かせたが、父はそれについて多くを語らなかった。父はますます痩せ細り、やつれた顔になり、何か仕事上の大事な手紙を郵便屋が届けてくれるのを待ってでもいるように、一日の大半を窓辺で過ごすようになっていた。このときもただジミーの手を優しく叩きながら、みんなの言う通りだよと言い、これからはふたりでなんとかやっていこう、ひとりぼっちになったわけじゃないんだからと言った。そう言いつづける父の様子にジミーは不安になった。息子にというより、自分に言い聞かせているようだった。

　列車の窓におでこをつけ、猛スピードで流れていく線路を見つめた。父さん。ロンドン行きの計画でネックになっているのは、すっかり老けこんだ父のことだった。父をコヴェントリーにひとり残していくわけにはいかなかったが、自分が生まれ育った家には未練があった。最近は父の頭のなかが昔に逆戻りし、ジミーの母親の食事まで用意していることもあった。それ以上に切ないのは、窓辺にじっとすわって母の帰りを待っていることだった。

　列車がウォータルー駅に滑りこむと、ジミーはショルダーバッグを肩にかけた。何とかなる。それはわかっていた。未来は目の前に広がっている。それに立ち向かう覚悟はできていた。カメラをしっかり抱えこむと列車を飛び降り、コヴェントリー行きの列車に乗り継ぐための地下鉄に向かった。

　そのころドリーは《ベルヴュー》の客室で銀色のあでやかなサテン地を身にまとい、衣裳簞笥の鏡の前に立っていた。もちろん持ち主にはあとで返すつもりだったが、試着もせずにすますのはドレスに対して失礼というものだ。背筋をしゃんと伸ばし、立ち姿をしばし見つめる。呼吸するたびに上下する胸のふくらみ、深い襟ぐりが作り出す優美なネックライン、ドレスが生き物のように肌の上で波打つさま。こんな素敵なドレスを着たのははじめてだった。母の古くさい衣類などまるでお話にならない。ケイトリンの母親だってこんなドレスは持っていないだろう。ドリーの変身ぶりは見違えるようだった。

　この姿をジミーにも見せたかった。唇に触れた途端キスを思い出し、呼吸が乱れた。こちらの瞳を見つめる彼の熱い眼差し、写真を撮るときの手慣れた様子も甦った。はじめての本物のキスだった。いまの自分は今朝とはまるで別人だった。そんな変化に両親は気づくだろうか。洗練とは程遠く、肉体労働で荒れた手をした、ロンドンで写真を撮る仕事に就こうという男が、飢えたようにわたしを見つめ、本気のキスをした。誰の目にもそれがわかるものなのか。

　ドリーは腰のあたりにできた皺を伸ばした。いもしない知人に向かってにっこり微笑み、会釈した。聞こえてもいないジョークに笑ってみせた。それから大きく手を広げてくるくる旋回しながら、狭いベッドにあおむけに倒れこんだ。「ロンドン」――ペンキのはがれかけた天井に向かって声に出して言ってみる。ドリーは決意を固めていた。息の根が止まりそうなほど興奮していた。わたしもロンドンに行こう。この休暇が終わったら、コヴェントリーに戻ったら、すぐにも両親に話そう。母さんも父さんも反対するに決まっているが、これはわたしの人生であり、古くさい生き方に従う気はなかった。自転車工場になんて行くものか。とてつもなく広い世界には、わたしのために用意されたわくわくするような冒険が待ち受けているのだ。何としてもそれを見つけに行かなくては。

## 9　ロンドン　二〇一一年

　空は雲に覆われ、陽射しはなかった。厚手のコートを着てきたのは正解だった。ドキュメンタリー番組のプロデューサーたちは、迎えの車を出すと言ってくれたが、ローレルはホテルからそう遠くないし歩きたいからと言って断わった。嘘ではない。もともと歩くのは好きだったし、最近は主治医に喜んでもらえるというおまけまでついてくる。それはともかく、今日は徒歩での移動がことさらありがたかった。新鮮な空気を吸えば、少しは頭がすっきりするはずだ。午後に控えたインタビューに珍しくナーバスになっていた。強烈なライト、まばたきひとつしないカメラの眼、若手ジャーナリストが愛想よく投げかけてくるだろう質問のことを考えるうちに自然と手がバッグに伸び、煙草を探っていた。主治医を喜ばせるのもここまでだった。

　ケンジントンチャーチ・ストリートにぶつかる交差点で足を止めてマッチを擦り、つけた火を消しながら腕時計に目をやった。映画のリハーサルは予定より早く終わり、インタビューは三時からだ。思案をめぐらせながら煙草を吸いこむ。急げば少しくらいの寄り道は大丈夫そうだ。ノッティングヒル方面に目をやる。たいした距離ではないし、時間もかからない。なのに決心がつきかねた。いま自分はさまざまな意味で岐路に立っているのだという意識が先立った。

行くと決めるのは簡単だが、いざ、蓋を開けてみたら、そこにおびただしい数の暗部がうごめいているかもしれないのだ。いや、考えすぎだと打ち消した——行って、じかに見ておくに越したことはない。すぐ近くまで来ているのに、見ないですますのは馬鹿げている。ローレルはハンドバッグを胸に抱え、颯爽とした足取りでハイストリートを離れた（「さあ、きびきび歩いて。ぐずぐずしない《ドント・ディリ・ダリ》」と母はよく言ったものだ。あの言葉の響きは愉快な気分にさせた）。

　母のバースデー・パーティのあいだ、ふと気づくとローレルは母の顔ばかり見ていた。まるでそこに謎の答えが書かれているかのように（ねえ母さん、ヘンリー・ジェンキンズとはどこで知り合ったの？　母さんの親友とはとても思えないわ）。パーティは木曜日の午前中、病院の庭で行なわれた——天気は上々だった。アイリスも言っていたが、ここには夏らしい夏がないのだから太陽の恵みを存分に利用しないのは罪というものだ。

　この日の母はとても美しかった。若いころはとびきりの美人だった。ローレルなど足許にも及ばない、娘たちの誰よりも美しかった。もっともダフネは例外だ。彼女ならディレクターから脇役ばかり押しつけられることはないだろう。だが、ひとつ言えることは、美しさは——若いときの美しさは——長続きしないということ。母も老いには勝てなかった。肌は張りをなくし、シミができ、皺やくすみも現われた。骨も脆くなったようで、体が一回り小さくなり、髪も薄くなった。それでもその面立ちにはいまも茶目っ気と明るさが残っている。眼差しも、疲労の色はにじんでいたが、楽しいことを絶えず心待ちにしている人のきらめきを湛えていたし、口角は愉快な話を思い出してでもいるようにきゅっと上がっていた。それははじめて会う人をも惹きつけ魅了し、この人のことをもっと知りたいと思わせるような表情だ。顎のあたりがかすかに痙攣すれば、この人も自分と同じように辛いことがあったのだろうと感じさせ、彼女のそばにいさえすればすべてはうまくいくと思わせてくれる。母に具わる真の美しさ——それは彼女の存在感、喜びの表情、人を惹きつける力にあった。そしてまた、母はお伽噺をこよなく愛する人でもあった。

「この鼻、顔のわりに大きすぎるでしょ」そう母が言ったのはローレルがまだ幼かったころ、何かの行事に出席する母が、おめかしするのを眺めているときのことだった。「せっかく神様からいただいた立派な鼻なのに、もったいないことをしちゃった。立派な調香師になれたかもしれないのにね」母は鏡からくるりと振り返ると、いたずらっぽい笑みを向けてきた。この顔をされると、ローレルの鼓動はいつも期待で速まった。「秘密を守れる?」

両親のベッドの縁に腰かけているローレルがうなずくと、母は身を乗り出し、ローレルのボタンのような小さな鼻に自分の鼻をすりつけた。「こうなったのはね、昔ワニさんだったからなの。ずっとずっと昔、あなたのママになる前のことよ」

「ほんと?」ローレルは息を呑んだ。

「本当よ。でも退屈しちゃったの。パクッと噛みついたり泳いだりするだけなんだもの。それに尻尾はずっしり重たいし、ほら、濡れると特にね」

「それで女の人になったの?」

「いいえ、そうじゃないの。重たい尻尾はうんざりだったけど、それだけじゃワニをやめる理由にはならないわ。ある日、川岸で寝そべっていたらね……」

「場所はアフリカ？」

「もちろんよ。イギリスにワニがいると思った？」

ローレルはかぶりを振った。

「で、アフリカの川岸で日なたぼっこをしていたらね、そこに小さな女の子がお母さんと一緒にやって来たの。ふたりは手をつないでいたから、ああ、あんなふうにしてみたいなと思ったの。そうしたら本当になれちゃった。人間にね。そして母親になった。なかなかうまくいったでしょ、この鼻だけは失敗だったけどね」

「でもどうやったの？」ローレルは不思議そうに目をしばたたいた。「どうやって人間に変われたの？」

「そうね」母ドロシーは鏡のほうに向き直り、肩ひもをまっすぐに直した。「秘密をすべて明かすわけにはいかないの。全部は無理。もう少し大きくなったら、また訊いてちょうだい」

母は想像力の豊かな人だった。「そうならざるを得なかったんじゃないかしら」バースデー・パーティのあと、自宅に向かう車を運転しながらアイリスが言った。「なにしろやんちゃな子供たちに振り回されっぱなしだったんだもの。想像力に乏しい人だったら完全に頭が爆発してたと思うわ」たしかにそうかもしれない、とローレルは深くうなずくしかなかった。自分ならそうなっていただろう。泣いたり喧嘩したりする子供が五人もいて、雨が降るたびに雨漏りが見つかり、煙突に鳥の巣があるような田舎家暮らしである。まさに悪夢のような日々だったとしてもおかしくない。

ところが違うのだ。我が家は完璧だった。批評家ならノスタルジックと評するだろう本に出てきそうな、おセンチな小説家がいかにも描きそうな家族模様がそこにはあった（言うまでもなく、批評家ならドラマはそうでなくちゃとはりきりそうな、あの刃傷《にんじょう》沙汰《ざた》が起こるまでの話ではある）。不機嫌な十代真っ盛りのころはローレルも、呆れたように目を回して見せては、こんな退屈な日常に満足している人の気がしれないと思ったものだった。なにせ〝牧歌的〟などという言葉が世間でもてはやされるずっと以前の時代であり、ローレルにしても一九五八年当時はキングズリー・エイミス（怒れる若者派の作家）にすっかり夢中で、H・E・ベイツの『愉快なラーキン一家』（一九五八年刊行。ユーモア家庭小説）には見向きもしなかった。かといって、両親に変わってほしいと思ったこともない。若さとは傲慢なもの、親というのは子供より冒険心に欠ける存在だと思っているくらいが、ローレルにはちょうどよかった。幸せな妻であり母親である母さんに、別の顔があるなどと思ったことはこれっぽっちもない。母にも娘時代があり、自分の母親のようには決してなるまいと思っていた時期があったことを考えようともしなかった。ましてや触れたくもない過去があるなどと思うはずもない。

ところがいま、過去はいたるところに顔をのぞかせていた。病院で母とヴィヴィアンの写真を目にした瞬間、過去はローレルに取り憑き、振り払えずにいた。過去は物陰という物陰で待ち伏せし、真夜中に耳許で囁くこともあった。それが積もり積もって日を追うごとに重さを増し、悪夢となって現われた。ぎらつくナイフ、ブリキのロケットを手にした少年、タイムマシンで時間をさかのぼり過去の過ちを正したいと言った弟の言葉などが、何度も頭を駆けめぐった。もはやそれ以外のことに気持ちを向けられず、来週クランクインする予定の映画のことも、収録中のドキュメンタリー番組のインタビューのことも頭から消えていた。母の秘められた過去の真相を探ること以外、どうでもよくなっていた。

秘められた過去は間違いなく存在している。ローレルがまだ確信するまでに至っていないとしても、母はそれを認めたも同然だった。九十歳の誕生パーティの席で、母のひ孫にあたる三人の娘たちが雛菊の首飾りを編み、母の孫息子が自分の息子の怪我をした膝にハンカチを巻いてやり、娘たちがケーキとお茶が全員に行きわたっているかどうか確かめ、誰かが「スピーチ！　スピーチ！」とはやしたてるなか、母ドロシー・ニコルソンは至福の笑みを浮かべていた。その背後では、遅咲きの薔薇が茂みを赤く染めていた。母は両手を握り合わせ、いまでは痩せてゆるくなった指輪を所在なげにくるくる回していた。そしてふうっと息をもらし、消え入りそうな声でゆっくりとこう言ったのだ。「わたしは、なんて果報者かしら。こうしてみんなが、わたしの子供たちが集まってくれるんだもの。感謝の気持ちで胸がいっぱいだわ、こんなふうに……」ここで老いた唇がわななき、まぶたを震わせながら目が閉じられた。みんなが駆け寄ってキスの雨を降らせ、「大好きよ、ママ！」と口々に叫ぶ声に紛れ、そのあとに続く母の言葉を聞いた者はいなかった。「……第二のチャンスに恵まれて」

だがローレルは聞き逃さなかった。母の愛らしい顔、やつれた顔、いつもの見慣れた顔、秘密を宿した顔にじっと見入った。できることなら表面をこすり落としてみたかった。そこにきっと答えが眠っているはず。落ち度のない退屈な人生を送った人であれば、第二のチャンスに恵まれたことを感謝するわけがない。

やって来た先はカムデン・グローヴだった。枯葉が吹き溜まりをつくっていた。道路清掃人の姿はまだ見当たらず、ローレルは嬉しくなった。厚く降り積もった枯葉を踏みしめると時がひとつに折り重なり、いまここにいる自分と、《グリーンエイカーズ》の裏手の雑木林で遊ぶ八歳当時の自分とを同時に体験している気分になれた。「袋の口いっぱいまで詰めるのよ。炎がお月様に届くくらい大きな篝火《かがりび》を焚きましょうね」そう言う母さんの声が甦った。あれはガイ・フォークス祭の夜のこと。ローレルとローズはゴム長靴をはいてスカーフをかぶり、おくるみに包まれたアイリスは乳母車のなかにいた。いずれ誰よりもこの林を愛することになるジエリーはまだ、薔薇色の空のはるか彼方に浮かぶ蛍の囁き声でしかなかったころの話だ。ダフネもまだ生まれておらず、母のおなかのなかで泳ぎ、旋回し、飛び跳ねては、「わたしはここよ！　ここにいるわ！　ほらここよ！」と、存在をアピールしていた（「あなたがまだあの世にいたとき、こんなことがあったのよ」というのが、ダフネの誕生以前の話題に移るときのみんなの決まり文句だった。死をあてこすられるのはちっとも気にしないくせに、にぎやかな思い出話に自分の出番がまるでないのは我慢ならない、それがダフネだ）。

道を半分ほど進み、ゴードン・プレイスを過ぎたあたりでローレルは立ち止まった。あった。二十五番地。二十四番地と二十六番地にはさまれて、あるべき場所に存在していた。建物は周囲と同様、白壁のヴィクトリア様式で、二階のバルコニーは黒い鉄の手すりで囲まれ、勾配が緩やかなスレート瓦の屋根の下には屋根窓《ドーマーウィンドウ》がついている。月着陸船にでもなりそうな形状の乳母車が、モザイクタイルを敷き詰めた正面通路に置かれ、一階の窓辺には子供が描いたと思しきハロウィンのカボチャの絵が数枚、花綱飾りのように飾ってある。建物正面にブルー・プラークは嵌《は》めこまれておらず、番地表示があるきりだ。どうやらヘンリー・ロナルド・ジェンキンズがカムデン・グローヴ二十五番地にかつて住んでいたことを後世に伝えようと、イングリッシュ・ヘリテッジ（歴史的建造物保護を目的とした政府の特殊法人）に申請した人は皆無だったようだ。現在の住人は、かつてここに著名な作家が住んでいたことを知っているのだろうかと、ローレルはふと思った。おそらく知らないはず、知らなくて当然だろう。それを言ったらロンドンに暮らす多くの人が、うちだって誰それという有名人が住んでいたと言い出しかねないし、ヘンリー・ジェンキンズの名声は短命に終わっている。

それでもインターネットのお蔭で、ジェンキンズのことはいろいろ知ることができた。もっともこれの厄介な点は——いったんネットに載ったが最後、いくら金を積もうとそこから存在を消すことができないところだ。ヘンリー・ジェンキンズもネット上に生息し、生霊《いきりょう》のように徘徊する何百万という亡霊のひとりになっていたわけで、正しい文字列が入力されるやたちまち息を吹き返したのだ。実は《グリーンエイカーズ》にいるとき、買って間もない携帯電話でウェブ検索を試みたのだが、検索ワードの入力場所に迷っているうちにバッテリーが切れてしまった。こっそり調べ物をするのにアイリスのラップトップを借りるわけにもいかなかった。そんなわけで、サフォークを離れる直前は、バスルームの漆喰にできたカビをこすり落とすローズの手伝いをしながらじりじりしていたのだった。

打ち合わせ通り、運転手のマークが金曜日に迎えに来た。M11道路を走行中は、車の渋滞状況とか、そろそろ始まる芝居シーズンとか、道路工事もオリンピック開幕に合わせてじきに終わりそうだとか、そんな世間話に終始した。無事ロンドンに到着すると、ローレルはスーツケースを手に夕暮れの歩道に降り立ち、手を振って車が視界から消えるまで見送ると、落ち着いた足取りで階段を上り、慌てることなく玄関ドアの鍵を開け、敷居をまたいだ。だが、そっとドアを閉め、誰の目も届かない自宅の居間にはいるや、たちまちスーツケースを投げ出し、仮面をかなぐり捨てた。照明スイッチを入れる寸暇も惜しみ、すぐさまラップトップの電源を入れてグーグルに彼の名前を打ちこんだのである。一瞬にして検索結果が現われた。ローレルの爪を噛む癖がまたも始まっていた。

ウィキペディアの「ヘンリー・ジェンキンズ」の項はさほど詳しくなかったが、参考文献一覧と簡単な経歴が載っていた(一九〇一年ヨークシャー生まれ。一九三八年オックスフォードで結婚。ロンドンのカムデン・グローヴ二十五番地に暮らし、一九六一年サフォークで死去)。彼の小説は、何軒かの古書店サイトにリストアップされていた(ローレルはそのなかの二冊を注文した)。彼の名前が出てくるホームページは、『ノードストローム校校友名簿』や『小説より奇なり――謎の死を遂げた作家たち』など多岐にわたっていた。彼の著作に関する情報も入手した――彼の小説は半自伝的で、殺伐とした環境を生きる労働者階級のアンチヒーローを主に描いていたが、一九三九年に発表した恋愛小説が大ヒットする。また、戦時中は情報省に籍を置いたとある一方、「サフォーク州、夏のピクニック客ストーカー事件」の容疑者として彼の名前を挙げる記事もかなりの数にのぼった。それを一ページずつ丹念に読み進みながら、見知った名前がいつ目に飛びこんでくるかと気が気でなかった。

だがそれも杞憂に終わった。オスカー女優にして国民が好きな顔（第二位）に輝くローレル・ニコルソンの母親、ドロシー・ニコルソンの名前はどこにも出てこなかった。事件現場は〝サフォーク州ラヴェンハム近くの草地〟とある以外、具体的な場所には触れていなかった。バースデー・ナイフのことも泣きじゃくる赤ん坊のことも、川辺の家族パーティといった興味本位のゴシップも見当たらない。それはそうだろう。そんなものがあるわけないのだ。一九六一年当時の紳士協定に基づいて詳細がぼかされた記事は、オンライン歴史編纂者の手で見事に補強されていた。ヘンリー・ジェンキンズは第二次世界大戦前に成功を謳歌した作家だが、その後は人気も落ち目になったこと。金も影響力も友も失い、ついには良識もなくしてしまったこと。代わりに彼が手にしたのは不名誉であり、それすらいまではほとんど忘れ去られていること。大同小異のこうした悲話を何度も読むうちに、はじめは鉛筆描き程度のあやふやな話が次第に動かしようのない事実に思えてきた。このフィクションをローレル自身も信じはじめていた。

だが次のワンクリックが危険ゾーンを引き寄せた。現われたのは一見害のなさそうな『ルパート・ホールドストックの空想世界《イマジナリウム》』と題するウェブサイトだった。ウィンドウに人の顔と思しき写真が現われた。ヘンリー・ジェンキンズだった。実家の玄関先に現われたあの顔より若かったが、見間違いようがなかった。肌がかっと火照り、悪寒が走った。事件直後に入手した新聞二紙に写真はなかった。つまりこれは、あの日の午後、ツリーハウスから目撃して以来はじめて目にする彼の顔だった。

もはや歯止めが利かなくなった。すぐさま画像検索に切り替えた。グーグルはわずか〇・二七秒で、縦横の比率が若干異なる同一写真を画面いっぱいにずらりと整列させた。こうして膨大な数の画像を見せられると、ひどく恐ろしげな顔に見えた（これをあの事件と結びつけて見ているせいなのか？　庭木戸の蝶番のきしむ音、バーナビーの唸り声、赤黒く染まった白いシーツ）。モノクロ写真が何段にもわたって続いた。正装姿、黒い口ひげ、濃い眉毛の下からまっすぐ見つめてくるかっと見開いた目。「やあ、ドロシー。久しぶりだね」おびただしい数の薄い唇が、画面上で動いているような錯覚を覚えた。

勢いよくラップトップを閉じると、部屋は闇に包まれた。

ヘンリー・ジェンキンズの顔はもう見る気がしなかったが、あれ以来、彼のことを、すぐそこの角を曲がった先にある彼の家のことを、ずっと考え続けていた。翌日、宅配便で先に届いたほうの本を徹夜で読み終えたとき、母のことも考えた。『メイドのよろめき』は一九四〇年刊行、ヘンリー・ジェンキンズ八冊目の作品で、著名な作家とその妻に仕えるメイドとの恋愛模様が仔細に描かれていた。若いメイド——名前はサリー——は蠱惑《こわく》的な娘で、主人公は、美人だが冷酷な妻に深く傷ついた男という設定だ。もったいぶった文体さえ大目に見れば、駄作ではなかった。登場人物たちは活き活きと描かれているし、語り手の葛藤描写も、サリーと妻が親密になる場面で特に光っていた。ついに語り手はメイドとの関係を終わらせようとするのだが、それがもたらすだろう後遺症を思い、懊悩《おうのう》するところで物語は終わる。言うまでもなく、あわれ娘はすっかり主人の虜《とりこ》になっているわけだが、誰にそれを責められるだろう? ヘンリー・ジェンキンズ自らも書いているように、彼は——つまり、主人公は——実に魅力的な人物なのだ。

ローレルは、カムデン・グローヴ二十五番地の屋根裏部屋の窓を改めて見あげた。ヘンリー・ジェンキンズは実在の人物をモデルに書く小説家として知られていた。母ドロシーは一時期メイドをしていたことがある(グランマ・ニコルソンの下宿屋に来たのも、メイドに雇われたからだ)。母とヴィヴィアンは親密な間柄だった。母とヘンリー・ジェンキンズは、何かがあって決別した。となると、サリーの物語は母がモデルだと考えるのは荒唐無稽にすぎるだろうか? 母がある時期、このスレート瓦のすぐ下の小部屋に暮らしていたということはないのか? 雇い主と恋に落ち、その後捨てられたのか? ローレルが《グリーンエイカーズ》で目撃したことは、軽んじられた女の怒りやその他諸々の感情がさせたこと、そう考えれば辻褄《つじつま》が合うのではないか?

おそらくそんなところだろう。

ドロシーという名の若い娘がヘンリー・ジェンキンズのところで働いていたかどうかを突き止めるにはどうすればいいのか、それをローレルが考えているそのとき、二十五番地の玄関ドアが開き（ドアの色は赤。赤いドアの家に住む人間に悪人はいない）、ぽっちゃりした脚をタイツに包み、ポンポン付きのキャップをかぶった三人の子供たちがにぎやかに歩道に飛び出してきた。概して一軒家の持ち主は自宅を他人にじろじろ見られるのを好まないものだ。そこでローレルはぱっと顔を伏せるとバッグをがさごそやりだし、自分はたまたまここを通りかかっただけ、午後いっぱいかけて亡霊を追い回しているような人間ではないというふうを装った。それでも、どんな些細なことも見逃さない有能な公園管理人よろしく、目の前の光景を片目でしっかりとらえていた。乳母車に赤ん坊を乗せて、ひとりの女性がなかから出てきた。足許には子供たちがまとわりつく。そしてさらに別の――おやおや――子供の歌声が家のなかから聞こえてきた。

女はカニの横這いのような格好で、乳母車を玄関前の石段に引き出そうとしていた。手を貸そうかどうしようかとローレルが迷っているところに、五人目の、ほかの子たちより背の高い、五、六歳くらいの少年が出てきて、母親に手を貸して乳母車を石段から下ろした。一行はケンジントンチャーチ・ストリート方面へ歩きだした。スキップする幼い少女三人が先頭に立ったが、少年はぐずぐずしていた。ローレルは少年を見つめた。その子の唇はまるで歌でもうたっているようにかすかに動き、両腕を平らに広げて舞い落ちる木の葉のように左右の手をゆらゆら波打たせ、それをちょっと首をかしげて見つめるさまがなんとも愛らしい。周囲にはまるで無頓着、その一心不乱な少年の様子に魅了された。見ているうちに子供時代のジェリーを思い出していた。

可愛いジェリー。みんなのジェリーは普通の子供と違っていた。生まれてから六歳になるまであまり口をきかず、だから彼にはじめて会う人が障害のある子かと早合点することもたびたびあった（もっともニコルソン家のかまびすしい娘たちを知る人なら、彼の沈黙もむべなるかな、と納得するところだ）。こうした他人の憶測はどれもはずれていた。ジェリーは知的障害があるわけではなく、むしろ聡明なほう――それもとびきり聡明だった。理系の頭脳の持ち主だった。彼の関心事はもっぱら時間と空間全般に関する事実と証明、真実と法則、問題と解、要するにローレルが疑問にすら思わない分野である。ついにジェリーが意思の疎通に言葉を使う気になって最初にしたのは、ピサの斜塔を倒れないようにするために工学技術者たちが出したさまざまなプランについて、みんなはどう思うかという問いかけだった（この数日前の夜のニュースで、その話題が取りあげられていたのだ）。

「ジュリアン！」

ローレルの回想が四散し、目を上げると少年の母親が、別の惑星から呼びかけてでもいるように少年の名を呼んだ。「ジュジュく～ん！」

少年は左手を動かして無事着陸を果たすと、ふと目を上げた。ローレルと目が合った途端、その目が見開かれた。まずは驚きが、続いて何か別の感情が表われた。誰だかわかったのだと、ローレルは察した。よくあることだった。的外れなこともままあるが（「あれ、見た顔だな。どこかでお会いしましたっけ？　銀行にお勤めでは？」）。

ローレルはうなずいて見せ、立ち去りかけた。すると「パパの憧れの人だ」と少年が真顔で口を開いた。

「ジュ〜リア〜ン」

ローレルは咄嗟に振り返り、不思議な少年と向き合った。「何て言ったの？」

「パパの憧れの人」

どういうことなのか、もう一度問いかける間もなく、少年は左右の手でカムデン・グローヴの見えない波をかき分けながら、つんのめるように駆けていき、母親に追いついた。

# 10 （ロンドン 二〇一一年）

ローレルはケンジントン・ハイストリートでタクシーを拾った。「どちらまで?」運転手の声を耳にしながら、雨を逃れて後部座席におさまった。

「ソーホーへ――《シャルロット・ストリート・ホテル》まで、お願いします」

一瞬、間があき、バックミラー越しに見つめられた。車は急発進して流れに加わった。「どこかで見たお顔ですね。お仕事は何を?」

**パパの憧れの人**――あれはどういう意味だったのか? 「銀行に」

運転手が銀行家の悪口や世界規模の信用危機の話を始めたので、ローレルは携帯電話の画面に気を取られているふりをした。アドレス帳の名前を無造作にスクロールしていき、ジェリーのところで止める。

ジェリーは母のバースデー・パーティに遅れてやって来た。頭を掻き掻き、プレゼントをどこに置いたか思い出せず、まごついていた。いかにもジェリーらしかった。そんな彼に会うのを誰もが楽しみにしていた。もう五十二だというのに、ぼんやりした子供のようなところがまだ残っていて、サイズの合わないズボンをはき、三十年前のクリスマスにローズがスラブ糸で編んで贈った茶色のプルオーバーをいまだに着ていた。にぎやかな挨拶がひとしきり交わされた。四人の姉たちは先を争うようにしてお茶やケーキを勧めた。母もこのときばかりはうたた寝から目を覚まし、やつれた顔にとっておきのまばゆい笑みを浮かべ、ひとり息子との再会を心底喜んだ。

子供たちのなかでもとりわけこの息子に、母は会いたがっていた。そのことをローレルは親切なほうの看護師から聞いていた。パーティに向かう途中、「ちょっといいですか」と廊下で呼び止められたのだ。

ローレルは咄嗟にガードを固めた。「何かあったんですか？」

「いえ、そういうことじゃなくて。お母様がどなたかのことを訊いてきたんです。たぶん男の方、ジミーとか言っていらしたわ。心当たりがありますか？　その人の居場所を知りたがり、どうして来てくれないのかって」

ローレルはちょっと考えてから、肩をすくめ、ジミーという人に心当たりはないと告げた。わたしは何を訊かれても役立たずの娘、母のことならよく面倒を見ている妹たちに訊いたほうがいいと、言い添えることはしなかった（もっともダフネは別だ。ダフネがいるから救われた。おかげでいちばん薄情な娘にならずにすんでいる）。

「あまり大袈裟に考えないでくださいね」看護師は安心させようと笑顔になった。「最近はちょっと意識がぼんやりすることもあるんです。末期の人たちはよく頭が混乱しますしね」

ローレルは〝人たち〟という十把《じっぱ》ひとからげの言い方に、〝末期〟という露骨な表現に身がすくんだが、そこへ水漏れするやかんを手に、イギリス製品への不満を眉間に湛えたアイリスがやって来て、この件はうやむやになった。その後、病院の玄関ポーチでこっそり煙草を吸っているうちに、あれは看護師の聞き違いではないのかと思いはじめた。母が口にしたのはジミーではなく、ジェリーだったのだと。

運転手が急ハンドルを切り、タクシーはブロンプトン・ロードから別の通りにはいった。ローレルはシートにしがみついた。「ここはまだ建設中でね」運転手は高級百貨店《ハーヴェイ・ニコルス》の裏手に沿って車を走らせながら言った。「高級アパートメントだそうで。もう十二か月も経つのに、あの忌々しいクレーンがまだ幅を利かせてるんですよ」

「腹立たしい限りね」

「ほぼ完売だそうですよ。一戸あたり四千万ポンドもするってのにね」運転手はヒューッと息を吐き出す。「四千万ですよ——それだけあったら島を買うね」

ローレルは火に油を注がぬ程度の笑みを浮かべた——他人様の懐《ふところ》具合の話に引きこまれるのはご免だった——そこで携帯電話をさらに顔に近づけた。

なぜジェリーのことが気にかかるのか、なぜ少年を見かけるたびに彼の面影を重ね合わせてしまうのか、理由はわかっていた。昔からジェリーとは気の置けない親密な姉弟だったが、彼が十七歳のときを境に、ふたりの関係がぎくしゃくしだしたのだ。あれはジェリーが入学先のケンブリッジに向かうついでに（彼が全額給付奨学生になったことをローレルは知り合いに吹聴し、ときには知らない人にまで自慢したものだった）、ローレルのロンドンの住まいに立ち寄り、ふたりでいつものように愉快なひとときを過ごしたときのこと。昼間は『モンティ・パイソン・アンド・ホーリー・グレイル』（アーサー王伝説のパロディ映画）を観て、夜は近所のカレーハウスで食事をした。おいしいタンドリーチキン・マサラで上機嫌になったふたりは、部屋に戻るとバスルームの窓から屋根に這い出し、枕と毛布も持ち出して、マリファナを回し喫《の》みした。

　その夜はいつになく晴れわたっていた——星の多さはふだん以上だったのではなかろうか——はるか下の通りからは、浮かれ騒ぐ人々の心地よい熱気が伝わってきた。マリファナのせいか珍しくジェリーが饒舌《じょうぜつ》になり、ローレルには嬉しい驚きだった。彼は万物の起源を説明しようとした。星座や銀河を指さしながら、すらりとした両手を熱っぽく動かしては爆発シーンを再現して見せた。ローレルは、目を細めて星々がぼやけたり歪んだりするのを眺めながら、彼の言葉が水のように流れるに任せた。星雲《ネビュラ》、黒点の半影領域《ペナンブラ》、超新星《スーパーノヴァ》といった言葉の奔流にぼうっとなっていたせいで、声をかけられてようやく弟の独演が終わったことに気づいた。

「姉さん」それは何度も呼びかけた挙句《あげく》に発せられるような、とがった声だった。

「え？」左右交互にウィンクを繰り返すと、星々がジャンプしているように見えた。

「いつか訊こうと、ずっと思ってたことがあるんだ」

「え？」

「まいったな」ジェリーは笑った。「ものすごい回数、何度も頭のなかで繰り返した言葉なのに、いざとなったらうまく出てこないよ」焦れたように髪に指を走らせ、動物めいた鼻息をもらした。「ふむ。よし、じゃあ行くよ。姉さんにずっと訊きたいと思っていたのはね、ぼくらが子供のときに何か事件が起きなかったかってこと。何か、その……」ここで声を落とした。「暴力がらみの事件があったんじゃない?」

ローレルははっとした。第六感のようなものが働き、皮膚の下の血流が波立ち、全身がかっと熱くなった。ジェリーは憶えていたのだ。まだ物心もつかないジェリーが憶えているわけがないと、両親もローレルも高をくくっていた。だがジェリーは憶えていた。

「暴力がらみ?」ローレルは上体を起こしたが、ジェリーに顔を向けることはなかった。目を見て嘘はつけそうになかった。「アイリスとダフネがバスルームの取り合いになって怪我をした、あの事件?」

ジェリーは笑わなかった。「自分でも馬鹿げているとは思うけど、たまにふと胸騒ぎが起きるんだ」

「あなたが胸騒ぎ?」

「姉さん……」

「そういう非科学的な話がしたいなら、ローズのほうが……」

「そうじゃなくて」

「何ならインドの僧院《アシュラム》に電話してあげ──」

ジェリーがクッションを投げつけてきた。「こっちは大真面目なんだぜ。気になって頭が変になりそうなんだ。姉さんなら本当のことを教えてくれると思ったから訊いたのに」

ジェリーはふっと薄く笑った。ふたりに真面目は似合わない。ローレルはといえば、これまで何百万回も経験済みだが、またしても弟が愛おしくてたまらなくなった。正直な話、おなかを痛めた我が子でもここまで愛せそうにない。

「何かが記憶の隅に引っかかっているような気がするんだ、それが何かは思い出せない。とうに終わったことなのに、そのときの気分というか、おぞましさや恐怖というか、何か影のようなものにつきまとわれているというか。言っている意味わかるだろ?」

ローレルはうなずいた。わかりすぎるくらいわかった。

「で、どうなの?」ジェリーは心許なげに一方の肩を上げ、すぐにまた下ろした。ローレルがまだ何も言っていないうちから、かなりめげているふうだった。「何かあったよね? あっただろ?」

何が言えるというのか? 真実を? それは無理というもの。どんな誘惑に駆られようと、年の離れた弟に言っていいことと悪いことがある。まして明日から大学生活を始めようという人に四階建の屋根の上で話すなど、できるわけがない。何としてもこれだけは伝えねばという気持ちに突如駆られたとしても、言うべきではない。「思い当たることはないわ、ジェラルド」

ジェリーはそれ以上訊いてこなかった。ローレルの言葉を疑っているようでもなかった。しばらくして彼が星やブラックホールや万物の始まりの話を再開すると、ローレルは愛おしさと後ろめたさに胸を痛めた。極力目を合わせないようにした。見たら最後、母が藤棚の下の砂利の上に下ろすと泣きじゃくっていた、あの可愛い子供を思い出し、せっかくの決意が揺らぎそうに思えたのだ。

翌日ジェリーはケンブリッジに旅立ち、以来ずっとかの地にとどまり現在に至っている。宇宙の膨張をテーマに論文を発表してはいくつもの賞に輝き、その分野の研究の流れを変えるほど優秀な研究者になった。時間があれば会いもしたし、手紙のやり取りもした——ローレルが出すのは舞台裏でのちょっとした笑い話を走り書きしたものだったし、ジェリーのほうはカフェテリアの紙ナプキンの裏に描いた不可解な図というのがその大半を占める——だが具体的に何があったというわけではないのに、ふたりの関係は普通ではなくなった。常に開けっぱなしだったはずのドアは、気づかぬうちに閉じられていた。あの夜、屋根の上で、ふたりの友情に音もなく亀裂が走るのを見て取ったのはローレルだけなのか、それとも彼もまた気づいていたのか、ローレルは確信が持てずにいる。やはり真実を告げるべきだったのかと悔いが残ったが、そのときはまだ告げる気になれなかった。あれでよかったのだ、ああすることで弟を守ったのだと納得したはずなのに、いまはそれも揺らいでいた。

「お客さん、着きましたよ。《シャルロット・ストリート・ホテル》。十二ポンド」

「お世話様」ローレルは携帯電話をバッグにおさめ、運転手に十ポンド札と五ポンド札を渡した。そのとき思いが湧きあがった。あの日のことを話し合える相手は、母以外では弟しかいない。あの日あそこに、あの子もいた。わたしたちふたりは、姉と弟というだけでなく、あの事件の目撃者という意味でもつながっているのだと。

ローレルがタクシーのドアを開けた拍子に、エージェントのクレアにぶつかりそうになった。

傘をさし、歩道で待ち構えていたらしい。「もう、クレアったら、びっくりするじゃない」そう言っているあいだにタクシーは走り去った。

「これも仕事のうち。元気にしてた？　調子はどう？」

「お蔭様で」

ふたりは互いの頬に唇を軽く当て、雨と寒さから逃れるようにホテルに駆けこんだ。「クルーはまだ準備中なの」クレアは傘のしずくを切りながら言った。「照明やら何やかや。レストランでお茶でも飲んで待ちましょう。紅茶、それともコーヒー？」

「だったらドライなジンにして」

クレアが細い眉を持ちあげた。「そんなもの必要ないでしょ。もう何度となくやってることじゃないの、わたしだって立ち会うんだし。あのジャーナリストが打ち合わせと違うことを言いだしたら、蕁麻《じんま》疹《しん》だらけにしてやるわ」

「それ、名案」

「蕁麻疹起こさせるの、けっこう得意なの」

「想像がつくわ」

紅茶のポットがちょうど運ばれてきたところに、髪をポニーテールに結い、〈なんなりと《ワットエヴァー》〉と書かれたTシャツを着た若い娘がやって来て、クルーの準備が整ったと告げた。クレアはウェイトレスを手招きしてお茶を上まで届けてくれるよう頼み、ふたりはエレベーターで部屋に向かった。

「大丈夫？」とクレア。エレベーターのドアが閉まる。

「大丈夫」そう言ったものの、大丈夫だと思いこむのに苦労した。

ドキュメンタリーの撮影チームは、前回と同じ客室を確保していた。一本の対談を一週間もあいだを空けて収録するのは理想的とは言えなかった。場面のつながりという、ちょっとしたことにも配慮が必要になる（そのためにローレルは指示通り、前回着用したブラウスを持参していた）。

ドアのところでプロデューサーに出迎えられたあと、衣裳係の案内で続き部屋へ向かった。そちらにアイロンが用意されているのだ。胃が縮みあがり、それが顔に出たのか、クレアが声をかけてきた。「一緒に行こうか？」

「大丈夫」ローレルは頭を後ろにさっと振って、母やジェリーのこと、それと過去の暗い秘密を頭から追いやった。「着替えくらい、ひとりでできなくちゃね」

インタビュアー――「ミッチと呼んでください」――は満面の笑みでローレルを迎えると、アンティークの裁縫用ボディの隣にあるアームチェアを手振りで示した。「またご一緒できて光栄です」ローレルの手を両手で包みこむようにして、しきりに振りたてる。「いい仕上がりになりそうだと、みんな大喜びですよ。先週の収録分をちょっと見ましたが――実に素晴らしい。あなたの回がこのシリーズの目玉になりそうですね」
「そう言っていただけると嬉しいわ」

「今日はたいして手間取らないはずです――細部を何か所か補足するということで、かまいませんか？　インタビュー全体をつなぐ際に、抜け《ブラック・スポット》がないようにしませんとね」

「たしかにそうね」こうなったら喜んで我が人生のブラック・スポットを探ろうではないか、歯根手術に比べたら痛くもかゆくもない。

数分後、メイクとマイクのチェックが終わると、ローレルはアームチェアの上で居ずまいを正してスタンバイした。照明がともり、アシスタントが前の週に撮っておいたポラロイド写真と見比べながら、セットの位置を直す。一同に静粛が呼びかけられ、ローレルの目の前にカチンコが現われる。カチンとワニが顎を鳴らした。

ミッチが椅子から身を乗り出す。

「カメラ、回ります」カメラマンの声。

「さて、ミズ・ニコルソン」ミッチがしゃべりだす。「ここまでは、あなたが演劇界でくぐり抜けていらした波瀾万丈をいろいろうかがってきましたが、視聴者の皆さんは、我らがヒーロー、ヒロインがどんな人生を歩んでいらしたのか、きっと知りたがっていると思います。そこで、子供時代のお話を聞かせていただけませんか？」

台本通りだった。ローレルはあらかじめメモを用意していた。遠い昔、地方の農家で、素晴らしい家族に囲まれて少女時代を過ごしたこと。三人の妹と、年の離れた弟がひとりいて、子供たちはみんな、仲睦まじい両親からたっぷりの愛情を注がれて育ったこと。ローレルという少女の子供時代は平穏そのもので、陽射しにあふれた場所で思う存分遊びまわっていたこと。

退屈だった一九五〇年代に別れを告げ、六〇年代にはいるとすぐに華やかな光にあふれるロンドンに出て、新しい文化の波に乗ったこと。幸運に恵まれたこと（ここで、あちこちのインタビューで口にしてきた感謝の言葉を一言）、絶対にくじけなかったこと（成功したのはたまたま運が良かっただけ、などと言うのは口先だけの人間がやることだ）、俳優養成学校を出てから今日まで、仕事を休んだことがない等々。

「牧歌的な子供時代を過ごされたようですね」

「まあそうですね」

「パーフェクトと言ってもいい」

「パーフェクトな家族なんてどこにもないわ」口がからからになった。

「子供時代が役者としてのあなたを作りあげたと？」

「そうですね。育った環境が人を作る。よくそう言いますよね？　いかにもって感じの言い方ですけど」

ミッチが微笑み、膝に広げた手帳に何やら書きつけた。ペンが紙をこする音を聞いた途端、ローレルにあの衝撃的な記憶が甦った。当時十六歳、《グリーンエイカーズ》の居間で、警官がローレルの言葉を一字一句書きとめ……。

「五人きょうだいのいちばん上でしたね。親の気を惹こうと、張り合ったりもしたのでは？それが注目を浴びる技を磨くことにつながったとか？」

水が飲みたくなった。クレアを探してあたりに目をやったが、どこかに雲隠れしてしまったらしい。「それはありませんね。妹や弟がたくさんいたせいで、むしろ自分の存在をどうすれば消せるかを身につけたくらいです」あの日もかくれんぼの最中に、ピクニックの輪からまんまと抜け出したのだった。

「役者としてのあなたに関しては、いるかいないかわからないという批判はまず出ませんがね」

「でも演技というのは、注目されることでも、これ見よがしに振る舞うことでもありません。大事なのは観察です」かつて楽屋口で話しかけてきた男にそう言われたことがあったのだ。その日の舞台がはねたあと、昂揚感の余韻にひたりながら劇場を出たところで、その人に呼びとめられ、いい芝居だったと言われた。「あなたには生まれ持った素晴らしい観察力がありますね。耳と目と心を総動員していらっしゃる」何かの芝居の台詞だったのか、どこかで聞いた気がする言い回しだったが、それが何かは思い出せなかった。

ミッチが頭を上げた。「あなたは優れた観察者だと?」

いまになって楽屋口にいた男を思い出すとは不思議だった。あれが何からの引用なのか、わからずじまいだった。絶対に知っているはずなのに、すっと出てこない。一時期はこれが気になり、歯がゆい思いをした。いままた、あのころと同じ状態になっていた。考えがまとまらなくなった。喉がからからだった。ドア近くの暗がりからクレアが見つめていた。

「ミズ・ニコルソン?」

「はい?」

「あなたは優れた観察者だと？」

「ああ、ええ。そうですね、たしかに」ツリーハウスに隠れてじっと息をひそめ……。照明が……。ローレルの心臓が早鐘を打ちはじめた。室内が暑苦しく、人々がじっとこちらを見つめ、照明が……。

「先ほどおっしゃいましたよね、ミズ・ニコルソン、お母様は気丈な女性だったと。戦中の大空襲でご家族を失いながら、それにめげずに人生を歩まれた方だった。その強さをあなたも受け継いでいると思われますか？　いろいろな意味で厳しい演劇界を生き抜き、成功をおさめることができたのは、そのお蔭だと？」

次の台詞はすらすらと出るはずだった。これまで何度も言ってきたことだった。なのにどうしても出てこない。言葉が口のなかで干上がり、ローレルは途方に暮れた。さまざまな思考が泳ぎだした――カムデン・グローヴの家、母とヴィヴィアンが笑っている写真、病院のベッドに衰弱して横たわる老いた母――時間がぎゅっと凝縮し、わずか数秒のうちに長い歳月が流れ去る。カメラマンが屈めていた上体を起こし、アシスタントたちが互いにひそひそやりはじめていたが、ローレルはかっと照りつける照明の下で金縛りにあったようになっていた。向こうが見通せない強烈な光のなかに見たのは母の姿、一九四一年に何かから逃げるようにしてロンドンを去り、第二のチャンスをつかもうとした、写真のなかの若い女性の姿だった。

ローレルの膝に何かが触れた。不安そうな表情を浮かべる青年、ミッチだった。すこし休みますか？　飲み物をお持ちしますか？　すこし外の空気にあたりますか？　何かぼくにできることがありますか？

ローレルはやっとのことでうなずいた。「水を」声をしぼり出す。「水を一杯、お願い」

クレアがそばに来た。「どうしたの？」

「何でもないの、ここ、ちょっと暑すぎるから」

「ローレル・ニコルソン、わたしはあなたのエージェントよ、それより何より古くからの親友でしょ。このまま続けられそう？」

「実は母の具合がよくないの」ローレルは震えそうになる唇を引きしめた。

「まあ、たいへん」クレアはローレルの手を取った。

「もう長くないの」

「どうしてほしい？　何でも言って」

ローレルは目を閉じた。欲しいのは答え、真実だった。幸せだった自分たち家族が、自分の子供時代がまやかしでなかったことの確かな証《あかし》が欲しかった。「すこしだけ時間を」ようやく口を開いた。「時間をちょうだい。残り時間があまりないの」

クレアが握った手に力をこめた。「だったら、すこし休暇を取りましょう」

「でも、映画が……」

「そんな心配は無用よ。わたしが何とかする」

ミッチが水のはいったグラスを持ってきた。ローレルが飲むあいだ、おろおろと歩き回っていた。

クレアはローレルに「大丈夫？」と声をかけ、ローレルがうなずくと、今度はミッチに向かって「じゃあ質問はあとひとつだけにして。残念だけど今日はここまでということでよろしく。ミズ・ニコルソンは次の予定がはいっているの」

「わかりました」ミッチが息を呑みこんだ。「ぼく、何か気に触ることでも……悪気はなかったんですが」

「馬鹿ね、そんなんじゃないわよ」クレアは北極の冬さえ暖められそうな笑みを浮かべた。

「じゃあ、始めましょうか」

ローレルはグラスを置いて居ずまいを正した。肩にのしかかっていた重みが取れ、とにかくこれをやり遂げようという気力が湧いてきた。第二次大戦中、ロンドン市内に爆弾が降り注ぐなか、勇敢な市民たちは気を取り直してことにあたり、雨漏りのするシェルターで身を寄せ合って夜を過ごし、オレンジを夢見て、ヒトラーを呪い、破壊行為がやむ日を待ちわびた。そんな日々のなかで、いままで気づかずにいた勇気を見出した者もあれば、想像を絶する恐怖を体験した者もいた。ローレルの母はまさにそうした人々のひとりだった。隣人もいただろう、友人もいただろう。配給券で卵を手に入れ、運よくストッキングが手にはいったときは大喜びしたのだろう。そしてこのどさくさの最中に、母の歩む道は、ヴィヴィアンとヘンリー・ジェンキンズの道と交わることになった。それがいずれ失うことになる友と、自らの手で殺《あや》めることになる男だった。

彼ら三人のあいだに何かまずいことがあったはず――あの不可解な事件はそう考えるしか説明がつかない――母の行為を正当化するに足る、それほどひどいことがきっとあったのだ。残された時間はあとわずか、それが何だったのか、ローレルは突き止める覚悟だった。真相は必ずしも好ましいものとは限らないが、これは一種の賭《かけ》、自らに課した務めなのだ。

「では最後の質問です、ミズ・ニコルソン」ミッチが言った。「お母様のドロシーさんのことは先ほどもうかがいました。そのとき、お母様は気丈な方だとおっしゃいましたね。戦中を生き、コヴェントリー空襲で家族を亡くされたあと、いずれあなたのお父様となられる男性と結婚して、人生を立て直された。その強さをあなたも受け継いでいると思われますか？　いろいろな意味で厳しい演劇界を生き抜き、成功をおさめられたのは、そのお蔭でしょうか？」

今度はうまくいった。用意してあった言葉がよどみなく流れ出し、台詞付け《プロンプト》の助けを借りる場面は一度もなかった。「母は頑張り屋《サヴァイヴァー》でした。いまもそうです。母の勇気の半分でも受け継いでいるとしたら、強運に恵まれたと言っていいでしょうね」

# 第二部　ドリー

## 11　ロンドン　一九四〇年十二月

「痛いじゃないか。もっと優しく！」老婦人が杖の先端を床に打ちつけた。「あたしはやんごとなきレディであって、蹄鉄を打たれる農耕馬じゃないんだからねっ」

ドリーはあどけない笑みを浮かべると、ベッドに乗せた腰を少し後退させた。楽しいとはまずもって言えない仕事はいくらもある。だが、レディ・グウェンドリン・コールディコットの世話係として何がいちばん嫌かと尋ねられたら、老嬢の足の爪の手入れだと即答していただろう。週に一度の足爪の手入れは双方にとって最悪の作業だったが、ドリーはこれも仕事と割り切って文句も言わずに務めてきた（つまりこのときがそうだった。あとで居間に行って、キティをはじめとする間借り人たちを相手に、一部始終を仔細に語って聞かせれば、みんなはもう勘弁してくれと涙を流して笑い転げるだろう）。

「はい、終わりました」ドリーは爪やすりをケースにおさめると、粉っぽい指をこすり合わせた。「きれいになりましたよ」

「ふむ」レディ・グウェンドリンは片手でターバンを押しあげると、もう一方の指にはさんだまますっかり忘れていたのだろう、消えかかった煙草の灰をとんと叩き落とした。紫色のシフォン地にくるまれた大海のごとき巨体から首だけ起こして鼻先越しに目をやる女主人に、ドリーは手入れを終えた両足を持ちあげて見せた。「ふん、まあまあだわね」老婦人はそう言うと、かゆいところに手の届くまともな部屋付きメイドがいた古き良き時代とは大違いだと不平を鳴らした。

ドリーは爽《さわ》やかな笑みを顔に張りつけ、雑誌を取りに行った。コヴェントリーを出てから二年余りが経っていた。二年目は、初年度の失敗を見直して新規まき直しを図るつもりだった。ロンドンに来た当初は右も左もわからなかった。ジミーが小さな部屋を見つけてくれ（ここならぼくのところよりましだよと、にやりとしながら言った）、ブティックの売り子の仕事も世話してくれたが、やがて戦争が始まると、ジミーは町を離れることが多くなった。「誰もが前線の様子を知りたがっているからね」フランスに旅立つ直前、ジミーからそう言われたのは、サーペンタイン池のほとりだった。ジミーが紙舟を水に浮かべるその横で、ドリーは憂鬱そうに煙草をふかしていた。「誰かが伝えなきゃならないんだ」最初の年、勤め先の《ジョン・ルイス》に行く途中のボンド・ストリートでときおり見かける洒落た身なりのある女性に魅了され、興奮を覚えた。また、ミセス・ホワイトの営む下宿屋の間借り人たちの注目を集めたことも、ドリーを有頂天にさせた。夕食後に居間に集まると、ドリーが父親に二度と敷居をまたぐなと怒鳴られたときの話を彼女たちによくせがまれたのだ。庭木戸が背後で閉まるやスカーフをさっと肩に掛け、生まれ育った家を振り返りもせずに駅に向かう場面を語るのは痛快で、大胆な気分になれた。だが、暗闇に包まれたちっぽけな自室の狭いベッドにひとり横たわるころには、そんな思い出も寒々しいばかり、身震いを起こさせた。

その後《ジョン・ルイス》での売り子の仕事が不首尾に終わり、すべてが変わった（要はつまらぬ誤解が原因だった。正直者をよく思わない人がいるにせよ、ドリーの落ち度とばかりは言えない。短めのスカートが誰にも似合うわけではないのは、歴然たる事実なのだ）。そこへ救いの手を差し伸べてくれたのが、ケイトリンの父親、ドクター・ルーファスだった。解雇を知ったドクター・ルーファスは、ある知り合いの伯母が世話係を探していると教えてくれたのだ。「扱いにくい老婦人なんだがね」と《サヴォイ・ホテル》で昼食をとりながらドクターは言った。彼は月に一度、ロンドンに出てくると、妻と娘のケイトリンが買い物にいそしんでいるあいだにドリーを呼び出し、〝ごちそう〟してくれるのだった。「かなりの変わり者で、孤独に暮らしている。妹が結婚して家を出てしまって以来、立ち直れないままなのさ。うまくやれそうかな？」

「ええ」ドリーはシャンパン・カクテルに気を取られながら言った。はじめて口にする飲み物に少し頭がくらくらしたが、嫌な気分ではなかった。「たぶん大丈夫です。是非お話を進めてください」上機嫌なドクター・ルーファスには、それだけ言えば十分だった。さっそく紹介状を書き、友人に口添えし、面接の日には車で送ってくれた。つまり、老婦人の甥だという男性は先ドクター・ルーファスからひととおりの説明を受けた。ケンジントンへ向かう道すがら、祖伝来のその屋敷を当分のあいだ閉めたいのだが、伯母は聞く耳を持たないのだそうだ。老いの一徹というやつで（その意気軒昂ぶりには頭が下がるねと、ドクターは言った）、田舎の地所で甥の家族と暮らすのは断固お断わり。このままそっとしておいてくれないなら、弁護士を呼ぶのも辞さないと言って一歩も譲らないのだと。

そういう次第で、十か月前からレディ・グウェンドリンのところで働くようになったドリーは、そうした内輪話を再三再四、聞かされることになった。この老婦人、人々から受けた侮辱のあれこれを蒸し返すのを無上の喜びにしていたのである。曰く――「イタチ野郎」とでも言うべき狡猾な甥っ子は――「こっちの意思などおかまいなし」に――この屋敷からあたしを追い出そうと必死だが、「自分が幸せに暮らした唯一無二のこの場所」を出るつもりはさらさらない。「ここはヘニ・ペニー（ヘンリエッタ・ペネロピの愛称）とあたしが生まれ育った家なんだ。それでも追い出すというなら、棺桶に入れて引きずり出してもらうしかないね。それをペリグリンがやって見せるというなら、こっちは一生あいつに取り憑いてやろうじゃないか」というわけである。ドリーは、レディ・グウェンドリンの強情ぶりに惚れ惚れした。彼女が頑張ってしがみついているからこそ、ここカムデン・グローヴの豪壮な屋敷に自分も暮らせるのだから。

七番地のこの屋敷はとにかく素晴らしかった。なるほど外観は古びていた。小さな庭をはさんで通りから引っこんで建つこの家は、地下のある三階建で、外壁の白漆喰はところどころ黒ずんでいる。しかし、内部は気品にあふれていた。どの壁もウィリアム・モリスの壁紙で覆われ、先祖伝来の見事な家具は黒光りしていたし、棚という棚には稀少なクリスタルや銀製品や陶磁器が並び、そのものすごい重量に棚が呻き声をあげていた。リリントン・プレイスにあるミセス・ホワイトの殺風景な下宿屋とは雲泥の差だった。クロゼットを改造したような、始終ハッシュドビーフのにおいがたちこめるあんな狭苦しい部屋に寝起きするために、店の売り子の給料の半分以上を払っていたと思うと腹だたしい限りだ。レディ・グウェンドリンの屋敷の玄関に一歩足を踏み入れた途端、この先どんな犠牲を払おうと、たとえ我が身の肉を何ポンドも削り取られようとも、ここを決して離れるものかと心に誓ったのだった。

そして実際そうなった。なるほどレディ・グウェンドリンは目の上のたんこぶではあった。ドクター・ルーファスが言うように変わり者だった。しかしドクターは、妹に見捨てられてからほぼ三十年ものあいだ、彼女が辛酸を舐めつづけてきたことまでは話してくれなかった。その結果は惨憺たるもの、勤めはじめて最初の六か月、女主人の手でいまにもB・キャノン&カンパニー（にかわ製造会社）に送りこまれ、どろどろに溶かされそうな気がしたほどだった。だがいまならわかる。レディ・グウェンドリンはときどきぶっきらぼうになるが、それが彼女の流儀なのだ。嬉しいことに最近では、老婦人が世話係に見せる素っ気なさは、愛情の裏返しだということもわかってきた。

「見出しだけざっと読みあげましょうか？」ドリーは朗《ほが》らかに言いながら、ベッドの裾に腰をおろした。

「好きにおし」レディ・グウェンドリンは弾むように肩をすくめると、じとっとした小さな手を太鼓腹の上にとんと重ね合わせた。「読もうが読むまいがかまやしない」

ドリーは高級婦人雑誌『ザ・レディ』の最新号のページを繰って社交欄を開いた。咳払いをして、ほどよく改まった声をつくり、夢のような暮らしをしている人々の近況を読みあげていった。ドリーには想像のつかない世界がそこにはあった。コヴェントリー郊外の大邸宅も見て知っていたし、どこかの裕福な家から特別注文があったと父さんがもったいをつけて言うのを耳にしたこともあったが、ああ、それにしてもレディ・グウェンドリンが（ご機嫌麗しいときに）披露してくれる妹ペネロピと繰り広げた冒険譚ときたら――《カフェ・ロワイヤル》で優雅なひとときを過ごしたときのことや、一時期ブルームズベリーにふたりで暮らしていたときのこと、姉妹ふたりを同時に恋していた彫刻家に乞われてモデルになったことなど――ドリーの破天荒な空想力をもってしてもとうてい描き出せないほど、えも言われぬ華やかさが伝わってきた。

この日のトピックスをドリーが読みあげると、レディ・グウェンドリンはうんざり顔で身を起こしてサテン地の枕にもたれ、無関心を装いながらも、一語一語にしっかり耳を傾けていた。これはいつものことだった。いつまでも無関心でいられないほど、彼女の好奇心はすこぶる旺盛なのだ。

「あら、まあ。ホースキス卿ご夫妻はあまりうまくいっていないようですね」

「離婚？」老嬢がふんと鼻を鳴らした。

「はっきりとは書かれていませんが、奥方は別の男性とまた出歩いているようですわ。例の画家と」

「べつに驚きもしませんよ。あの女には節操ってものがまるでないんだから。あの女の行動原理ときたら、ただもう……」ここで罪人に唾を吐きかけんばかり、レディ・グウェンドリンの上唇がめくれあがった。「情欲だけなんだから」（〝情欲〟と言うときの気取った発音がなんとも素敵で、ドリーはこっそり真似る練習をしたくなった）「あれは母親譲りってやつだわね」

「母親というとどなたですか？」

レディ・グウェンドリンは天井のボルドー様式の円形浮彫《メダリオン》にじろりと目をやった。「ライオネル・ルーファスは、おまえがオツムの足りない子だとは言ってなかったはずだけどね。小賢しい娘は願い下げだけど、馬鹿は絶対にお断わり。おまえは馬鹿なのかい、ミス・スミザム？」

「違うと思いますけど、レディ・グウェンドリン」

「ふん、どうだかね」最終判断はまだこれからだと言いたげな口ぶりだ。「レディ・ホースキスの母親の、レディ・プルーデンス・ダイアーって人は、とびきり退屈な女でね、婦人参政権擁護とかいう愚にもつかない話をさんざんまくしたてちゃ、あたしらをうんざりさせたものでしたよ。あの女の物真似をヘニ・ペニーがよくやって見せてくれたっけ――興が乗るとそりゃもう面白いのなんの。レディ・プルーデンスっていうのは、もう我慢も限界ってとこまで人を辟易《へきえき》させるものだから、ついには社交界の鼻つまみ者になったんですよ。自分勝手だろうと、無作法だろうと、傍若無人だろうと、腹黒かろうと、そんなことはかまやしない。でもねドロシー、退屈な人間にだけはなりなさんなよ。それはともかく、その後しばらくして、この女はいきなり姿をくらましたんだ」

「姿をくらました？」

レディ・グウェンドリンはけだるげに手首を揺らし、煙草の灰を魔法の粉のごとく振り落とした。「インドだかタンガニーカだか、ニュージーランドだか……どこぞ行きの船に飛び乗ったというわけ」口許が歪み、ふくれっ面の鱒のような顔になった。口をもぐもぐ動かしているのは何かを咀嚼《そしやく》しているようにも見える。歯にはさまった昼食の食べかすだったのか、それとも極上の秘密情報の欠片だったのか、そのあたりは判断がつきかねた。続いて薄ら笑いを浮かべ、老婦人が言い足した。「そうそう、聞いた話じゃ、彼女はザンジバルとかいうおそろしい土地で、現地の男とひっそり暮らしているらしいわ」

「まあびっくり」

「びっくりだろ」レディ・グウェンドリンは大仰に煙草を吸いこみ、二ペンス硬貨の厚みくらいまで目を細めた。三十年前に妹が家から出ていって以来、私室に閉じこもりきりの女性にしては、なかなかの情報通である。『ザ・レディ』に載るほどの人物で彼女が知らない人はほとんどなく、彼らを望み通りに動かす手腕たるやそれは見事なものだった。なんと、ドリーの親友のケイトリン・ルーファスまでもがレディ・グウェンドリンの采配で結婚をしたのである——相手は中年の退屈な御仁、途方もない金持ちだという。今度はケイトリンがとことん退屈な女性になりさがり（「おお、申し分ない人なのよ、ドリー」）、せっかく結婚して持ち家もできたというのに、このご時世で最高級の壁紙はどこの店からも姿を消してしまったと、何時間も愚痴を聞かされた。夫君とは一、二度、顔を合わせたことがあった。そのときドリーがすぐさま思ったのは、楽しみといったらホイストをやるか、食堂のカーテンの陰でメイドといちゃつくことくらいしか思いつかないような男とわざわざ結婚しなくても、いい暮らしを手に入れる方法はほかにいくらもあるだろうに、ということだった。

レディ・グウェンドリンが焦れたように手を振りたてて先を続けるよう促し、ドリーはすぐさま従った。「あら、これはどうですか——もっと楽しい話題がありますよ。ダンフィー卿がエヴァ・ヘイスティングズ嬢と婚約なさったんですって」

「婚約の何が楽しいもんかね」

「たしかにそうですわね、レディ・グウェンドリン」この手の話題は軽く流すに限る。

「殿方という馬車に自分という車輪をくっつけたがる退屈な女には結構なことなんだろうけどね。いいかいドリー、用心をおし——男ってのはハンターだからね、とびきりの獲物を捕らえるまでは必死だけど、いざ手に入れてしまったら？　楽しいゲームはそこで終わり。男のゲームも、女の楽しみもね」老嬢は手首をくるっと回した。「ほらほら、続きをお読み。なんて書いてあるんだい？」

「今度の土曜日の夜に、婚約を祝うパーティがあるようですね」

これについてはいささか興味をそそられたらしく、呻き声があがった。「ダンフィーのお屋敷でかい？　あのお屋敷はそれは豪勢なんだから……昔いちど、あそこの大舞踏会にヘニ・ペニーと出かけたことがあってね。最後はみんなで靴を脱ぎ捨てて、噴水池のなかで踊ったりして……婚約パーティは当然、ダンフィーのお屋敷でだろ？」

「いいえ」ドリーは告知にざっと目を通した。「違うようですね。会場は《400》、当日は招待客しかはいれないようにするようです」

「ナイトクラブ！」レディ・グウェンドリンがこの手の店の低俗ぶりをあげつらいだしたところで、ドリーの頭は一気に回想モードに突入した。《400》には一度、キティと彼女の知り合いの軍人数人と出かけたことがあったのだ。レスター・スクエアにかつてあった《アルハンブラ・シアター》の隣の建物の地下に、そのクラブはあった。薄暗い店内は隠れ家のような雰囲気で、見わたす限り深紅一色にしつらえられていた。壁は絹地で、壁際にフラシ天張りの長椅子が並び、頭上にはキャンドルの明かりだけがちらちら揺れていて、ワインのようにこぼれ落ちるベルベットのカーテンが深紅の絨毯と溶け合っていた。

音楽と笑い声と軍人の姿がいたるところにあふれ、ほの暗い小さなダンスフロアではカップルたちが陶然とダンスをしていた。ウィスキーをたっぷりときこしめし、ズボンのなかを不快にふくらませたひとりの軍人がすり寄ってきて、ふたりきりになるや、呂律《ろれつ》の回らない舌でねっとりと誘惑をしかけてきたが、ドリーが男の肩越しにこっそりうかがっていたのは、若々しく華やぎのある人の流れ——もっと洒落た身なりの、もっと美しい、一般客ではないもっと格上の人々——だった。彼らは赤いロープの向こう側で、黒くて長い顎ひげを生やした小柄な男に出迎えられていた（「あの人はオーナーのルイージ・ロッシよ」と、カムデン・グローヴに戻ってからキッチンで寝しなのジン・レモンをこっそり飲みながら、キティが威厳たっぷりにうなずきながら教えてくれた）。

「もうその話はたくさんだよ」レディ・グウェンドリンは、ベッド脇のテーブルに載った魚《うお》の日用の軟膏の空き壜に煙草の吸いさしを押しつけながら言った。「疲れちゃって、気分が悪いわ――甘いものでも貰おうかね。ああ、あたしもそう長くなさそうだ。ゆうべなんかちっとも眠れなかったよ。あの騒々しさといったらありゃしない」

「お気の毒ですわ、レディ・グウェンドリン」ドロシーは『ザ・レディ』を傍らに置くと、奥様御用達のキャンディ専用袋に手を突っこんだ。「それもこれも忌々しいミスター・ヒトラーのせいですわ、あの爆撃機ときたら……」

「爆撃機じゃありませんよ、馬鹿だね、この子は、あたしが言っているのはあの連中ですよ。うちに住みついているあの忌々しい連中」老嬢はわざとらしく身震いをして見せると、震える声をひそめ、「きゃあきゃあ笑い転げているじゃないか」

「ああ、あっちですか」とドリー。

「あの娘たちにはうんざりだね」レディ・グウェンドリンは、まだ一度も会ったことのない娘たちを、きっぱりと切り捨てた。「オフィス・ガールだか何だか知らないが――大臣の下でタイプを打ってるような連中だもの――さぞや頭の回転もいいんだろうよ。陸軍省はいったい何を考えているんだか。もちろんあの子たちに住まいが必要なのはわかるけど、よりによって何でここなのかね？　何でこんなに美しい家を提供しなくちゃならないの？　ペリグリンはどうかしてるよ――まったくあんな手紙を書いてよこすなんて！　あんな連中が由緒正しいこの屋敷に暮らしているなんて、考えただけで虫酸《むしず》が走るってもんですよ」甥への不満がいまにも笑みを引き起こしそうになったが、レディ・グウェンドリンの芯に深く食いこむ苦々しさが瞬時にそれを揉み消した。それからドリーの手首をぎゅっとつかみ、「まさかこの家で殿方をもてなしたりはしてないだろうね、ドロシー？」

「あら、もちろんですわ、レディ・グウェンドリン。その点については彼女たちも奥様のお気持ちを重々承知、それはわたしが請け合います」

「そんなことは許しませんからね。この家でふしだらな真似は絶対させませんとも」

ドリーは神妙にうなずいた。これが女主人の辛辣な物言いの中心をなす大問題であることはわかっていた。レディ・グウェンドリンの妹ペネロピについては、ドクター・ルーファスからひととおり聞いていた。若いころのふたりはどこに行くのも一緒、十八か月の年の差があったが、容貌も振舞いも双子と間違われるほどよく似ていたという。毎週末にはダンス・パーティやカントリーハウスに必ずふたりそろって出かけていた——ところがペネロピが、姉には決して許すことのできない罪を犯してしまった。「ある男と恋に落ち、結婚してしまったんだ」と話の核心にたどり着くと、ドクター・ルーファスは語り部《かたべ》の満足感を漂わせながら葉巻をくゆらせたのだった。「そんなこんなで姉の心はずたずたになってしまったのだよ」

「さあさあ」ドリーはなだめるように言った。「そんなことにはなりませんわ、レディ・グウェンドリン。そのうち戦争が終われば、あの人たちも元いた場所に戻っていくでしょうし」本当にそうなるのかはわからない——ドリーとしてはそうならないことを願っていた。大邸宅は夜になると静かすぎたし、キティたち間借り人は愉快な人たちだった——老婦人がやたらと神経を高ぶらせているときは特にその思いが強まった。気の毒な人、たったひとりしかいない同志を失うのは辛いことに違いない。そんな境遇に置かれた自分を、ドリーはとても想像できなかった。

レディ・グウェンドリンは枕にもたれかかった。ナイトクラブやそこにはびこる罪悪をさんざんくさし、店内で繰り広げられる退廃的行為に妄想をふくらませ、妹を思い出し、この家で行なわれるやもしれぬ姦淫に震えあがり……大打撃を受けていた。もはや疲労困憊、先日ノッティングヒルで撃ち落とされた阻塞《そさい》気球（敵機の低空飛行を阻止するための係留気球）よろしくぺしゃんこになってしまった。

「そうだわ、レディ・グウェンドリン」ドリーは言った。「おいしそうなバタースコッチを見つけてきたんですよ。お口に入れて、ちょっとお休みになられてはいかがです?」

「なら、そうしようかね」老嬢は呻いた。「でも一時間かそこらだけだよ、ドロシー。三時前には起こしておくれ。トランプをやり損ねたくないからね」

「心配はご無用ですわ」ドリーは女主人のおちょぼ口に飴を押しこんだ。

老婦人が音高く飴をしゃぶりだすと、ドリーは遮光カーテンを閉じるために窓辺に向かった。カーテンのタッセルをはずしながら向かいの家に目をやり、そこに見えたものに心が躍った。ヴィヴィアンだ。ガラスにテープを縦横斜《たてよこなな》めに貼った窓辺のデスクに向かっていた。彫像のように身じろぎもせず、一方の手指が首にかけたパールのロングネックレスの先端をまさぐっている。ドリーはしきりに手を振った。相手もこちらに気づいて手を振り返してくるかと思ったが、物思いにふけっているらしい。

「ドロシー?」

ドリーは目をしばたたいた。ヴィヴィアン（幸運にもヴィヴィアン・リーと同じ綴り）は、これまで出会ったなかでもっとも美しい人と言っていいほどだった。顔の輪郭はハート形、ヴィクトリーロールに結った黒に近い茶色の髪は艶やかで、赤く塗った唇はふっくらと丸みを帯びている。目と目の間隔は広めで、眉はドラマチックなアーチを描き、どことなくアメリカの女優リタ・ヘイワースやジーン・ティアニーを思い起こさせたが、彼女を美しく見せているのはそれだけではなかった。美しいのは身につけている洒落たスカートやブラウスそのものでなく、気取りのない着こなしにあった。さりげなく胸許にパールのネックレスをさげているのも素敵だが、以前はよく乗りまわしていたベントレーを、予備のブーツを差し出しでもするようにぽんと救急医療サービスに貸し出してしまうきっぷのよさにも惚れ惚れした。ドリーが少しずつ知ることになった、彼女の波瀾に富んだ生い立ちにも心揺さぶられた——幼いころに孤児となり、伯父に育てられ、ハンサムで金持ちの作家ヘンリー・ジェンキンズと結婚、夫は情報省で重要な任務を担っている。

「ドロシー?　こっちに来て布団を直したら、アイマスクを取っておくれ」

普通なら、これほど恵まれた女性が近所に暮らしているというだけで嫉妬に駆られるところだが、ヴィヴィアンに対しては違った。これまでずっと、彼女のような人と友人になりたいと思っていた。自分のことをちゃんと理解してくれるような人が欲しかった（面白みに欠ける幼なじみのケイトリンや、軽佻浮薄なキティのような人でなく）。腕と腕をからませてボンド・

ストリートを優雅に軽やかにそぞろ歩けば、黒いストッキングに包まれた脚線美や自然とにじみ出す魅力に人々が思わず振り返って噂し合う、そんな場面を夢見ていた。そしてようやくヴィヴィアンとめぐり会えたのだ。カムデン・グローヴですれ違いざま目と目が合い、笑みを――共犯者めく密やかで訳知り顔の笑みを――交わしたそのとき、ふたりは似た者同士で、唯一無二の親友になる運命だと確認し合えたような気がした。

「ドロシー！」

ドリーはぎょっとして窓から振り返った。見ればレディ・グウェンドリンは、ぐちゃぐちゃになった紫色のシフォンの下に自力でどうにかもぐりこみ、羽毛の枕に頭を沈めていた。頬を真っ赤に上気させ、こちらを睨みつけている。「アイマスクが見当たらないんだよ」

「はい、ただいま」ドリーはいま一度ヴィヴィアンに目を戻してから、遮光カーテンを閉じた。

「でしたら一緒に探しましょう」

捜索は瞬く間に完了、アイマスクはレディ・グウェンドリンの立派な太腿に押しつぶされ、生暖かい状態で見つかった。ドリーは老婦人の頭から朱色のターバンをはずして整理箪笥の上に置かれた大理石の胸像に載せ、サテン地のアイマスクを老婦人の頭にくぐらせた。

「何やってるの」レディ・グウェンドリンがぴしゃりと言った。「そんなふうに鼻をふさいだら、息ができないじゃないか」

「あら、たいへん」ドリーは言った。「それは困りますわ」

「ふん」老婦人が枕に頭を沈めると、皺だらけの海に浮かぶ孤島のように、顔だけがぽっかり浮かんで見えた。「七十五年も生きてきて、何でこんな目に遭わなきゃならないのかね？　最愛の身内に見捨てられ、いちばん身近な話し相手といったら、労賃を払っている小娘だなんて」

「もうそのくらいにしておきましょうね」駄々っ児に向かって言うように、ドリーは言った。「それのどこがご不満なんです？　そんなこと冗談にもおっしゃっちゃ嫌ですわ、レディ・グウェンドリン。お金なんかいただかなくたってお世話しますとも」

「はいはい、わかりましたよ」老嬢はぶすっと言った。「まあ、そういうことにしておくかね」

ドリーはレディ・グウェンドリンの毛布を引きあげ、きちんと整えた。老婦人は上掛けのサテンリボンの縁どりから顎をのぞかせた。「あたしの心づもり、わかるかい？」

「何のお話ですか、レディ・グウェンドリン？」

「一切合財をおまえに遺すつもりだってこと。そうすればあの小賢しい甥っ子に思い知らせてやれるじゃないか。あの子ときたら父親とそっくり同じ――あたしの大事にしているものを何から何まで奪おうって魂胆なんだ。近いうちに弁護士を呼んで、正式な文書にしてもらうつもりだからね」

実のところ、こんな話を聞かされてどう答えればいいのか、言葉が見つからなかった。レディ・グウェンドリンにそこまで評価されていると知って天にも昇る心地がしたのは言うまでもないが、あまり嬉しそうにするのはひどく無作法な気がした。誇らしさで胸をいっぱいにしながら、ドリーは老婦人に背を向け、胸像に載せたターバンのねじれをせっせと直した。

レディ・グウェンドリンの胸中を最初に気づかせてくれたのはドクター・ルーファスだった。それは数週間前のこと、いつものようにふたりでランチを食べながら、ドリーの社交生活についてしばらくおしゃべりし（「ボーイフレンドはできたのかな、ドロシー？　きっときみのようなお嬢さんは引く手あまたなんだろうね。　わたしのアドバイス？　年上の、ちゃんとした職についている人を見つけなさい——きみにふさわしいものを何でも与えてくれるような人をね」）、それからドクターはカムデン・グローヴでの暮らしについて尋ねてきた。万事順調だと答えると、ドクターはウィスキーのグラスを氷が音をたてるほど大きく揺らし、片目をつむって見せた。「聞くところによると、順調どころの騒ぎじゃなさそうじゃないか。実は先週、ペリグリン・ウルジーから手紙をもらったんだ。それによると伯母上は〝お抱えの娘〟をかなりお気に召しているらしいね」そう言ってからドクター・ルーファスは何やら物思いに引きこまれたようで、しばらくして我に返ると先を続けた。「どうやら彼は遺産の行方に気が揉めているらしい。わたしがきみを伯母上のところに送りこんだことに、かなりご立腹の様子でね」そう言って笑い声をあげたが、ドリーは思慮深い笑みをもらすだけにとどめた。だが、その日から翌週にかけて、ドクターの口にしたことをずっと考え続けていたのだった。

それがいま、ドクター・ルーファスの言ったことの正しさが判明した。いささかおぼつかないスタートではあったものの、全人類を忌み嫌っているとの評判を持つ（当の本人もそう言ってはばからない）レディ・グウェンドリンが、いまでは世話係の若い娘をいたく気に入っているのだ。これは何よりのことだった。たいそう残念なのは、老婦人の愛情を得るには多大な犠牲を払わねばならないことだった。

十一月には電話があった。屋敷のコックが電話を取り、ドロシーは電話口に呼び出された。それは思い出すだに胸えぐられるような内容だったのだが、そのときはこんなお屋敷で自分に電話がかかってきたことがひどく嬉しくて、階段を駆け下りると受話器をさっと取りあげ、とっておきの気取った声で話しかけたのだった。「はい、お待たせしました。ドロシー・スミザムです」相手は、コヴェントリーの実家の近所に住む、母の友人のミセス・ポターだった。彼女は電話線の向こうで声を張りあげていた。「あなたの家族がみんな、ひとり残らず亡くなってしまったわ。焼夷弾にやられてしまって――防空シェルターに隠れる間もなかったの」

その瞬間、ドリーの内部に深い穴ができた。まるでおなかのあたりがすとんと抜け落ち、衝撃と喪失感と恐怖がそこで大きな渦を巻くような心地がした。受話器が手から滑り落ち、カムデン・グローヴ七番地のだだっ広い玄関ホールに立ちつくすばかり。自分がちっぽけな塵になったようで、気まぐれな風に吹き飛ばされそうだった。ドリーのあらゆる部分が、これまでの人生のそのときどきの思い出が、一組のトランプのようにばらばらになって地面に舞い落ち、そこに描かれたイメージも消えそうだった。そこにコックの下働きが通りかかり、「グッドモーニング」と声をかけてきた。ドリーはどこがいい朝《グッドモーニング》なものかと思わずわめきちらしたくなった。すべてが変わってしまったというのに、この間抜けな娘はそんなこともわからないのかと。だが、わめかなかった。代わりに笑みと「グッドモーニング」を返すと、レディ・グウェンドリンがさかんに鳴らす銀鈴に応えて階段を駆けあがり、老婦人がうっかりどこかに置き忘れた眼鏡を探す手伝いをした。

家族のことは当初誰にも、ジミーにすら知らせなかった。しばらくして事情を知ったジミーが、懸命に慰めてくれたのは言うまでもない。わたしは大丈夫、いまは戦時で誰もが大切な人や物を失い辛い思いをしているのだからと言うドリーを、気丈な子だとジミーは思ったようだが、気丈だから冷静でいられたわけではなかった。心境はかなり複雑だった。家を出るまでのすったもんだの記憶がまだ生々しすぎるため、いったん口を開いたら何を口走るか、どんな感情を吐き出すことになるか自分でもわからず、それが怖かった。ロンドンに来て以来、両親とは会っていなかった。父親には、「心を入れ替えて真人間になる」と言えないうちは連絡してくるなと言われていた。それでも母親は、心のこもったとは言えないまでも定期的に、父親に内緒で手紙をくれ、近いうちにロンドンに来て、「おまえがしょっちゅう手紙に書いてくる、素敵なお屋敷と老婦人」とやらをこの目で確かめたいと言ってきたばかりだった。だがそれもいまではあとの祭り。母親がレディ・グウェンドリンに会うこともなければ、カムデン・グローヴ七番地に足を踏み入れることも叶わず、ドリーがつかみ取った人生最大の成功を目にすることもできなくなった。

クスバートはかわいそうなことをした——弟のことを思うと胸が張り裂けそうになった。弟から最後に貰った手紙は一字一句憶えていた。自宅の裏庭に建造中の防空シェルターの描写、シェルター内に飾るつもりで集めているスピットファイアやホーカー・ハリケーン（ともにイギリスの戦闘機）の写真のこと、ドイツ軍パイロットを捕まえたらやるつもりの仕打ちなどが事細かに書かれていた。自惚れ屋で思いこみが激しかった弟、いずれ戦争で演じることになる役割に心ときめかせていた弟、太っちょで不格好な弟、天真爛漫なちびっ子、それがもういないのだ。ドリーの悲しみ、孤児になったことを思い知らされたときの寂寥感があまりにも大きすぎ、できることといったらレディ・グウェンドリンの用をせっせとこなし、家族については黙して語らずにいることだけだった。

　ところがある日、娘時代は美声だったのよと言って老婦人が始めた思い出話を聞くうちに、ドリーの脳裏に母親のことが甦り、実家のガレージにあった、夢と思い出の品が詰まった青い箱が思い出され、それもいまは灰塵に帰したのだと思った途端、涙がどっとあふれてきた。このときドリーは、老婦人のベッドの縁に腰かけ、爪やすりを手にしていた。

「また、藪から棒にどうしたんだい？」レディ・グウェンドリンはおちょぼ口をぽかんと開けて言った。ドリーがいきなり服を脱ぎ捨てて踊りはじめでもしたかのような、そのくらいの衝撃だったらしい。

　ドリーもつい気をゆるし、レディ・グウェンドリンに洗いざらい打ち明けていた。両親と弟の人となりや、彼らが言ったあれこれ、彼らに腹を立てたときのエピソード、ドリーの髪にブラシをかけようとする母親にどんなふうに逆らったかとか、毎年恒例だった海辺での休暇旅行の様子、クリケットや驢馬の話など。ついには、大見得を切って家を飛び出したときの経緯もしゃべっていた。そのとき母親の大声に呼び止められ——隣近所に聞こえるほどの声を張りあげるくらいなら飢死するほうがましと言うくらい、世間体を気にするジャニス・スミザムだったのに——振り返ると、餞別のつもりで買っておいたという本を振りかざしながら、あとを追ってきたのだった。

「ふむ」レディ・グウェンドリンは、ドリーの話が一段落したところで口を開いた。「たしかに辛いだろうけど、家族を失った人はおまえだけじゃないんだよ」

「たしかにそうですね」ドリーは深々と息を吸って吐き出した。少し前に発せられた自分の声がいまも室内に反響しているように思え、このまま暇を出されるのではと不安になった。レディ・グウェンドリンは感情の吐露を好まない（当人のそれは別として）。

「ヘニ・ペニーがさらわれていったときのあたしだって、このまま死んでしまうんじゃないかと思ったもの」

ドリーはうなずき、大斧が振り下ろされる瞬間をじっと待った。

「でも、おまえはまだ若いんだ。どうにか乗り越えられるだろうよ。通りの向こうに住んでいるあの人を見習わなくちゃね」

たしかにヴィヴィアンの人生は最終的に薔薇色になったわけだが、向こうとこちらでは大きな違いがいくつかあった。「あの人には引き取って育ててくれたお金持ちの伯父様がいらしたでしょ」ドリーは静かな声で言った。「相続した財産もあれば、有名作家と結婚もしている。それに比べたらわたしなんて……」いまにもまた嗚咽がこみあげてきそうで、ドリーは下唇を噛みしめた。「わたしなんて……」

「お馬鹿さんだね、まるっきりひとりぼっちってわけじゃないだろうに」

レディ・グウェンドリンは飴の袋を突き出した。ドリーに飴をくれるなどこれまで一度もなかったから、老婦人が何をしているのか一瞬わけがわからず、ようやく気づいて袋におずおずと手を入れ、赤と緑色の大玉キャンディを取り出した。これを握りしめると、手の熱で溶けていくのがわかった。ドリーは厳《おごそ》かな声で答えた。「そうですね、わたしには奥様がおられます」

レディ・グウェンドリンは鼻を鳴らしてそっぽを向いた。「お互い様ってものよ」そう言い放つ声は、思いがけない感情がにじみ、フルートの音色のように感じられた。


ドリーは自室に戻ると、『ザ・レディ』の最新号をバックナンバーの山に加えた。あとでじっくり目を通し、特に気に入った写真を自作の〈アイデア帳〉に切り貼りするつもりだが、いまはもっと大事な用事を片づけなくてはならなかった。

四つん這いになると、ベッドの下に火曜日から隠しておいたバナナを取り出した。食料品屋のミスター・ホプトンがドリーのためにと、こっそり調達してくれたのだ。それから小声で歌を口ずさみながら忍び足で部屋を出ると、廊下を進んだ。なにも忍び足などする必要はなかった——キティたちは陸軍省でタイプライターを忙しく打ち鳴らしている時分だし、コックはいまごろ複数の配給カードを握りしめて肉屋の店先の行列に加わっているころだろうし、レディ・グウェンドリンはベッドのなかで高いびきの最中だ——それでも普通に歩くよりは抜き足差し足のほうが断然わくわくする。これから一時間ほど自由を謳歌できるとあればなおさらだった。

階段を駆けあがると、すでに作ってある小さな合鍵を取り出し、レディ・グウェンドリンの衣裳部屋に忍びこんだ。ここは老婦人の巨体を包むゆったりしたワンピースを毎朝取り出すちっぽけなクロゼットとはまるで違う。いや、あんなものの比ではなかった。まさに衣裳部屋の名に恥じない豪勢なしつらえ、おびただしい数のロングドレスや靴やコートや帽子など、雑誌や新聞の社交欄でしかお目にかかれないような品々で埋めつくされている。絹地や毛皮の衣類がハンガーレールにずらりと下がり、頑丈な造りの棚という棚にはオーダーメイドの可憐なサテン地の靴が並んでいた。エルザ・スキャパレッリ、ココ・シャネル、ローズ・ヴァロワといったメイフェア界隈の帽子店の店名が誇らしげに印字された円筒形の帽子ケースは天井付近まで積みあげられ、上品な白い脚立に乗って取り出せるようになっている。

窓の張り出し部分には絨毯に届くほど長い、豪奢なベルベット地のカーテンが下がり（いまはドイツ軍機襲来に備えて閉めきってある）、楕円の鏡が載った猫脚の化粧台には、純銀製の柄付きブラシ一式と、華麗な縁取りの写真立てがずらりと並んでいた。そこに写っているのはどれもふたりの若い女性、ペネロピとグウェンドリン・コールディコットだ。大半は写真館で撮られたポートレイトで、隅に写真館の名前が筆記体で記されているが、どこかのパーティ会場で写した気取らぬ写真も数枚まじっている。そのなかに毎回ドリーの目を惹きつけてやまない一枚があった。ほかの写真より年齢を重ねたコールディコット姉妹の姿で――少なくとも三十五歳くらいか――どこかの大階段をバックに、著名な写真家セシル・ビートンが撮影したものだった。レディ・グウェンドリンは片手を腰に当ててたたずみ、はっしとカメラを見据えている。片や妹のほうは写真のフレームの外にある何か（あるいは人物）に気を取られているふうだった。これこそペネロピが恋に落ちることになったパーティで撮られたもの、やがて姉の世界が崩壊することになる運命の一夜の写真だった。

お気の毒なレディ・グウェンドリン。その夜を境に人生が一変することになるとは思いもしなかっただろう。そこに写る奥様はとても美しかった。上の部屋にいる老婦人にこれほど若く魅力的な時代があったとはとても信じられなかった（若い娘のご多分にもれず、いずれ自分にも同じ運命が待ち受けているということまで想像をめぐらそうとはしない）。深い喪失感と裏切られたという思いが心を押しつぶし、内面のみならず外見をもむしばむことになったような気がして、切なかった。写真のなかのレディ・グウェンドリンが着ているサテンのイヴニングドレスは光沢のある暗い色調で、体の線がきれいに出るバイアス仕立てだった。ワードローブをくまなく調べ、大量の衣裳に混じってハンガーにかかるその現物を探し出したのだ。実際は、色のなかでもひときわ高貴な深紅の生地で、そうとわかったときの喜びといったら天にも昇る心地だった。

レディ・グウェンドリンのドレスを試着したのはそのときがはじめてだったが、それで終わりになるはずもなかった。キティたちが仕事に出ているあいだ、あるいは夜の自由に使える時間をやりくりしては、この部屋で頻繁に時を過ごすようになっていた。ドアノブに椅子を嚙ませてドアが開かないようにすると、下着姿になって着せ替え遊びを楽しんだ。化粧台の前にすわって、深い襟ぐりからのぞく肌におしろいを盛大にはたいたり、何段もの引出しにおさまるダイヤモンドの装飾品を矯《た》めつすがめつしたり、イノシシの毛のブラシで髪を梳いたり……自分の名前を彫りこんだこんなブラシを持てるなら、どんなことだって……。

今回はいつもの着せ替え遊びにかまけている余裕はなかった。シャンデリアの下のベルベットの長椅子に胡坐《あぐら》をかいてすわると、バナナの皮をむいた。目を閉じて一齧りし、至福の溜息をもらす——禁断の（というか、厳しい配給制度の目をかいくぐって手に入れた）果実はことのほか甘かった。一口ごとにじっくり味わいながら食べきると、皮を椅子の上にくたっと横たえた。満ち足りた気分にひたりながら手についた果肉の繊維を払い落とすと、さっそく作業に取りかかった。ヴィヴィアンと約束した以上、破るわけにはいかなかった。

ドレスがゆらゆら揺れるハンガーラックの前にひざまずき、下に隠しておいた帽子ケースを引き出す。作業は前日から始めていた。このケースにはいっていた飾り付きクローシュ帽を別のケースの帽子に重ねておさめ、空いたこのケースに前もってまとめておいた衣類を詰めこむのだ。家族があんなことにならなければ、母のためにやっていた作業かもしれない。最近ドリーが入会したのは国防婦人会である。そこでは家庭の不用品を集め、修繕して使えるようにしたり、別の物に作り変えて物不足をやりくりする活動をしていて、ドリーも協力したくなったのだ。大いに貢献してメンバーの人たちをあっと言わせ、この活動を仕切っているヴィヴィアンの力になりたいというのが本音だった。

前回の会合では、空襲が激しくなったいま特に必要とされる日用品——包帯やホームレスの子供たちにあげる玩具、傷痍《しょうい》軍人の入院着など――について熱い議論が交わされた。そこでドリーは、着なくなった大量の衣類を供出して、必需品に作り替える作業も買って出たのだった。実のところ、誰が裁縫の達人かとか、ぬいぐるみ人形の型紙は誰のものを使うべきかなどをめぐり、年配のメンバーたちが丁々発止とやり合うのを尻目に、ヴィヴィアンと共謀者めいた目配せを交わしては作業を黙々とこなし（百歳以下のメンバーは自分たちだけのような気がすることもしばしばだった）、糸や布地を取ってもらう必要があるときはそっと声をかけ合い、周囲の過熱したきんきん声を無視するようにした。

こんなふうに一緒に過ごせるのが嬉しかった。そもそも国防婦人会に参加した動機のひとつがこれだった（それとは別に、ここのメンバーになれば、公共職業安定所に徴用されて軍需工場のような劣悪環境で働かされずにすむとの読みもあった）。最近はレディ・グウェンドリンがべったりなこともあり――日曜日に休みを取るのも、月に一度以上は許してもらえない――主婦業とボランティア活動を完璧にこなすヴィヴィアンの過密スケジュールのせいもあり、こうでもしないとなかなか顔を合わせられなかった。

ドリーは手早く箱詰め作業を進めた。いささか魅力に欠けるブラウスを矯めつすがめつしては、ディオールのラベルがついたこれを包帯に再利用するのはひとまず断念すべきかどうか決めかねているところへ、階下からバタンという音が聞こえてきて、ぎょっとした。ドアが勢いよく閉まるや、すぐさま聞こえてきたのは、掃除の手伝いに午後だけ雇っている娘を呼ぶコックのがなり声だった。壁の時計に目をやる。ほぼ三時、そろそろ睡眠中の熊を起こす時間だ。

帽子ケースに蓋をして目につかない位置まで押しこむと、スカートの皺を伸ばし、午後の残り時間を老婦人の相手をして過ごす心の準備をした。

「あんたのジミーから、また手紙が来てるわよ」

その夜、居間に行くと、キティがドリーに封筒を振りかざした。キティは長椅子に胡坐をかいてすわり、その横ではベティとスーザンが古い『ヴォーグ』誌をぱらぱらとめくっていた。この三人が、部屋の中央にでんと据えられていたグランドピアノを隅に移動させ、コックを震えあがらせたのは数か月前のことだ。もうひとりの若い娘ルイーザは下着姿になって、ベッサラビア製の絨毯の上で何やら複雑な動きの健康体操を実践中だった。

ドリーは煙草に火をつけると、古びた革の袖椅子《ウィングバック・チェア》に腰かけ、尻の下に脚を折りこんだ。ウィングバック・チェアはドリー専用とみなされ、誰もここにはすわらない。このささやかな共同生活で誰が言いだしたわけでもないのだが、レディ・グウェンドリンの世話係だということで、それなりに一目置かれていたのである。カムデン・グローヴ七番地に住みはじめたのが一、二か月早いだけなのだが、それでもこの四人の間借り人は、この家のしきたりはどうなっているのかとか、屋敷内を見学させてもらえるかなど、何かにつけてドリーにおうかがいを立ててきた。当初はそんなふうに扱われることを面白がっていたが、いまでは面白がっていた自分が不思議でならない。彼女たちはそう振る舞ってしかるべきだと思うようになっていたのだ。

くわえ煙草で、封筒を開けた。手紙はごく短いものだった。イワシの缶詰のようにぎゅうぎゅう詰めの軍用列車に揺られながら、立ったままこれを書いている、とあった。殴り書きの文字にざっと目を通し、要点を拾いあげる。北部のどこかの町の罹災現場を撮影してきたこと、数日したらロンドンに戻ること、一刻も早くドリーに会いたいこと——土曜の夜は空いてるかい？　歓声をあげたい気分だった。

「まるで獲物にありついた猫って感じね」キティが言った。「ほら、何て書いてあったのか教えなさいよ」

ドリーは無視を決めこんだ。人に聞かせるにはあまりにも他愛ない内容、だが勝手に想像させておけばいい。年がら年中、男をめぐる生々しい成功譚を微に入り細を穿《うが》って話して聞かせるキティには、特に気を持たせておきたかった。「プライベートなことだもの」ドリーはようやくそう口にすると、わざと秘密めかした笑みを浮かべた。

「水くさいわね」キティは口をとがらせた。「ハンサムな空軍パイロットを独り占めってわけね。で、いつ会わせてくれるの？」

「そうよそうよ」ルイーザが話に割りこんできた。手を腰に当てて立ったまま、前屈姿勢を保っている。「いつか夜にでもここに連れてきなさいよ。そしたら我らがドリーの相手としてふさわしい人かどうか、みんなで判定してあげるわ」

ドリーは、胸を波打たせながら腰を左右に激しくひねるルイーザに見入った。ジミーが空軍関係者だという印象をどこでどう植え付けてしまったのかよく憶えていない。たぶん数か月前のことだ。そのときは、そう思わせておくのも悪くないと思った。だから誤解されたままにしておいたのだが、もはや手遅れだろう。「残念だけどそれは無理ね」ドリーは言って、手紙をふたつに折った。「いまはめちゃくちゃ忙しいみたいだし……極秘の飛行ミッションでね。戦争がらみだから詳しく話すわけにはいかないけど……そういう事情は別にしても、この家には規則もあるわけだし」

「あら、そんなの無視しなさいよ」キティが言った。「ガミガミ婆さんには絶対見つかりっこないってば。馬車が廃《すた》れてからこっち一度も下におりてきてないっていう話だし、あたしたちだって告げ口なんかしないもの」

「奥様は案外、地獄耳よ」ドリーは言った。「それにわたしは信頼されていますからね。身内同然のいちばん近しい間柄なのよ。男の人とつき合ってるって勘繰られただけでも、首になっちゃうわ」

「そんなに陰険なの？」キティが言った。「だったらこんなとこさっさと辞めちゃって、あたしたちのところで働きなさいよ。愛想でも振りまけば、うちの上司なんてふたつ返事で採用しちゃうって。ちょっとスケベな奴だけど、あしらい方さえ心得ていれば結構楽しいわよ」

「そうよ、それがいいわ！」ベティとスーザンが言った。このふたり、同じ台詞を同時に口にする妙な癖があった。ふたりは雑誌から目を上げ、声をそろえて言った。「うちで働きなさいよ」

「この奴隷生活を捨てろって言うの？　そんなの無理だわ」

キティが笑い声をあげた。「あんたってどうかしてる。イカレてるんだか勇敢なんだか、よくわからない人ね」

ドリーは肩をすくめた。キティのようなお節介女に、ここにとどまる理由をいちいち説明してやろうとは思わなかった。

そこで本を取りあげた。前夜からサイドテーブルに置いてある。新刊本で、ドリーがはじめて手に入れた本だった(もっとも、娘を思う親心からだろう、母に無理やり持たされた『ビートン夫人の家政読本』が未読のままあるにはあった)。ドリーは数少ない休養日にあたる日曜日をわざわざ使ってチャリングクロス・ロードの書店街まで出向き、そこの一軒でこれを買ったのだった。

「『つれないミューズ』」キティが身を乗り出し、表紙のタイトルを読みあげた。「もう読み終わったんじゃなかった?」

「読み返しているの」

「そんなに面白いの?」

「まあね」

キティはやけに小さい鼻に皺を寄せた。「本は苦手だわ」

「あら、そうなの?」ドリーもふだんなら同調するところだが、わざわざキティに告げる気はなかった。

「ヘンリー・ジェンキンズ? 聞いたような名前ね……ああ、たしかお向かいの住人よね?」

ドリーは指にはさんだ煙草を曖昧に揺らした。「この辺に住んでいるみたいね」言うまでもなく、この本を買った理由はまさにそこにあった。一度、レディ・グウェンドリンから、ヘンリー・ジェンキンズは、自作の小説に事実をどっさり盛りこむことで文学界ではかなり有名だと聞いたことがあったのだ（「そういえば、彼の小説で内輪の恥をさらされたとかで激怒した男がいてね。訴えてやるとさんざん息巻いているうちにあっけなく死んでしまって、その願いは叶わずじまい――事故に遭いやすいところも父親譲りだったんだろうね。ジェンキンズにすれば勿怪《もっけ》の幸い……」）。この話が爪やすりのごとくドリーの好奇心を刺激したのは言うまでもない。書店主にあれこれ相談に乗ってもらい、どうやら『つれないミューズ』はハンサムな作家と年若い妻との愛の物語だと当たりをつけると、大事なへそくりと引き換えに心躍らせながらこの本を受け取った。それからの一週間というもの、ドリーはジェンキンズ家の結婚生活を窓から覗き見るような気分でページにひたと目を据え、ヴィヴィアンに直接訊くわけにいかない些末《さまつ》なあれこれをそっくり吸収していったのだった。

「すごい美男子よね」目下は絨毯にうつぶせになってコブラのように背骨を反らしているルイーザが、ドリーに向かって目をぱちくりさせながら言った。「奥さんは黒い髪のあの女性でしょ。あの人の歩き方ときたら、何だか魔法使いが箒にまたがっているみたいな――」

「あっ！　あの人ね」ベティとスーザンが同時に目を瞠り、声をそろえて叫んだ。

「運のいい女性よね」キティが言った。「あんな男と結婚できたら最高だわ。彼が奥さんを見つめているところ、見たことある？　まるで完璧な芸術品でも眺めているみたいに、自分の幸運が信じられないって顔なのよ」

「ああ、ちょっとでいいから彼に見つめられたいものだわ」とルイーザ。「どうすれば若い娘が、あんな男性と出会えるのかしら？」

ドリーはその答えを知っていた。ヴィヴィアンとヘンリーのなれそめ――それがまさにこの本に出てきたのだ。だが教えてやるつもりはなかった。ヴィヴィアンは友達だ。こんなふうに彼女が話のネタにされるのも、関係ない人までが彼女に興味津々だと知らされるのも、憶測だけで好き勝手なことを言われるのも我慢ならない。耳が嫌悪感で焼けただれそうだった。まるで自分の持ち物が、心底大事にしている貴重な宝物がいじりまわされている気分――そうよ、これじゃまるであの帽子ケースに詰めこまれた古着並みの扱いじゃない。

「あの女《ひと》、体があまり丈夫じゃないみたい」ルイーザが言った。「それでご主人は目が離せないのよ」

キティがせせら笑った。「馬鹿言わないでよ、どこが病気なもんですか。むしろその逆よ。このまえの夕方、省からの帰り道に、国防婦人会が運営しているチャーチ・ストリートの給食センターに彼女が出かけていくのを見かけたもの」ここでキティが声を落とすと、ほかの三人が身を乗り出し、耳をそばだてた。「ご亭主が目を離せないのは、女房がよそ見するからだって話よ」

「うっそ〜」ベティとスーザンが抑えた声を同時にあげる。「愛人ね！」

「あの人がやたらと用心深いってこと、気づいてないの？」うっとりと聞き惚れる三人に、キティは先を続けた。「ご主人が帰ってくると、決まって一分のすきもない身なりで玄関に出迎え、ウィスキーのはいったグラスをさっと手渡すのよ。啞然よね！　あれは愛情からやっているんじゃない、後ろめたいことがあるからよ。いいこと、絶対間違いなし……あの女には何か隠しごとがある、それが何かは言わずもがなってわけ」

もはや黙って聞いていられなくなった。実のところ、この女たちにはカムデン・グローヴ七番地からさっさと出ていってもらうに越したことはないというレディ・グウェンドリンの意見に、ドリーはもろ手を挙げて賛成したい気分だった。まったく下劣な連中だ。「あらもうこんな時間？」ドリーは本をぱたんと閉じて口を開いた。「わたし、お風呂にはいるわね」

湯が五インチ・ラインに達したところで、蛇口を足でひねって止めた。排水口に足の親指を突っこんで湯の流出を防ぐ。修繕が必要なのはわかっていたが、こんなご時世では頼める人がいない。配管業者は消火作業や破裂した水道本管を直すのに大わらわで、ちょっとした水漏れ程度にかまけている暇はない。だから結局はこうやって急場をしのぐのだ。浴槽の縁に首を預け、髪に巻いたカーラーとピンが頭に食いこまないよう姿勢を按配した。髪全体をスカーフできっちり覆っているのは、蒸気で髪がくたっとなるのを防ぐため。もっとも、いまではそんな心配をするまでもない。蒸気がもうもうと立ちこめる風呂に最後にはいったのがいつだったか、思い出せないくらいだ。

天井を見あげて目をしばたたかせる。階下からラジオのダンスミュージックが流れてきた。浴室は洒落た内装だった。黒と白のタイル張りで、よく磨きこまれた金属製の手すりと蛇口がいくつもついている。壁に渡した数本のロープにはズロースやブラジャーやストッキングが干してあった。レディ・グウェンドリンの気色の悪い甥、ペリグリンが見たらドギマギするに違いない。そんなことを思っているうちに心のもやもやが晴れた。

浴槽から手を伸ばし、一方の手に煙草を、もう一方の手に『つれないミューズ』を取りあげた。両手に湯がかからないように、気をつけて（さして難しくもない——湯はそう多くないのだ）、ページを素早く繰っていき、目当てのシーンを見つけた。聡明だが薄幸の作家ハンフリーが、母校の校長に呼ばれて生徒たちに文学の講演をし、そのあと校長宅で夕食を囲む。食後、いとまを告げ、闇の降りた庭を抜けて車を停めてある地点までゆっくりと歩いていく。人生の来し方に思いを馳せ、これまでに味わってきた痛恨事や「残酷な時の流れ」を思いながら、敷地内に昔からあった湖のほとりにやって来る。そこで何かが彼の目を捉える。

ハンフリーは懐中電灯の明かりを消すと、そばの水浴小屋の物陰に身をひそめて息を殺した。湖畔の空き地では、木の枝にガラスのランタンが下がり、蠟燭の炎が暖かい夜気にちらちら揺れていた。そこにたたずんでいたのはまだ大人になりきらない若い娘だった。見れば裸足で、その膝小僧を質素なワンピースの裾がなでている。ほどいた黒髪が肩のあたりで波打ち、降り注ぐ月明かりが横顔を照らし出していた。唇が動いていた。まるで声に出さずに詩の一節を口ずさんでいるようだった。

気品のある顔、しかしハンフリーを魅了したのはその手だった。ほかの部分は微動だにしないのに、胸のあたりに掲げた指だけがうごめいている。その繊細な動きは実に優美で、見えない糸を織りあげているかのようだった。

これまでに何人もの女性とつき合ってきた。媚《こび》を売り、誘いかけてくる美しい女はいくらもいた。だが、この娘は別格だった。ひたむきな様子に美が宿っていた。それは何かをやり遂げようと無心に取り組む少女を思わせたが、そこにいるのは紛れもない大人の女性だった。自然の情景のなかに身を置く彼女を、のびやかな体の線を、奔放なロマンスを感じさせるその面立ちを見つめるうちにハンフリーは陶然となった。

ハンフリーは暗がりから足を踏み出した。娘はそれに気づいたが、驚いた様子はなかった。まるで彼が来るのを待っていたかのように微笑み、さざ波の立つ湖面のほうを手振りで示した。「月明かりのなかで泳ぐのって素敵だとお思いになりません？」

ここで章が終わり、煙草も燃え尽き、ドリーは両方を床に置いた。湯がどんどんぬるくなる。これ以上冷めないうちに体を洗いたかった。物思いにふけりながら両腕に石鹼を泡立て、ジミーもわたしのことを、このハンフリーのように感じているのだろうかと考えながら、泡を洗い流した。

浴槽から出ると、ラックからタオルをするりと抜き取った。鏡に映る自分の姿が目に留まり、そのまま動きを止めると、見知らぬ人の目にこの体はどう映るのだろうかと想像をめぐらした。黒みがかった茶色の髪、茶色の瞳（ありがたいことに、くっつきすぎていない）、つんと反り返った愛らしい鼻。我ながら美人だと思う。十一歳のころ、いつも家にやって来る郵便配達員と町なかで出くわしたとき、妙にそわそわしていることに気づいてそれと知った。だが、自分の美しさはヴィヴィアンのそれとは別種のものなのか？　ヘンリー・ジェンキンズのような男性は、このわたしが月明かりのなかで囁くのを見かけても、足を止めてうっとり見惚《みと》れるだろうか？

というのも、ヴァイオラ――小説に登場する娘――は、ヴィヴィアンそのままなのだ。自伝的要素はさておき、本に描かれている湖畔で月明かりを浴びる娘のたたずまいにしても、ふくよかな唇や猫のような目、何か目に見えないものをひたすら見つめる姿にしても、ヴィヴィアンそっくりに描かれていた。レディ・グウェンドリンの部屋の窓から眺めるドリーの視点でヴィヴィアンを描けば、まさにこんなふうになるだろう。

ドリーは鏡に近寄った。しんと静まり返った浴室に自分の息遣いだけが響いた。年上で経験豊富で、文壇や上流階級の仲間入りを果たしたヘンリー・ジェンキンズほどの男性が、これほど自分に夢中だと知ったとき、ヴィヴィアンはどんな気分だっただろう？　彼にプロポーズされ、退屈で平凡な田舎を離れてロンドンに移り住み、野育ちの少女がやがて真珠を身につけ、シャネルの五番の香りを漂わせた美女へと華麗に変身し、夫に腕を取られて超一流のクラブやレストランに行けば、おしどり夫婦として注目を浴びる――ヴィヴィアンにすれば本物の王女様のような心地だったに違いない。これこそがドリーの知るヴィヴィアンだ。ひょっとしたらこのヴィヴィアン像は、未来のわたしなのかもしれない。

トントン。「ちゃんと生きてる？」ドア越しにキティの声がして、はっとなった。

「ちょっと待って」

「ああ、よかった、無事のようね。溺れてるんじゃないかって心配しちゃった」

「やあね」

「まだしばらくかかりそう？」

「ううん」

「まだ九時半をまわったばかりよ。これから《カリビアン・クラブ》に繰り出して、いかした空軍兵士《エアメン》に会いに行く予定なの。今夜は非番で、ビギン・ヒル（空軍飛行場の所在地）から出てくるのよ。仲間も連れてくるらしいわ。そのうちのひとりがあなたをご指名なんだけど」

「今夜は無理だわ」

「ちょっと、エアメンよ？　勇敢にして颯爽たるヒーローたちなのよ？」

「わたしにはすでにひとりいるしね。それに今夜は国防婦人会の給食センターの当番だもの」

「どうせ未亡人と生娘と行かず後家の集まりでしょ、一晩くらいさぼったってどうってことないわよ」

ドリーは答えなかった。少ししてキティが言った。「ま、その気がないなら仕方ないわね。ルイーザはすっかり乗り気だから交替要員にするわ」

たいした鼻息だこと、とドリーは思う。「楽しんできて」と声をかけ、キティの足音が遠ざかるのを待った。

階段を下りる足音が聞こえてきたところで、スカーフの結び目をほどいて頭からはずした。あとでもう一度巻きなおす必要があるのはわかっていたが、たいした手間ではない。カーラーをひとつひとつはずしてはシンクのなかに落としていく。全部はずし終わると、手で髪のカールを整え、肩のあたりにかかるよう按配した。

これでよし。首をひねって髪の左右を確認する。かろうじて聞こえるくらいの小さな声で詩をくちずさむ（詩の心得はないので、流行歌の歌詞で間に合わせた）。両手を胸許に持ちあげ、見えない糸を紡ぐように指を動かす。鏡に映るその仕草に小さく微笑む。本に出てきたヴィヴィアンにそっくりだった。

## 12（ロンドン　一九四〇年）

待ちに待った土曜の夜、ジミーは黒髪を櫛で後ろになでつけては、長めの前髪が落ちてこないよう苦戦していた。ブリルクリーム（ポマード）がなくては負け戦だったが、今月は買う余裕がなかった。水で濡らし、なだめすかそうと最善を尽くすのだが、結果ははかばかしくない。ちかちか点滅しはじめた頭上の電球を見あげ、まだ切れるなよと念を送る。居間のランプの電球はすでにいくつか使ってしまっている。次は浴室のをはずすことになるだろう。暗がりで風呂にはいるのはご免だ。光量がふっと落ち、ジミーは薄暗がりのなかに立ちつくした。階下のラジオから流れる音楽の旋律が床から這いあがってきた。再び光が戻るとジミーの心も浮き立ち、グレン・ミラーの『イン・ザ・ムード』に合わせてメロディを口ずさんだ。

ディナースーツは、《W・H・メトカーフ&サンズ》時代に父親が着ていたもので、ジミーの手持ちの服よりずっとフォーマルな一張羅《いっちょうら》だ。正直言って、ちょっと間抜けになった気分ではある――戦時中だし、軍服姿でないだけでも十分気遅れするのに、プレイボーイのようななりではなおさらだ。それでも、お洒落してくるようにとドリーに言われていた――**ジェントルマンらしい格好で来てね、ジミー！　本物のジェントルマンらしくよ**、と手紙にあった――だが条件に合うような服は持っていない。このスーツは、開戦直前、コヴェントリーを出てくる際に持ってきたものだった。ジミーにとって切り捨てることのできない昔を思い出させてくれる数少ない品のひとつだ。お蔭でこれが役に立った――ドリーが何かを思いついたときは、その出鼻をくじかないのが賢明だとジミーは心得ていた。最近は特に。この数週間、彼女の家族が悲惨な目に遭ってからこっち、ふたりのあいだに隔たりを感じていた。ドリーは同情されたくないのだろう、気丈に振る舞い、肩を抱こうとするとさっと身を固くした。家族の死を決して話題にしようとせず、代わりに雇い主の話に切り替え、老婦人についてこれまでになく愛おしそうにしゃべるようになった。悲しみに暮れるドリーを支えてくれる人の存在はありがたい――それはそうなのだが――ジミーにすれば、自分こそが支えになりたかった。

ジミーはかぶりを振った。ドリーが途轍《とてつ》もない喪失感を乗り越えようと頑張っているというのに、そんなことでうじうじ悩むなんてどうかしている。だが、あんなふうに口を堅く閉ざしているのはまるで彼女らしくなく、そこが不安を掻きたてるのだ。まるで太陽が厚い雲に覆われたように感じられ、もしも彼女が自分の前から消えてしまったら、寒々とした人生が待ち受けていそうな気がしてならなかった。だからこそ今夜は、失敗が許されない。彼女が手紙で、上流階級の人のような身なりをするようせがんできた以上――コヴェントリー爆撃以来、久しぶりに明るさを取り戻したドリーを目にできるなら、そのチャンスを逃すわけにはいかなかった。ジミーは身につけたスーツに意識を戻した。これほどしっくりと体に合うとは妙な気分だった。これを着た父が、昔は巨人に見えたものだった。だが、いまにして思えば、父もまたただの人間だったということだ。

ジミーは擦り切れたパッチワーク・キルトのかかる狭いベッドに腰をおろし、靴下を履いた。片方に穴が開いていた。何週間も前から横着して繕《つくろ》っていなかった。急場しのぎに甲の部分を横にずらし、穴が足底に隠れるよう按配する。爪先をもぞもぞ動かし、傍らの床に並べた磨きたての靴に目をやり、続いて腕時計を確かめる。約束の時間までまだ一時間あった。身支度するのが早すぎた。それも無理からぬこと、気が急いて落ち着かなかったのだ。

煙草に火をつけると、ベッドにごろんと横になり、片方の腕を曲げて頭を載せた。何かが手に触れ、枕の下から『ハツカネズミと人間』を引き出す。三八年の夏に図書館から借りて返さぬまま、紛失届を出して代金を払った本だった。とても面白い小説だったが、手許に残したのはそれが理由ではない。ジミーには験《げん》を担ぐところがあった。海辺で過ごしたあの日に持参したのがこの本で、表紙を見るだけで、とびきり甘美なあの日が脳裏に甦るからだ。それに、とっておきの戦利品を隠すにも、この本はおあつらえ向きだった。誰も覗こうとは思わないページのあいだに、海から少し離れた草原で撮ったドリーの写真を挟んであるのだ。それを取り出し、折れ曲がった角を手で伸ばした。煙草の煙を吸いこみ、吐き出しながら、親指でドリーの髪の輪郭をなぞり、その指を肩先、そして胸のふくらみへと……。

「ジミー?」父親が壁一枚隔てたキッチンで、ナイフやフォークを収めた引出しをがちゃがちゃいわせていた。何を探しているのか、行って探し物を手伝ってやるべきなのはわかっていた。だが、何かを探すという行為は老人に使命感を与えてくれる。ジミーの経験によれば、人は忙しいくらいのほうが元気でいられる。

　そこで意識を写真に戻した。これを撮って以来、何百回も繰り返してきたことだった。いまではわざわざ見なくとも隅々まで記憶していた。髪を指に巻きつける仕草、顎の角度、実にドリーらしい挑むような眼差し、実際より大胆に振る舞うさま（まさしく「わたしを忘れずにいられるような」姿をドリーは残してくれたのだ）。潮の香りや、肌にじりじり照りつける太陽の陽射しが思い出され、あおむけに横たわる彼女に覆いかぶさりキスをしたとき、弓なりに体を反らして押しつけてきたあの感触が……。

「ジミー、そこにいるんだろ？　あれが見つからないんだ、おーい、ジミーや」

　ジミーは溜息をもらすと自らに我慢を言い聞かせた。「わかったよ、父さん、いま行くから」そう声をかけて、悲しげな笑みを写真に投げかける——恋人の裸の胸を見つめているときに、漆喰壁の向こうで父親がまごついているという図は愉快とは言いがたい。ジミーは本のあいだに写真を滑りこませ、立ちあがった。

　靴に足を入れて靴紐を結び、くわえた煙草を指に戻すと、狭い寝室を囲む四方の壁を見まわした。戦争が始まってから雑誌の仕事は中断していた。あせた緑色の壁一面に張られているのはできのいい写真、とりあえず自分で気に入っているものばかりだった。フランスのダンケルクで撮ったものもあった。疲れ切って立ちあがることもできない男たちの一団を写したものもあった。ふたりの仲間の肩に腕を預けてぐったりとなった男や、血に染まる包帯が片目を覆っている男。その誰もが、目の前の地面だけを見つめ、次の一歩のことだけを考えながら黙々と重い足を引きずっている。軍靴をなくして裸足のまま、汚れた水筒を愛おしそうに抱きしめて浜辺で眠りこけるひとりの兵士。あちこちのボートの上で繰り広げられる阿鼻叫喚図《あびきょうかんず》、上空から機銃弾の雨を降らせる飛行編隊、さんざん歩きつづけ、地獄から必死で逃れようと水に飛びこむも、砲撃の標的になるだけの男たち。

空爆開始以降にロンドンで撮影した写真もあった。ジミーは奥の壁に並ぶ一連の写真に目をやった。もっとよく見ようと、立ちあがってそちらに向かう。焼け残った家財を手押し車に積んで引くイーストエンドの家族。四方の壁が崩れ落ち、いきなり人目にさらされることになった室内で、物干しロープに洗濯物を干しているエプロン姿の女性。アンダーソン式防空シェルターのなかで、就寝前の子供六人に本を読んであげている母親。片足が吹き飛んだパンダのぬいぐるみ。毛布で肩をくるんで椅子にすわる女と、その背後で炎をあげている彼女の家。瓦礫のなかで飼い犬を探す老人。

彼らの姿が頭を離れなかった。シャッターを切るとき、自分は人々の魂の一部を盗んでいるのではないか、他人のプライバシーに土足で踏みこんでいるのではないかと感じることもあった。だが軽々しい気持ちで撮影に臨んだことはない。彼ら被写体とは一心同体だった。四方の壁からジミーを見つめてくる彼らに、恩義を感じてもいた。彼らは人類史におけるある瞬間の生き証人になっただけでなく、自らの体験を後世に語り継ぐという責任をも引き受けてくれているのだ。BBCラジオからは、アナウンサーの陰鬱な声が頻繁に流れていた。**消防隊員三名、警察官五名、民間人一五三名が死亡したと思われる**（前夜ジミーがまさに身を置いていた現場容を伝える言葉にしては、なんと明快でリズムが整っていることか）。新聞でも同じ内容を伝える数行を目にしたが、それだけで終わり。最近は、花を手向けたり墓碑銘をしたためる余裕もなければ、そうする意味さえも失われていた。翌日も、そのまた翌日も、同じことが延延とただ繰り返されるだけだからだ。戦争には、ジミーが子供のころ葬儀場で目にしたような、人々の悲嘆や哀悼の気持ちを受け止める余地はないのだ。それでもジミーは、自分の撮った写真が記録を残す一助になると思いたかった。いつか戦争が終わり、画像として残ったものを未来の人たちが見て、「こんなことがあったのか」と口にする、そんな日が訪れるはずだと。

ジミーがキッチンに行くと、父親は自分がしていた探し物のことなどすっかり忘れ、パジャマのズボンとランニングシャツという姿でテーブルの前にすわっていた。見れば、可愛がっているカナリアにビスケットの欠片を食べさせている。ビスケットはジミーが父のためにと格安で仕入れてきたものだった。「さあお食べ、フィンチー」そう言いながら、鳥籠の隙間に指を差し入れていた。「そら、フィンチー。いい子だ」ここでジミーの足音を聞きつけ、振り返った。「おお、おまえか！　ずいぶんめかしこんでるじゃないか」

「そうでもないよ」

父親が頭の先から足許まで眺めまわすあいだ、スーツの出所に気づきませんようにと頭のなかで祈るばかりだった。無断で借りたことで父がへそを曲げるからではなく――この老爺《ろうや》はすこぶる気前がいい――これを目にして錯綜した記憶が甦り、動揺するのではと恐れたからだ。

父親は満足げにうなずいた。「よく似合っているよ、ジミー」父親らしい感情がこみあげてきたのか、下唇が震えている。「実にいい。男が見ても惚れ惚れする」

「わかった、わかった、もうそれくらいにして」ジミーは優しく言った。「おだてすぎると天狗になっちゃうぜ。そうなったら鼻持ちならない男と一緒に暮らすことになるんだよ」

父親はそれでもうなずくのをやめず、うっすら微笑んでいた。

「パジャマの上はどうしたの？　寝室にあるの？　取ってくるよ——風邪をひかれちゃ困るからね」

父親はすり足でついてきたが、廊下の途中で立ち止まった。ジミーが寝室から出てきたときもまだそこにたたずみ、そもそもなぜ椅子を離れたのか思い出せず、途方に暮れたような顔をしていた。ジミーは父親の肘に手を添え、ゆっくりとキッチンに誘導した。それからパジャマを着るのに手を貸し、指定席にすわらせる。それ以外の椅子だと頭が混乱してしまうのだ。やかんの水はまだ半分残っていたので、そのままコンロにかけて沸かした。ガスがまた使えるようになり一安心だった。数日前の夜、ガスの本管が焼夷弾にやられたため、父親はミルク入りのお茶が飲めず、さんざんな一夜を明かす羽目になったのだ。ジミーは分量を加減して茶葉をポットに入れた。《ホップウッド食品店》の在庫は品薄なので、使い切るわけにはいかなかった。

「夕食には戻るのかい、ジミー？」

「いや。帰りはかなり遅くなるよ、言っただろ？　コンロにソーセージをかけておくからね」

「わかったよ」

「あいにくウサギの肉のソーセージだけど、デザートには特別なものを用意したんだ。なんだと思う？……オレンジだよ！」

「オレンジ？」老爺の顔に記憶のかすかな光がゆらめいた。「そういえばクリスマスにオレンジを貰ったことがあったよ、ジミー」

「そうなの？」

「あれは農場で暮らした子供のころだった。大きくて、そりゃあ見事なオレンジだった。なのに、ちょっと目を離したすきに、アーチー兄さんが食べちまったんだ」

やかんが汽笛を鳴らしはじめ、ジミーはポットに湯を満たした。父親は嗚咽をもらしていた。アーチーの話が出ると必ずそうだった――ジミーは彼の兄は二十五年あまり前、塹壕のなかで戦死した――だがジミーは見て見ぬふりをした。時が経つにつれて、父親が過去の悲嘆を思って流す涙は、あふれ出すのと同じくらい素早く乾くことを知ったからだ。だからこういうときは、明るくやり過ごすのが一番だった。「だったら今回は心配ないね、父さん。ここには横取りする人なんていないもの」ジミーはカップにミルクをたっぷりと注いだ。父親はミルクをたっぷり入れた紅茶を好んだ。物不足のなか、ミルクを切らさずにすんでいるのは、ミスター・エヴァンスが店の片隅で飼っている二頭の雌牛のお蔭だった。砂糖だけはそう都合よくいかないので、コンデンスミルクをごく少量たらして間に合わせた。カップをかきまぜ、皿に載せてテーブルに運ぶ。「いいね、父さん、ソーセージは食べるときまで冷めないよう鍋に入れておくから、火をつけなくていいんだよ、わかった？」父親はテーブルに落ちたフィンチーの食べこぼしを手で払っていた。「わかったね、父さん?」

「え、何だって?」

「ソーセージは温まっているから、コンロの火はつけないでね」

「わかったよ」父親は茶をすすった。

「水道の蛇口も回さなくていいんだからね」

「何だって?」

「食器は、ぼくが帰ってから洗うから」

父親はジミーを見あげ、一瞬戸惑うような顔になった。それから口を開く。「なかなかの男前だ。で、今夜はお出かけかね?」

ジミーは溜息をもらした。「そうだよ、父さん」

「デートかな?」

「昔なじみに会うんだよ」

「妙齢のご婦人かな?」

父親の控え目な物言いに笑みをもらさずにいられなかった。「そうだよ、妙齢のご婦人だよ」

「大事な人なのかね?」

「とてもね」

「いつか、うちに連れておいで」父親の眼差しに昔の聡明さと茶目っ気がちらりとのぞいた。

すると子供時代のことが、何くれとなく世話を焼いてくれた父のことが甦り、突如、郷愁の念に駆られた。だが、すぐさまきまりが悪くなった。もう二十二歳のいい大人が、子供じみた願望を抱くなんてどうかしていると。熱のこもる、だがどこかぼんやりした笑みを浮かべた父親から、「そのお嬢さんを、そのうち夕食にでも連れてくるんだろ、ジミー？　うちの息子にふさわしい女性かどうか、わたしと母さんが見てやろう」と言われると、なおのこと自分が恥ずかしくなった。

ジミーは腰をかがめて父親のおでこにキスをした。母親のことはあえて正さなかった。母さんはもういない、十年以上も前にふたりを置いて、高級車と大きな家を持つ男と出ていった。だが、それを言って何になる？　母さんは配給の食糧を買う行列に並ぶためにちょっと留守にしているだけ、そう思っていれば父さんは気分よくいられるのに、ジミーにどんな権利があって事実を突きつけられるというのか？　いまの暮らしだけでも十分過酷なのに、真実はさらに事態を悪化させるだけなのだ。「じゃあ気をつけるんだよ。ドアには外から鍵をしとくけど、お隣のミセス・ハンブリンに鍵を預けてあるし、空襲警報が鳴ったら防空シェルターに連れていってくれるからね」

「そいつはどうかな、ジミー。もう六時を過ぎたが、ドイツ野郎の来る気配はないぞ。今夜は休みを取ったのかもしれないな」

「それはないと思うよ。今夜は月が煌々と照っているからね。とにかく警報が鳴ったら、ミセス・ハンブリンが駆けつけてくれるよ」

父親はフィンチーの籠の縁をいじっていた。

「いいね、父さん？」

「わかった、わかった。大丈夫だよ、ジミー。これからお楽しみが待っているってときに、そんな心配はせんでいい。この老いぼれ爺さんはどこに出かけるわけでもない。前回の爆撃でもやられなかったんだし、今度も大丈夫さ」

ジミーは笑みを浮かべると、このところずっと喉元に引っかかっている塊を呑みこんだ。それはいわく言いがたい悲しみ、単に病んだ父のことだけではない大きな悲しみがいっしょくたになった、愛情の塊だった。「そりゃそうだね、父さん。じゃあお茶を飲んでラジオでも聞いていてよ。なるべく早く帰るから」


ドリーはベイズウォーター地区の月明かりに照らされた道を急いでいた。そこは二日前の夜に爆撃を受けていた。屋根裏に絵画や漆工芸品を収蔵していたアートギャラリーは見る影もない。持ち主が備えを怠ったまま放置していたせいだ。現場はいまだ無秩序状態、煉瓦や焼け焦げた木材、吹き飛ばされたドアや窓、砕けたガラスが散乱していた。ここが燃えあがる様子は、七番地のお屋敷の屋根の上から目にしていた（ときどきそこに上がって爆撃を見物するのだ）。そのときは遠方で起きた大火災にすぎなかった。目を瞠るほどすさまじい炎は、明るく照らされた空に噴煙を送りこんでいた。

ドリーは覆い付きの懐中電灯を地面に向けながら、土嚢を巧みによけていった。靴の踵が被弾孔にとられそうになる。殺気立つ防災巡視員と出くわし、咄嗟に身を隠したが、警笛を吹かれ、分別を働かせて家から出るなと小言をくらった——爆撃におあつらえ向きの月夜だというのがわからないのか、というわけだ。

はじめのうちはドリーも爆撃機に怯えていたが、最近は空襲のさなかに出歩くのが好きになっていた。そのことをジミーに言うと、家族に起きた悲劇もあって爆死したがっているのではと心配されたが、そういうことではなかった。爆撃には心底スカッとする何かがあった。心が妙に軽くなるのだ。そんな昂揚感に包まれながらドリーは夜の通りを足早に進んだ。ロンドン以外の土地に行く気もなかった。これぞ人生、この空襲にしても空前絶後の体験だった。そう、ドリーはこれっぽっちも怯えていなかった、わたしが爆弾に吹き飛ばされるわけがない——うまく説明できないが、自分はそういう目に遭う運命ではないと、なぜか確信していた。

危機に瀕しても怖気づかない自分を知ってわくわくした。ドリーは興奮で顔を輝かせ、孤独感もなかった。特別な雰囲気がこの町をがっちりとつかんではなさず、ロンドンじゅうが恋の熱に浮かされているように感じることもあった。だが今夜はいつもの昂揚感とは違った、別の何かに突き動かされ、瓦礫のなかを急いでいた。実際には、ちっとも急ぐ必要などなかった。十分余裕を持って家を出てきたのだ。レディ・グウェンドリンに寝しなのシェリーをたっぷり飲ませて至福の眠りにつかせたから、どんな大爆音が鳴り響こうと目を覚ますことはない（あの巨体と性格では、どのみちシェルターにはいるのは無理というもの）。それでも自分が抜かりなく立ちまわったことに有頂天のあまり、ただ歩くだけでは物足りなかった。度胸のよさに勢いを得て、その気になれば百マイルだって完走できそうだったし、まだ息も切れていなかった。

だが走りはしなかった。ストッキングが気がかりだったのか？　この日履いていたのは伝線していない最後の一足だったし、瓦礫に引っかけてナイロンを駄目にするくらい馬鹿げたことはない。そのことは経験から知っていた。これを駄目にしたら、ずぼらなキティがやっているみたいに、脚に眉墨を塗ってごまかさなくてはならない。そんなのはご免だった。というわけで安全第一、マーブルアーチ近くの停留所に滑りこんできたバスに飛び乗った。

後方に人ひとりが立てる隙間を見つけ、そこにおさまった。肉の配給事情やレバーの絶妙な焼き加減について講釈を垂れる、したり顔の男が吐き出す生臭い息を吸わないようにした。そんなやり方ではろくなものができないと言ってやりたかった（ふんだっ！）が、そこをぐっとこらえ、バスがピカデリー・サーカスにさしかかったところで飛び降りた。

「楽しい夜を、お嬢さん」バスが遠ざかると、警防団《ARP》の制服を着た年配の男に声をかけられた。

ドリーは手を振ってそれに応えた。休暇で戻ってきたのか、ほろ酔い気分で「ネリー・ディーン」を歌いながらやって来たふたりの兵士が、すれ違いざま両側から腕をからめてきて、ドリーをくるりと旋回させた。左右からほっぺにキスをされたドリーは笑い声をあげ、陽気に立ち去るふたりにさよならと叫んだ。

ジミーはチャリングクロス・ロードとロング・エイカーの交差点で待っていた。約束通り、月明かりに照らされた広場に立つジミーが目にはいると、ドリーはつと足を止めた。こうして見ると、やはりジミー・メトカーフは男前だった。記憶していたより背が高く見え、いくぶん痩せた気がしたが、後ろになでつけた黒髪は以前と変わりないし、人を笑わせる気の利いた台詞をいまにも言いだしそうな雰囲気が相変わらず頬骨のあたりに漂ってもいた。これまでに出会った唯一の美男子とまでは言わないが（こういうご時世、休暇中の兵士に睫毛をしばたたかせるのは民間人の務めのようなもの）、それでもジミーには、どことなく闇に棲む動物を思わせる、心身両面に具わった強靭さが感じられ、それがドリーの心臓の鼓動を猛烈に高めるのだ。ジミーは善良を絵に描いたような人だった。誠実だし率直だし、一緒にいるとちょっとした戦利品を手に入れた気分にさせられた。今夜はドリーの指示通り、黒のディナースーツで正装している。その姿を目にして、声をあげそうになった。惚れ惚れするその容姿ときたら――ジミーをよく知らなければ、本物の紳士と思いこんでしまいそうだ。ここで口紅とコンパクトをバッグから取り出し、月明かりが顔を照らすよう鏡を傾けて、キューピッドの弓のような唇に紅をさした。鏡に向かってキスをするように唇をとがらせ、コンパクトをぱちんと閉じる。

さんざん迷った末に選んだ茶色いコートに目を走らせながら、襟と袖口を縁取る毛皮について考えるともなく考える。おそらくミンクだろうが、キツネという線もありそうだ。最先端のデザインではない――流行してから少なくとも二十年は経っている――だが戦時にはさして重要なことではない。それに、たっぷりお金をかけて作った服は流行に左右されないと、レディ・グウェンドリンも言っていたではないか。いまではその手のことにかなり詳しいのだ。袖を鼻に近づけてにおいをかぐ。衣裳部屋から出した当初は樟脳《しょうのう》の香りがかなりきつかったが、入浴中、ずっと浴室の窓辺に吊るしておいたし、香水を盛大に吹きかけておいたから、だいぶましになった。最近のロンドンは焦げ臭いにおいがそこらじゅうに漂っているのだから、まず気づかれることはないだろう。ベルトの位置を直し、ウエストのあたりにある虫食いの穴を隠すと、ちょっと武者震いをする。興奮しすぎて体じゅうがむずむずしていた。ジミーに待ちぼうけを食わせるわけにはいかない。柔らかい毛皮の襟にとめたダイヤモンドのブローチをまっすぐにすると、背筋を伸ばし、うなじの巻き毛を整えた。そして深呼吸をひとつして、暗がりから颯爽と前に進み出た――プリンセス、女相続人、全世界が足許にひれ伏したくなるような令嬢のお出ましだ。

　外は寒かった。煙草に火をつけたちょうどそこへ彼女が現われた。二度見直してやっと、こちらに向かってやって来るのがドリーだとわかった――洒落たコート、月明かりに輝くカールした黒髪、歩道にヒールの音を響かせ、長い脚を颯爽と運ぶさま。絶世の美女――あまりにも美しく、あまりにも瑞々《みずみず》しく洗練されたその姿に、胸がときめいた。最後に会ったときより大人になっていた。いやそれどころか、すっかり見違えるほどだ。手の届かないほど遠い存在に思えた。ドリーの身のこなしとあでやかさに陶然となり、父のスーツにおさまる体を居心地悪そうにもぞもぞさせた。一気に距離ができたような気がした。

　そばに立ったドリーは無言のまま、香水の香りを振りまいていた。ジミーは機知に富む自分を見せたかった。世慣れたところを見せたかった。すっかり大人になったね、きみだけを一生愛し続けるよ、と言いたかった。ふたりのあいだに新たに生じた忌まわしい隔たりを、一瞬にして縮められるような台詞を口にしたかった。仕事で日々成果を上げていること、印刷の締め切りにどうにか間に合った夜に上機嫌の編集長からねぎらいの言葉をかけられたこと、戦時報道の仕事が一段落したら手にすることになるだろうさまざまなチャンス、自分にしか撮れない写真で勝負して名を上げたいこと、お金を稼げるようになりたいことなどを。だが、ドリーの美しい姿とは対照的な戦争のこと、その残酷非道ぶりが頭をよぎり、ふたりの未来を思い描き、コヴェントリー時代のことや海辺でのピクニックを懐かしみながら眠りについた数えきれないほどの夜が思い出され――それらすべてが混ざり合い、不意打ちを食らわせ、ジミーは言葉を失った。それでもどうにか笑みらしきものを浮かべると、くよくよ考えることはやめにして、ドリーの髪に手をやり、引き寄せ、唇を重ねたのだった。

口づけは夜の始まりを告げる合図のピストルになった。ドリーは一瞬にして全身の力が抜けるのがわかった。この後の展開を思い、胸が打ち震えた。今夜の計画を思いついたのは一週間前、それからずっと頭のなかはこのことばかりだった。それをいよいよ実行に移すのだ。ジミーのハートをつかみたい、すっかり大人になった自分を見てもらいたい、最初に出会ったころの女学生とは違う一人前の女性だということを示したい、その一念だった。ここでちょっと胸の高ぶりを押さえ、役になりきった自分を頭に思い描きながら、一歩後ろにさがって相手を見あげた。「ごきげんよう」スカーレット・オハラがいかにも出しそうなハスキーボイスで言った。

「やあ」

「来ていただけて嬉しいわ」ドリーの指がジミーのスーツの襟をさっとなでる。「お召し物も素敵よ」

ジミーが肩をすくめた。「ああ、これ？　だいぶくたびれてるけどね」

ドリーは笑みを浮かべ、吹き出しそうになるのをこらえる（いつだってジミーは、人を笑わせるようなことを言うのだ）。「じゃあそろそろ行きましょうか」ここで睫毛の下から視線を送る。「今夜はやることがたくさんあるのよ、ミスター・メトカーフ」

ドリーは腕と腕をからませると、ジミーを引きずらんばかりにチャリングクロス・ロードを足早に進み、ナイトクラブ《４００》の前にできた長蛇の列に加わった。列が少しずつ前に進むうちに、東のほうで銃砲が轟き、ヤコブの階段（雲間から射す日の光）を思わせる探照灯《サーチライト》の光の帯が幾筋も空をよぎった。あとちょっとで入場口というそのとき、飛行機が上空に現われたが、ドリーは意に介さなかった。たとえ本格的な空襲がいま始まったとしても、順番待ちの列を放棄する気はさらさらない。石段のいちばん上に立つと、音楽や笑いさんざめく声がふたりのほうに押し寄せてきた。不夜城のすさまじい熱気に頭がくらくらしてきたドリーは、倒れないようジミーの腕にしがみつかねばならなかった。

「きっと気に入ってもらえるはずよ。テッド・ヒース楽団も最高だし、ここを経営しているミスター・ロッシもすごく素敵な人なの」

「前にも来たことあるの？」

「あら、もちろんよ、何度もね」ちょっとした大風呂敷――実は一度しか来ていない――ジミーは年上だし、行く先々で重要な仕事をこなし、さまざまな人との出会いもあるだろう。なのにこっちは相変わらず、そう、昔のままなのだ。だから最後に会ったときよりずっと垢抜けたところを、魅力的になった自分を見せたかった。ドリーははしゃぎ声をあげ、つかんでいるジミーの腕に力をこめた。「まあ、ジミーったら、そんな目で見ないで。たまにつき合ってあげないとキティがおへそを曲げるのよ。わかるでしょ、愛しているのはあなただけ」

階段下のクロークルームで、ドリーはコートを預けた。心臓が早鐘を打っていた。この瞬間を待ち焦がれ、練習を重ね、綿密な作戦も練ってあった。さあ、いよいよだ。レディ・グウェンドリンから聞いた話をそっくり全部、彼女が妹のペネロピとやったことを、ダンスやアヴァンチュール、ハンサムな紳士たちにロンドンじゅうを追い回された話などを思い出しながら、ジミーにさっと背を向けると、コートが肩から滑り落ちるにまかせた。それをジミーが受け止めたところで、ゆっくりと爪先旋回《ピルエット》をする。頭に思い描いた通りの出来栄えだ。ここでポーズを決める。コートの下から現われたのは(ご覧あれ、レディーズ&ジェントルメン!)、まさにドレスの名にふさわしいものだった。

それは燃えあがるような赤の滑らかな生地で、女性らしい体の線を余すことなく引きたてるデザインだった。これを目にした途端、ジミーはコートを取り落とした。熱い視線は舐めまわすように下へとさがり、再び上に戻ってきた。いつしかコートは手を離れ、預り札がそれに取って代わったが、その間の流れをジミーには説明できなかっただろう。

「わお……ドリー、なんてこった……嘘だろ」ようやく口を開いた。

「ああ、これ？」ドリーは一方の肩をちょっとすくめ、さきほどジミーがやったのをそっくり真似て言った。「だいぶくたびれてるけど」それから、ジミーににやりと笑ってみせると、いつものドリーに戻っていた。「ほら、急がないと。なかにはいりましょう」ジミーは、ここ以外の行きたい場所を思いつけなくなっていた。


赤いロープの向こう側のエリア、人々がひしめく狭いダンスフロア、キティが「ロイヤル・テーブル」と呼んでいた楽団を間近に見られるテーブル席のほうに、ドリーは目を走らせた。今夜はヴィヴィアンに会えそうな気がしていた――ヘンリー・ジェンキンズは今日の主役のダンフィー卿と昵懇《じっこん》のはず。ふたりが一緒に写る写真を『ザ・レディ』で始終見かけていたのだ。ざっと見わたしたが見当たらなかった。まあ、よしとしよう、夜はまだ始まったばかり、ジェンキンズ夫妻は遅れて来るのだろう。そこでジミーを部屋の奥へと誘導した。丸テーブルが密集する隙間を縫い、食事や酒やダンスを楽しむ人々を横に見ながら進んでいくと、ミスター・ロッシがいた。そこから先は特別席のエリアだ。

「いらっしゃいませ」ふたりに気づいたミスター・ロッシは、揉み手をしながらちょっと頭を下げた。「ダンフィー卿の婚約パーティにお越しでしょうか」

「ほんと、素敵なクラブですわよね」ドリーは甘い声を出し、答えをはぐらかした。「ずいぶんご無沙汰してしまって、もうだいぶ経つかしら……もっと頻繁にロンドンに足を運ばなくてはって、宅のサンドブルック卿とよく話しておりますのよ」ここでジミーにちらっと目をやり、先を促すように笑みを浮かべる。「そうでしょ、あなた？」

ジミーがどうにか取り繕って話の辻褄を合わせると、かすかに曇ったロッシの眉間もすぐに晴れた。長年このナイトクラブの舵を取ってきたロッシにとって、上流社会という船が航路を逸れないよう乗客たちをおだてあげるのはお手のものである。「これは失礼いたしました、サンドブルック卿夫人」ロッシはドリーの手を取り、指先に軽く唇を当てた。「おふたりのお出ましがなくて、すっかりここも翳《かげ》りを帯びておりましたが、こうしてお越しいただいたことで光がまた戻ることでしょう」ここでジミーに視線を移し、「ところで、サンドブルック卿、ご機嫌麗しくお過ごしでございましたか？」

ジミーは押し黙ったままだった。ドリーは息を詰めた。この〝ゲーム〟（ジミーはそう呼んでいた）にジミーがどんな気持ちでいるか、手に取るようにわかった。ドリーが再び口を開いた途端、背中に添えられたジミーの手がこわばるのがわかった。正直な話、彼の煮え切らない態度ですべては台無しだ。彼がまともな返事を返さない限り、まずいことになるだろう。彼の応答を待つあいだ、ドリーには自分の胸の鼓動が聞こえるようだった。人ごみから楽しげな黄色い声があがり、どこかでグラスの割れる音が響き、楽団が次の曲にとりかかり……。

別人の名前で呼びかけてきたこの小柄なイタリア男は、鋭い視線をこちらに向けて返答を待っていた。すると不意に、縞柄のパジャマ姿で家にいる父親や、アパートの壁を覆うみすぼらしい緑色の壁紙のこと、鳥籠のなかでビスケットの欠片をついばむフィンチーのこと、がジミーの脳裏に浮かんだ。ドリーの睨みつけるような眼差しが、さっさと与えられた役を演じろとせっついているのがわかった。見つめてくる彼女がここでどう言ってほしいのかもわかっていた。だが、称号を持つ誰かになりすますことに、言い知れぬ屈辱を覚えていた。老い衰えた父にひどい裏切りを働いているような気がした。頭がすっかり混濁し、戻るはずのない妻を待ちわび、二十五年も前に死んだ兄を思って泣きじゃくる父、ロンドンに移り住んだとき、みすぼらしいアパートを目にして「実にいい部屋だね、ジミー。たいしたもんだ……父さんも母さんも鼻が高いよ」と言った父が不憫《ふびん》だった。

ドリーを横目でちらっと見れば、そこにありありと浮かぶ表情——期待感——に気づかぬわけにはいかなかった。彼女の仕掛けるゲームが恨めしかった。彼女が人生に求めているものと、こちらが彼女に与えてあげられるものとのギャップが、このところますます目につくようになっていたからなおさらだった。これを罪のないゲームと呼べるのか？　たしかにジミー・メトカーフとドロシー・スミザムが赤いロープの向こう側に足を踏み入れたからといって、誰に迷惑がかかるわけでもない。ドリーがそれを強く望み、ドレスやら何やらを手間暇かけて準備し、ジミーにはスーツ着用を命じた——睫毛にマスカラを塗ってはいても、その目は期待に目を輝かせる子供のそれであり、そんな彼女を愛おしく思い、彼女の願望を踏みにじるような真似はしたくないという馬鹿げたプライドもあった。地位を持たぬ身ゆえに依怙地《いこじ》になっている自分にも薄々気づいていた。家族を亡くして以来、ようやくドリーが昔の明るさを取り戻したことを思えば、そう無下《むげ》にはできない。

「ミスター・ロッシ」ジミーはにこやかに片手を差し出し、相手の手をしっかりと握りしめた。「またお会いできて実に嬉しいですな」一瞬のうちにでっちあげた、とびきり気取った声――これが功を奏してくれるよう神に祈るばかりだった。

赤いロープの内側は何もかも、夢見ていた以上に素晴らしかった。レディ・グウェンドリンの昔語りから少しずつ得ていった印象と寸分たがわぬ華やかさだった。ロープの内と外に目立った違いがあるわけではない――赤い絨毯もシルク張りの壁もそっくり同じだし、どちらにも頬を寄せ合ってダンスを踊るカップルがいて、食事や飲み物や空のグラスを運ぶウェイターたちが行き交っている――たしかに素人目には両者の違いはわからないだろうが、ドリーにはわかるのだ。だからこちら側の人間になれた嬉しさに舞いあがっていた。

これで至高の目標《ホーリー・グレイル》にとりあえず到達したわけだが、次はどうすればいいのか、ドリーはちょっと途方に暮れた。さらなる妙案が浮かばないまま、シャンパンを満たしたグラスを取りあげると、ジミーの手を取り壁際に並ぶフラシ天張りのボックス席のひとつに滑りこんだ。正直な話、眺めているだけでも十分楽しかった。色とりどりのドレス、笑みを浮かべたいくつもの顔が目の前を次々に通り過ぎていくさまは見飽きることがなかった。ウェイターがやって来て、召し上がりたいものはあるかと訊いてきたので、ドリーは卵とベーコンを頼んだ。注文の品が届く。ドリーの手にしたシャンパングラスが空になることはなく、楽団の演奏もやむことなく続いた。

「夢を見ているようでしょ？」ドリーは頬を上気させて言った。「何もかも、見事というほかないわよね？」

問われたジミーは、まずはおもむろにマッチを擦り、「まあね」と曖昧に答えた。火のついたままのマッチを真鍮製の灰皿に投げ入れ、煙草を吸いこんだ。「ところでドリー、仕事のほうは順調かい？　レディ・グウェンドリンはご機嫌麗しいのかな？　相変わらず地獄のような無理難題を押しつけてくるの？」

「ジミーったら、そんな言い方はよして。はじめはちょっと愚痴ったかもしれないけど、慣れるとなかなか素敵な人なのよ。最近はしきりにわたしの意見を聞きたがるの……それなりにすごく近しい関係を築いているわ」ドリーはジミーに体をすり寄せ、煙草に火をつけてもらった。「彼女の甥っ子ときたら、いずれあの屋敷をわたしに譲ると遺言書に書かれそうなものだから、気が気じゃないみたい」

「そんなこと、誰から聞いたの？」

「ドクター・ルーファスよ」

ジミーは不明瞭な呻き声をもらした。ドクター・ルーファスの名前が出ると、ジミーは不愉快になった。ドクターは親友の父親だし、ずっと年も上だし、変な意味でわたしに関心を持っているわけではないとドリーから何度も言われたが、いい気持ちはしない。そこでジミーはただ顔をしかめ、話題を変えた。いまはテーブル越しに彼女の手を握っていた。「じゃあ、キティは？　元気にしてる？」

「ああ、キティね……」ドリーは口ごもった。先日話に出た、ヴィヴィアンの根も葉もない不倫話が頭をよぎった。「元気も元気、なにしろ、ああいう人だもの」

「ああいう人？」ジミーは訝しげに繰り返した。

「要するに、噂話やナイトクラブにかまけてばかりいないで、もっと仕事に精を出すべきだわ。自分を持て余しているんでしょうね」ドリーはジミーをちらっと見た。「あなたはああいうタイプ、苦手でしょう」

「そうかな？」

ドリーは首を振って、煙草を吸いこんだ。「ゴシップ好きだし、発展家だしね」

「発展家？」今度は愉快そうに口許をほころばせた。「おいおい、冗談だろ」

ドリーは本気だった――キティは夜陰に紛れて男をとっかえひっかえ家に引き入れるようになっていた。向こうはドリーが気づいていないと思っているようだが、たまに聞こえてくる物音に気づかないのはよほどのぼんやりだ。「本当なんだから」ドリーは言って、テーブルの上でゆらめくキャンドルライトのガラス容器を、意味もなくしきりに回した。

ヴィヴィアンのことはジミーにまだ話していなかった。なぜなのかは自分でもよくわからない。彼がヴィヴィアンを気に入るはずがないと思ったわけではない、それは絶対にない。むしろ芽生えかけた友情を秘密のまま、独り占めしておくべきだと直感が知らせたからだ。しかし今夜は、こうして差し向かいで飲む口当たりのいいシャンパンが心までも泡立てるのか、すべて洗いざらい打ち明けたい衝動に駆られていた。「実を言うとね」そう切り出した途端、緊張した。「手紙に書いたかどうか忘れたけど、お友達ができたの」

「へえ」

「その人、ヴィヴィアンていうの」名前を告げただけなのに、ちょっと心が弾んだ。「ご主人はヘンリー・ジェンキンズ……ほら、作家のあの人よ。お向かいの二十五番地に住んでいてね、わたしたち、けっこう固い友情で結ばれているの」

「ほんと?」ジミーが嬉しそうな声をあげた。「奇遇だな、その人の小説を読んだばかりだよ」

どの作品を読んだのか尋ねてもよかったのに、訊かなかった。彼の話をちゃんと聞いていなかったのだ。ヴィヴィアンについてずっと話したかったこと、ずっと胸に秘めていたことのあれこれが頭のなかで渦巻いていた。「とにかく稀に見る素敵な人よ。美人なのに、ちっとも鼻にかけていないの。しかもとても思いやりがあって、国防婦人会のボランティアの常連で——わたしたちが運営している兵士のための給食センターのこと、前に話したでしょ? ええ、たしか話したわ。それからね、ヴィヴィアンはすごく同情してくれたのよ——ほら、わたしの家族がコヴェントリーであんな目に遭ったでしょ。彼女も孤児で、ご両親が亡くなったあと伯父さんに引き取られたんですって。伯父さんはオックスフォード近くの一族の土地で、由緒ある学校を経営していらっしゃるの。女相続人ということは、もう話したかしら? カムデン・グローヴのお屋敷も彼女の持ち家で、ご主人のではないんですって」ここでふうっと深い溜息をついたのは、詳細に確信がなかったせいだ。「どれも又聞きだけど。そういうことを自分から言いふらすような人じゃないから」

「すごくいい人のようだね」

「そうなの」

「会ってみたいな」

「え、ええ」ドリーは口ごもった。「そうね……そのうちに」ドリーは煙草を勢いよく吸いこんだ。ジミーの一言になぜこうも恐れのようなものを感じるのか、自分でも不思議だった。ヴィヴィアンとジミーを引き合わせることは、ドリーの思い描く未来のシナリオには含まれていなかった。ひとつはヴィヴィアンが極度の引っこみ思案だったから。それとジミーがこういう人だからだ。たしかに気立てはいいし、親切で聡明ではある……だが、ヴィヴィアンの眼鏡にかなうような人ではない。ドリーの恋人にはふさわしくないと言われそうな気がした。ヴィヴィアンが不人情なのではない、そもそも生まれついた階級が違うのだ——それはドリーにも言えることだが、ドリーはレディ・グウェンドリンの庇護を受けているお蔭で十分な教養を身につけているから、ヴィヴィアンのような人にも受け容れてもらえるのである。ジミーに嘘はつきたくなかった。彼を愛していた。だからといって、それをはっきり口に出して彼を傷つけていいものか。ドリーはジミーの腕に手を伸ばし、スーツの擦り切れた袖口から飛び出した糸くずをつまみあげた。「いまはみんな、戦争でばたばたしているでしょ？　人とおつき合いしてる余裕なんてないと思うし」

「ぼくはいつだって……」

「あら、ジミー、わたしたちの思い出の曲を演《や》っているわ。ちょっと踊らない？　ねえ、踊りましょうよ」

ドリーの髪は香水の香りがした。待ち合わせ場所に現われた瞬間にかいだ身をとろかすようなその香りは、はっとするほど強烈で蠱惑的だった。だからずっとこのまま、腰に手を添え、頬を寄せて、ゆっくりと体を揺らしていたかった。新しくできた友達に会いたいと言ったら急に話をはぐらかされたが、そのことはもうどうでもよくなった。ふたりのあいだにできた溝は、彼女の家族に起こったことが原因ではなく、ヴィヴィアンとかいう、向かいに住む裕福な上流階級の女性と関係があるのではと、そのときは思ったが、十中八九、それはないだろう。ドリーは秘密めかすのが好きだし、これまでだってそうだったではないか。とにかくいまは音楽の続く限り、それに身を任せていたかった。

言うまでもなく、何事にも終わりは来る。曲は無情にも終わった。ジミーとドリーは体を離し、拍手をした。そのとき、薄い顎ひげを生やした男が、ダンスフロアの片隅からふたりを見つめているのにジミーは気づいた。それ自体は別にどうということはなかったが、男のしゃべっている相手がロッシであり、ロッシのほうはしきりに頭を掻いては、大仰な身振りをして見せ、何やらリストのようなものを覗いていた。

招待者リスト。ジミーはすぐさま閃《ひらめ》いた。ほかに考えようがなかった。

そろそろ撤収の潮時だ。ジミーはドリーの手を取ると、さりげないふうを装いながら先に立って歩きだした。素早くこっそり行動すれば何とかなる、赤いロープの下をくぐり、人ごみに紛れてそっと退散すれば、面倒は起こらない、そうジミーは踏んだ。

不運にもドリーは異を唱えた。ダンスフロアにせっかく出たのだからと、立ち去るのを渋りだした。「ジミー、そんなのいやよ。ほら、『ムーンライト・セレナーデ』が始まったわ」

ジミーはドリーにわけを話し、薄い顎ひげの男のほうに目を走らせると、男は葉巻をくわえ、片手を差し出し、すぐそこまで迫っていた。「サンドブルック卿」男がジミーに呼びかけた。いかにも金貨の詰まった壺をベッドの下にごっそり隠し持っていそうな、不敵な笑みを浮かべている。「ようやくお目にかかれましたな」

「これはこれは、ダンフィー卿」ジミーは一か八かの賭に出た。「本日はおめでとうございます、ええとその……フィアンセとのご婚約……盛大なパーティですな」

「ええ、まあ、あまり大袈裟にしたくなかったんだが。エヴァのお知り合いでしたか」

「ええ、まあ」ジミーはひきつったような笑い声をあげた。

ダンフィー卿が葉巻をふかす。機関車のごとき盛大な煙が上がる。卿はわざとらしく目を細めた。どうやらこのパーティの主役も暗中模索といった様子、謎の招待客の正体を懸命に探っているらしいと、ジミーは察した。

「つまり、わたしのフィアンセのご友人でいらっしゃる」

「ええ、おっしゃる通り」

ダンフィー卿はうなずいた。「なるほど、そうですか」なおもすぱすぱやって、煙を噴きあげる。これで危機は去ったと思いきや――「しかし記憶力のせいですかな……これがめっきり衰えたのか……それもこれも戦争のせい、忌々しい夜襲のせいで睡眠不足……しかしですな、サンドブルックなる人物についてエヴァから聞いた憶えがとんとありませんでね。古くからのご友人ですか?」

「ああ、そうですとも。アヴァとは長いつき合いで」

「エ、エヴァですが」

「そ、そうでした」ここでジミーは、ドリーを前に押し出した。「そうだダンフィー卿、家内とははじめてでしたかな? さあ、きみ……」

「ヴァイオラ」ドリーは虫も殺さぬような笑みを浮かべた。「ヴァイオラ・サンドブルックと申します」ドリーが手を差し出すと、ダンフィー卿は葉巻を口からはずして、その手に接吻をした。それから身を起こしたが、ドリーの手を握ったまま高々と掲げ、貪るような視線をドレスに、そしてその下に隠れた体の隅々に這わせた。

「あなたぁ!」甲高い声がフロアのほうから届いた。「ジョーナサーン!」

ダンフィー卿はドリーの手をぱっと放した。「あっ」ヌード写真を盗み見ているところを乳母に見つかった子供のような声をあげた。「エヴァのお出ましだ」

「もうおいとましませんと」ジミーは言った。ドリーの手をつかむと、手に力をこめて信号を送る。ドリーも握り返してきた。「失礼します、ダンフィー卿。本日はおめでとうございました。そろそろ列車の時間が迫っていますので」

ふたりは脱兎のごとく駆けだした。ドリーは笑いをこらえきれなかった。猛ダッシュでナイトクラブの人ごみをかき分け、クロークルームまで来ると、ジミーが札を素早く渡してレディ・グウェンドリンのコートを受け取り、一気に階段を駆けあがり、闇に沈むロンドンの冷気のなかに、ふたり同時に躍り出た。

場内からずっと追ってくる者がいた。ドリーがさっと振り返ると、過食気味の猟犬よろしく荒い息を吐く、赤ら顔の男が見えた。ふたりはリッチフィールド・ストリートを越えたところでようやく走るのをやめ、セント・マーティン・プレイスのほうからやって来る劇場帰りの人の流れに紛れこみ、やがて狭いタワー・レーンに飛びこんだ。ここでようやくふたりは崩れるように煉瓦塀にもたれ、息も絶え絶えに笑い転げた。

「ああ、面白かった」ドリーは空気を求めてあえぎながら言った。「おお、ジミー、今夜のことは一生忘れられそうにないわ。あなたが列車がどうのと言ったときのあの人の顔ときたら……まるで鳩が豆鉄砲を食らったみたいだったわ」

ジミーも声をあげて笑った。ぬくもりのある声が闇に響いた。ふたりのいるところは漆黒の闇だった。満月が投げかける銀色の光も、狭い小路に迫《せ》り出した軒に邪魔されてはいりこむ隙がない。ドリーは頭がくらくらした。すっかり舞いあがっていた。まんまと他人になりすましたことで不思議な活力がみなぎっていた。ドリー・スミザムであることをやめて別人になりきる、目には見えない変容の瞬間にもたらされた眩暈にも似たその感覚は、これまで一度も味わったことのないものだった。どんな人に化けたかはあまり重要ではない。ドリーが愛してやまないのは演じることの昂揚感であり、仮装がもたらす圧倒的な快感だった。それは他人の人生を生きるようなもの、束の間、他人の人生を盗むことだった。

ドリーは星空を見あげた。灯火管制下では驚くほどたくさんの星が見えた。遠くのほうで続けざまに大爆音があがり、あらんかぎりの力で迎え撃つ高射砲の轟きが炸裂した。しかしここでは星だけがただひたすら、きらめきを放つばかり。それはまるでジミーのようだとドリーは思った。ひたむきで、堅実で、この人になら人生を賭けてもいい、そう思った。

「わたしのためなら本当に何でもしてくれる?」ドリーは満ち足りたような吐息をもらした。

「決まってるじゃないか」

ジミーはもう笑っていなかった。風がさっと吹き抜けたかのように、小路の空気が一変した。**決まってるじゃないか。**それはドリーにもわかっていること。その瞬間、ふたりの感情が高ぶり、ドリーを驚かせた。というか、自分の反応に驚いていた。ジミーの言葉を耳にして、おなかの奥深くにある弦がはじかれた気分だった。体が震えた。何も考えず、闇のなかでジミーの手を取った。

温かくすべすべした、大きな手だった。ドリーはその手を持ちあげ、関節にそっと唇を這わせた。ジミーの息遣いが耳に届いた。そのリズムに自分の呼吸を合わせた。

わたしは勇敢な一人前の大人、体じゅうに力がみなぎっている、そんな気分だった。美しく、生命力にあふれている。心臓がどきどきした。ジミーの手を自分の胸に押しつけた。

ジミーの喉が鳴った。吐息がもれた。「ドリー……」

優しいキスで言葉を封じる。ジミーにしゃべらせてはいけない、いまは駄目。でないと、決心が鈍ってしまう。ドリーはジミーのベルトに手をかけた。七番地のキッチンで笑い話にしていたあれこれを思い出しながら、キティやルイーザが、キスをしようともたれかかってきたが、そのままさらに手を滑らせる。

ジミーが呻き声をもらし、キスをしようともたれかかってきたが、唇を彼の耳に近づけ、囁いた。「わたしの言うことは何でも聞いてくれるのよね?」

ジミーはドリーのうなじに預けた頭をこくりと揺らした。「ああ」

「だったらデートの相手を家まで送り届けて、ベッドまで運んでくれる?」

ドリーが寝入ったあとも、ずっとジミーは起きていた。心浮き立つような一夜をこのまま終わらせたくなかった。魔法が解けてしまいそうなことはしたくなかった。すぐ近くに重量級の爆弾が落下し、壁に掛かる額入りの写真がかたかた揺れた。眠ったまま身じろいだドリーの頭にそっと手を置いた。

カムデン・グローヴに帰り着くまでふたりはほとんど口を開かなかった。ドリーの発した言葉の意味の重さを、一線を踏み越えてもはや引き返せない状況にあることを、どちらも意識しすぎたせいだった。お屋敷に行くのははじめてだった。そのことをドリーはからかいのタネにしたが、老婦人はそういうことにひどくやかましい人なのだと聞いていたし、ジミーもその方針を尊重していた。

七番地に着くと、ドリーの手引きで土嚢の脇を抜けて正面玄関をくぐり、そっとドアを閉めた。なかは暗く、カーテンが引かれているせいで外よりも闇が濃く、ジミーはつまずきそうになった。ドリーが階段脇の小机のランプをつけると、電球の円い光が壁と絨毯を淡く照らした。するとこの家の壮大さが、ここではじめてジミーの眼前に浮かびあがった。その場にぐずぐずしないですんだのは何よりだった——立派なお屋敷に圧倒されていた。ドリーに与えたいのにそれが叶わないありとあらゆるものを見せつけられ、そうしたものに囲まれていかにも満足そうな彼女の様子に気づくと、ジミーは気が揉めた。

ドリーはストラップをはずしてハイヒールを脱ぐと、それを指に引っかけ、ジミーの手を取った。そして唇の前に指を立て、ちょっと首をかしげて階段を上りはじめた。


「優しくするからね、ドリー」ベッドの傍らに立ったとき、ジミーがそっと囁いた。どちらも交わす言葉が底をつき、ベッド脇にただ並んで立ちつくしたまま、相手の出方を待つばかりだった。ジミーの言った台詞にドリーは笑い声をあげたが、その声には戸惑いの色がにじんでいた。笑い声に若さゆえの揺らぎがちらりと顔をのぞかせる、そんなドリーがますます愛おしくなった。あの小路でドリーに誘いかけられてからずっと、ジミーは劣勢に立たされた気分だった。だが、笑い声に潜むドリーの不安に気づいたいま、主導権はジミーの手に戻り、突如世界は正常に戻った。

彼女のドレスを引きはがしたいという気持ちもなくはなかったが、そうはせず、一方の細い肩ひもの下に指を差し入れた。ドリーの肌は寒い夜にもかかわらず温かく、触れた途端、びくっとしたのがわかった。かすかな突然の身じろぎに、ジミーは息が止まりそうになった。「優しくするからね」先の台詞をもう一度繰り返す。「これからもずっと」今度はドリーも笑わなかった。体を抱き寄せキスをする。ああ、なんと甘美なことか。赤いドレスのボタンをはずし、肩ひもをはずし、ドレスが床に落ちるにまかせた。ジミーをじっと見つめるドリーの胸が浅い呼吸に合わせて上下した。そして微笑んだ。ジミーを焦らし胸を熱くさせる、ドリーお得意の微笑だ。そして気づいたときにはドリーが、ジミーのシャツの裾をズボンから引き出し……。

またしても爆音が鳴り響き、ドア上部の継ぎ目装飾から漆喰の粉が落ちてきた。煙草に火をつけると同時に、応戦する高射砲の炸裂音が聞こえた。ドリーは黒い睫毛を、露のように清らかな頬に落としてまだ眠っている。ドリーの腕を優しくさすった。自分はなんて馬鹿なんだ、大馬鹿者だ……あれほど結婚をせがまれながら、それを拒んできた。ふたりのあいだに溝があると思いこみ、くよくよ悩むばかりで、そうなったのは自分のせいかもしれないと立ち止まって考えようともしなかった。結婚するには先立つものが必要だと、古い考えに囚われすぎていた。それでも今夜のドリーを見ているうちに、以前とは違う目で眺めるうちに、このままではドリーをこの新しい環境にあっさり奪われかねないのだと気づかされ、ようやく目が覚めた。いまもこのぼくを待ちつづけ、昔と変わらぬ気持ちでいてくれる、ぼくはなんという果報者か。ジミーは微笑みを浮かべ、ドリーの艶やかな黒髪をなでた。今日こうしてベッドを共にしたことが何よりの証なのだ。

とりあえずは、ぼくのアパートで暮らすことになるだろう……ドリーに与えたい環境には程遠いが、父もいまの住まいにやっと慣れたことだし、戦争が続くうちは引っ越すのは難しい。すべてが片づいたらもっと環境のいい場所に貸家を探してもいいし、家が一軒持てるよう銀行から金を借りてもいい。わずかだが貯金もしている……ここ数年こつこつと瓶に小銭を貯めてきた……それに編集長もぼくの写真を大いに買ってくれている。

ここで煙草を吸いこんだ。

それはまあいいとして、いまなら戦中結婚になるわけだが、恥じることでもなんでもない。むしろロマンチックじゃないか……逆境の愛。どんな状況であれ、ドリーなら可憐な花嫁になるに違いない。ブライズメイドを務めてくれる友人だっている……キティ、それに友達になりたてのヴィヴィアンも（彼女の名前を思い浮かべた途端、落ち着かない気分になった）……それからレディ・グウェンドリン・コールディコットも、彼女の親代わりになってくれるだろう。ドリーに渡すつもりの指輪もすでにあった。元は母親のものだったが、いまは黒いベルベットのケースに入れて、寝室の引出しにしまってある。母が父の枕の上に書き置きを残して家を出たとき置いていった指輪で、以来、大事にしまっておいた。当初は母が戻ってきたら返すつもりでいたが、やがて母を思い出すよすがとなった。それが大人になるにつれ、この指輪を愛する女性に贈り、新生活をスタートさせる記念にしようという思いが強まった。絶対に自分のそばを離れることのない女性に贈りたいと。

子供のころ、ジミーは母を崇拝していた。魅力に富んだ人であり、ジミーにとって初恋の人であり、その満ち欠けによってジミーというちっぽけな人間の精神に影響を及ぼす、光り輝く大きな月のような存在だった。夜眠れないとき、母がよく聞かせてくれた話があった。それはナイチンゲール・スター号という魔法の船の話――頑丈なマストに大きな帆が何枚も張られた古代の巨大ガリオン船で、夜ごと冒険を求めて眠りの海へと乗り出すのだ。母はベッドの端に腰かけてジミーの髪をなでながら、この力強い船の話をあれこれ紡ぎ出してくれた。不思議に満ちた船の旅を語るその声は、どんなものより心和ませてくれた。眠りに落ちる寸前のまどろみのなかで、船がジミーを東方の巨星へと導いていく、すると母は身をかがめてジミーの耳にこう囁くのだった。「さあ出発よ、ジミー。今夜ナイチンゲール・スター号の上で会いましょうね。待っていてくれるでしょ？　一緒に冒険の旅に出ましょうね」

この話を長いこと本当のことだと思っていた。母がよその男と、高級車を持っている口のうまい金持ちと家を出ていったあとは、毎夜この話を自分自身に向かって語り、こうすれば眠りのなかで母さんに会える、そうしたら母さんの手を引いて家に連れて帰ろうと思っていた。あそこまで強く愛せる女性は二度と現われないと思っていた。ところがそこにドリーが現われたのだ。

ジミーは煙草を吸い終わると、腕時計に目をやった。もうじき五時。父の朝食に間に合うよう卵を焼くには、そろそろ引き揚げたほうがよさそうだった。

できるだけ静かに立ちあがり、ズボンをはき、ベルトを締めた。ドリーの寝顔をしばらく眺め、頬にそっとキスを繰り返す。「ナイチンゲール・スター号の上で会おうね」優しく声をかけると、ドリーは身じろいだが目は覚まさなかった。ジミーの顔がほころんだ。

足音を忍ばせて階段をおりた。まだ明けきらぬ冬のロンドンは、凍てつく薄闇に包まれていた。大気には雪のにおいが混じっていた。白い息を盛大に吐きながらジミーは足を運んだが、ちっとも寒くなかった。今朝は寒さなど感じない。ドリー・スミザムを愛している、彼女と結婚しよう。もう同じ過ちを繰り返すつもりはなかった。

# 13　《グリーンエイカーズ》二〇一一年

ベイクドビーンズを載せたトースト一枚きりの夕食を用意し、テーブルに着いたそのとき、《グリーンエイカーズ》でひとり過ごすのは、ひょっとして今回がはじめてかもしれないと、ローレルは思った。父や母が別室で用をこなしているわけでもなければ、はしゃぎまわる妹たちが二階の床をギシギシ鳴らしてもいないし、幼い弟も、ペットもいない。鶏小屋の雌鶏さえいまはもういなかった。ロンドンでの独り暮らしは、一時期の例外を除いても、かれこれ四十年になる。本音を言えば、ひとりのほうが気楽だった。それでも今夜は、どこを見ても何を聞いても子供時代が思い出され、意外にも孤独が身に沁みた。

「本当に大丈夫？」昼過ぎ、帰り際にローズが訊いてきた。玄関先でしばらくぐずぐずしながら、長い髪の先端に留めたアフリカンビーズをしきりにいじっては、キッチンのほうを覗きこんでいた。「別に帰らなくたっていいのよ。ちっともかまわないんだから。やっぱり残ろうか？　セイディに電話して、都合が悪くなったって言えばすむんだし」

何とも奇妙な展開だった。ローズに心配されるとは……。ローレルは面食らった。「よく言うわよ」いささかきつい言い方になった。「そんなことしてもらわなくて結構。ひとりでちゃんとできるわよ」

ローズは納得しなかった。「そうかな、だって……あんなふうにいきなり電話してくるなんて、姉さんらしくないもの。いつも忙しがっているのに、どうして急に……」いまにもゴムが切れてビーズが飛び散りそうだった。「とにかく、娘には明日にしようって電話すればいいんだから。全然無理してないのよ」

「ローズ、お願いよ……」ローレルは、めいっぱい皮肉を利かせた優しい声をこしらえた。「後生だから、さっさとセイディのところに行ってちょうだい。言ったでしょ、『マクベス』の撮影が始まる前にちょっと息抜きをしに来たんだから。はっきり言って、そっとしておいてほしいのよ」

ローズが親切心から言ってくれているのはわかっていた。わざわざ鍵を届けてくれたことは感謝していた。それでもいまは、母の過去について知ったことや、まだ調べなければならないことで頭がいっぱいだった。早く家のなかにはいって考えを整理したい一心だった。ローズの車が私道のはずれに消えるのを目で追うあいだにも、期待感はますますふくれあがった。何かの幕開けになりそうな予感がした。とうとう来てしまった。英断だった。ロンドンの生活を離れ、家族の大きな秘密をとことん調べあげる覚悟だった。

なのに居間でひとり、粗末な夕食と向き合い、これから始まる長い夜を思うと、そんな決心も鈍りはじめるのだった。ローズの申し出を素直に受けておけばよかった。妹に優しく背中を叩いてもらうだけでも、心がつい暗いほうへ流されるのを食い止められただろうに。いま欲しいのはまさにそれだった。問題は幻影だ。ここにいるのは自分ひとりだけでなく、いたるところに家族の幻影が現われるのだ。部屋の隅に潜み、階段をふわふわと上り下りし、バスルームのタイルに反響を起こす。スモックを着た裸足の幼い少女たちはそれぞれの成長過程によって痩せ加減はまちまちだ。物陰で口笛を鳴らしている父の、ひょろりとした姿もあった。だがなかでも、母はいたるところに姿を見せた。この家、《グリーンエイカーズ》が母そのものなのだ。母の情熱とエネルギーが材木の一本一本、窓ガラスの一枚一枚、石のひとつひとつにしみこんでいた。

いま母は、この部屋の隅にいた——アイリスへの誕生日プレゼントを包んでいる母を、ローレルの目は捉えていた。プレゼントは古代史の本、児童百科全書の一冊だ。そこに描かれた美しいイラストに胸がわくわくしたことをいまでも憶えている。モノクロ印刷で、遠い昔に存在した土地についての記述が何やら謎めいていた。本という形ある存在そのものを重要視していたローレルは、翌朝アイリスが両親の寝室で包装紙を破り、大事そうにページをめくったりリボンのしおりを直したりするのを見て、嫉妬を覚えたものだった。本には夢中にさせる何かが、所有欲をふくれあがらせる何かがあった。ローレルはあまり本を持っていなかったから、なおさらそう感じたのだろう。

無類の本好き一家というわけではなかった——そう聞かされた人は誰もがびっくりする——だが物語はいつも身近にあった。父は夕食時に披露する面白い話をたくさん知っていたし、母は本を読み聞かせるよりはむしろ、自作のお伽噺を聞かせてくれた。「このお話はもうしたかしら?」幼いころ、なかなか寝ようとしないローレルに、母が言ったことがあった。「ナイチンゲール・スター号のお話よ」

ローレルは勢いこんでかぶりを振った。母のしてくれるお話が好きだった。

「話さなかった? そうか、だからなのね。あなたと向こうでどうして会えないのか、不思議だったのよ」

「向こうって、どこ? ナイチンゲール・スター号って何?」

「ああ、おうちに戻ってくる途中のことよ、お嬢さん。それに、向こうに行く途中のことでもあるの」

ローレルの頭は混乱した。「向こうって、どっち?」

「いろいろなところ……どこのことでもあるの」そう言うと、母はそばにいるのが嬉しくなるような笑みを浮かべ、黒髪が一方の肩にかかるほど顔を傾け、内緒話でもするように耳許に口を寄せてくるのだった。ローレルは内緒話が好きだった。しかも聞いた話を決してよそでもらさない、口の堅い子でもあった。ローレルは母の語るナイチンゲール・スター号の話をしっかりと聞いた。「ナイチンゲール・スター号はね、眠りの岸から毎晩出航する大きな船なの。海賊船の絵を見たことがあるでしょ? 大きくはためく白い帆や、風を受けてゆらゆら揺れる縄梯子がついているお船よ」

ローレルはわくわくしながらうなずいた。

「だったらその船を見れば、すぐにわかるはずよ、海賊船とそっくり同じ格好だから。まっすぐな帆柱のいちばんてっぺんに揚がっている旗は銀色の布で、その真ん中に左右に翼がついた白い星が描かれているの」

「どうすればそれに乗れるの？　泳げないと駄目？」ローレルは泳ぎが苦手だった。

ドロシーは笑った。「ここがいちばん肝心なところよ。あなたはただお願いすればいいの。すると今夜、眠りについたら、あなたはその船の、ぽかぽか暖かいデッキにいるはずよ。じきに大冒険の航海が始まるわ」

「ママもそこに行くの？」

母ドロシーの顔に遠くを見るような表情が浮かんだ。ときおり見せる謎めいた表情だった。何かをふと思い出し、ちょっぴり悲しい気分になっている、そんな表情だった。しかしすぐに笑顔に戻り、ローレルの髪をくしゃくしゃっと乱すのだった。「もちろん行くわよ、お嬢さん。ひとりで行かされると思ったの？」

遠くから、駅のホームに滑りこむ夜行列車の汽笛が聞こえてきた。ローレルは吐息をもらした。吐息が壁から壁に反響するように思え、少し音が欲しくなり、テレビでもつけようかと思った。とはいえ、母はリモコン付きのテレビに買い替えるのを断固拒んだのだった。そこで古いラジオをBBCラジオ3に合わせ、持ってきた本を広げた。

先日買い求めたジェンキンズのもう一冊の小説『つれないミューズ』だった。正直な話、すいすい読める代物ではなかった。というか、この作家は男性優位主義者の気《け》があるのではと思いはじめていた。どう見ても主人公のハンフリー（彼の他の作品に出てくる男性同様、非常に魅力的ではある）は、いささか怪しげな女性観の持ち主なのだ。女性崇拝といえば聞こえはいいが、ハンフリーは妻のヴァイオラを大事な宝物とみなしている節があった。彼女は血肉を具えた生身の女性ではなく、ひょいと捕まえ救ってやった軽薄な妖精といった印象を受けるのだ。ヴァイオラは文明化されるために――無論ハンフリーの手で――ロンドンに連れてこられた〝野生の象徴〟だが、大都会ロンドンが彼女を良くも悪くも成長させる設定にはなっていない。ローレルはただただ呆れ、苛立った。ふと気づけば、ヴァイオラが可愛いスカートの裾をからげてさっさとどこか遠くへ逃げ出してくれたらいいのにと思っている自分がいた。

だが彼女はそうしない、主人公との結婚を受け容れる――要するにハンフリーに都合のいい話の展開になっているのだ。はじめローレルは、ヴァイオラという娘に好感を抱いた。生き生きとした素敵なヒロインで、意外性があり新鮮だった。ところが読み進めるうちに思っていたような人ではなくなっていった。ヴァイオラはずいぶんな扱われようだと、ローレルは思った。哀れ、彼女は一人前の大人と呼べるような存在ではなく、それゆえ不可解な判断をする彼女を責めることもできない。ローレルに何がわかるのかと言われたらそれまでだ。何しろ結婚は二年しかもたなかったのだから。それでもヴァイオラとハンフリーの結婚は、ローレルが理想とする極上の恋愛物語とは言いかねた。続く二章、ふたりがロンドンに出て、ヴァイオラを閉じこめる金ぴかの檻が出来上がるまでのくだりを頑張って読み進めたが、もうたくさんという気持ちになり、不完全燃焼のまま本を投げ出した。

まだ九時を回ったばかりだったが、早寝することにした。今日はここまでの移動で疲れていたし、明日は早起きして、ほどよい時間に病院に行きたかった。うまくすれば絶好調の母に会えるだろう。ローズの夫フィルが、ガレージに入れたままにしていた車――バッタのような緑色した一九六〇年型のミニクーパー――を届けてくれたので、準備ができ次第、自分で運転して出かけるつもりだった。『つれないミューズ』を小脇にはさんだまま皿を洗い、一階は幻影たちに任せて寝室に上がった。

「あら、いらしてたんですか」翌朝、好感度がいまひとつの看護師が声をかけてきた。まるで悪いときに来合わせたような言い方だ。「お部屋でしゃんとなさってますよ。先週のパーティはくたびれたようだけど、ご家族の面会は患者さんを元気にするみたいね。でも、あまり興奮させないでくださいね」それから温かみのまるで感じられない笑みを浮かべ、書きこみ途中のプラスチックのクリップボードに視線を落とした。

ならば激しいアイリッシュダンスを披露するのはやめにしておこうとひとりごち、ベージュ色の廊下を歩きだした。母の病室の前に立ち、ドアを軽くノックする。返事がない。そこでそっとドアを開けた。母はドアに背を向けるように上体をねじった姿勢で、アームチェアにもたれていた。ローレルは眠っているのかと思った。そばに寄ってようやく、母がしっかり目覚めていて、両手で包みこんだ何かをじっと見つめているのに気がついた。

「おはよう、母さん」ローレルは声をかけた。

老いた母がはっとして首をひねった。靄《もや》のかかったような眼差しだったが、自分の娘だとわかるとにっこり微笑んだ。「ローレル。ロンドンにいるんだとばかり」穏やかな声だった。

「ちょっと戻ってきたの」

母は理由を尋ねなかった。人はある程度年を重ねると、そういうことがどうでもよくなるのだろうかと、ローレルは思う。日常のこまごまとした事柄が自分の知らないうちに話し合われ、取り決めがなされ、聞き違えたり勘違いしたりすることが多くなるにつれ、意外なことを聞かされても動じなくなるのかもしれない。自分もそのうち、すべてを明確に理解するのが不可能になり、それはそれでいいのだと思うようになるのだろうか。何ともぞっとしない未来展望だ。

ローレルは車輪付きテーブルを脇に片づけ、ビニール張りの予備の椅子に腰を下ろした。「それ、何かしら?」母の膝に載っている品に顎をしゃくって見せた。「写真?」

それまで大事そうに抱えていた銀色の小ぶりの額を、母は震える手で差し出した。かなりの年代物でへこみがあったが、きれいに磨かれていた。ローレルには見憶えがなかった。「ジェリーにもらったの。誕生日のプレゼントですって」母が言った。

見捨てられた品々の守護聖人ともいえるドロシー・ニコルソンにはうってつけの、いかにもジェリーらしい贈り物だった。世間とも、母の心に住んでいる人々ともすっかり縁を切ってしまったかのように見えながら、ここ一番というときに、驚くべき洞察力の一端を見せてくれたというわけだ。弟のことを思い、胸が疼いた。大学の留守番電話にメーセージを残しておいたのだ――それも、ロンドンを離れることに決めた直後に三回も。最後にメッセージを入れたのは深夜、赤ワインのボトルを半分空けた直後だった。前の二回よりかなりあけすけな話し方になった気がして落ち着かなかった。伝言の中身は、実家の《グリーンエイカーズ》に戻る予定だということ、子供のころに起きた「自分たちにも関わりのある」出来事について調べるつもりだということ、妹たちにはまだ内緒にしているが、ジェリーには手を貸してほしいこと、だった。そのときは名案に思えたが、ジェリーからはまだ何の音沙汰もない。

ローレルは読書用の眼鏡をかけて、セピア色の写真に見入った。「結婚披露宴の写真ね」染みの浮いたガラスの向こうに並ぶ、正装姿の見知らぬ人々をうっとりと眺めた。「でも知ってる人はここにいないのよね?」

母は答えにならぬ答えをした。「とても貴重なものよ」切なげにゆっくりとかぶりを振る。「慈善バザーのお店で……見つけたんですって。この人たち……どこかのおうちの壁に掛かっているべきものなのにね、不用品の箱のなかなんかじゃなく……あんまりだと思わない、ローレル? こんなふうに捨てられてしまうなんて」

ローレルも同感だった。「素敵な写真よね」ガラスの上を親指でなぞる。「服の感じからすると戦時中ね、花婿さんは軍服を着ていないけど」

「みんながみんな着ていたわけじゃないのよ」

「兵役忌避者ね」

「理由はほかにもいろいろあるわ」ドロシーは写真を引き取った。もう一度眺め、それから震える手で、自分の質素な結婚写真の隣に並べて置いた。

戦争の話が出た瞬間、いまがチャンスだとローレルは思った。期待に頭がくらくらした。母の過去を話題にする絶好の機会だ。「母さんは戦争中、何をしていたの？」努めてさりげなく尋ねた。

「国防婦人会のメンバーだったの」

実にあっさり口にした。ためらうでも、しぶしぶでもなく、母と娘がこれまで一度も触れたことのない話題だと感じているふうもなかった。ローレルは会話の糸に必死でしがみついた。

「靴下を編んだり、兵士たちに食事を出したりしたのね」

母がうなずく。「地元の教会の地下室で給食センターを運営していたの。スープをよそったり……車で移動給食センターをやることもあったわ」

「まあ、通りに出るなんて、爆弾は大丈夫だったの？」

さらにまた、かすかにうなずく。

「母さん……」ローレルは言葉に詰まった。受け答えそれ自体に、こうしてやり取りが成立しているというそのことに胸が詰まった。「勇敢だったのね」

「そんなことないわ」母は驚くほどきっぱりと言った。口許が震えている。「わたしより、もっとずっと勇敢な人たちがいたもの」

「これまで一度も話してくれなかったわね」

「そうね」

**なぜ言ってくれなかったの？**　ローレルはわけを知りたかった。**話を聞かせて。**なぜそんなふうに秘密にしていたの？　ヘンリー・ジェンキンズとヴィヴィアンのこと、コヴェントリーでの子供時代のこと、父さんと出会う前の戦時中のこと……。いったい何があって第二のチャンスを必死につかもうとしたの？　その後母さんにつきまとい、母さんの過去を蒸し返そうとした男を、なぜ殺さなくてはならなかったの？　だがそれを尋ねる代わりにローレルはこう言った。「当時の母さんに会ってみたかったわ」

母はうっすら微笑んだ。「それは無理ね」

「言っている意味はわかるでしょ」

母は椅子のなかで姿勢を変えながら、透けそうに薄い眉間に皺を寄せた。「当時のわたしを知ったら、嫌いになっちゃうでしょうね」

「どういうこと？　なぜそう思うの？」

母の口許が歪んだ。言いたいことがうまく出てこないのか。

「なぜなの、母さん？」

母は努めて笑顔を作ったが、声と眼差しに宿る翳りがそれを裏切っていた。「人は年を重ねるうちに変わるものなの……賢くなって、もっとましな判断もできるようになる……わたしはたっぷり生きてきたわ、ローレル。これだけ長く生きていれば誰だって、どこかで後悔したくなるようなことをやっているはずよ……過去にしてしまったいろいろなこと……あんなことしなければよかったと思うようなことをね」

過去、後悔、人は変わる――ついにここまで聞き出した、そう思うとぞくぞくした。努めて軽やかな声で、愛情こまやかな娘が年老いた母に昔話をせがむような調子を心がけた。「たとえばどんな？　母さんはどんなことをやり直したいの？」

だが母の心はもはやここにあらず。遠くを見つめるような眼差しで、指は膝掛けの縁をしきりにまさぐっていた。「わたしのお父さんがよく言っていたわ、気をつけないと失敗するぞって……」

「親というのはみんなそう言うものよ」ローレルは傷つけないよう優しく言った。「母さんはきっと、わたしたちに比べたらましなほうだったんじゃないかしら」

「お父さんは注意してくれたのに、わたしは聞こうとしなかった。何でも知っているくらいに思っていた。そんな愚かな思いこみの罰を、わたしは受けたのね、ローレル……何もかも失った……愛するものすべてを」

「どういうこと？　何があったの？」

だが、ここでどんな記憶が甦ったのか、母は急にぐったりとなり――帆をはらませていた風が不意にやんだかのように――いまはクッションにもたれかかっていた。唇がかすかに動いたが、声にはならなかった。そしてすぐさま観念したのか、蒸気で曇った窓のほうに顔を向けてしまった。

ローレルは母の横顔を探りながら、自分が違うタイプの娘であったらよかったのにと思わずにいられなかった。もっと時間が欲しかった。時間を巻き戻してはじめからやり直したかった。

そうすれば最後まで謎を謎のままにしておくこともなかった。そうすれば膨大な数の空白を埋め終えた状態で、母の傍らにすわっていられたのだ。「ああ、そういえば」ローレルは別の方向から攻めようと、からりとした声で言った。「ローズがね、すごく珍しいものを見せてくれたのよ」ここで棚から家族のアルバムを下ろすと、あいだに挟んでおいた母とヴィヴィアンの写真を取り出した。冷静に振る舞っているつもりだったが、見れば手が震えていた。「《グリーンエイカーズ》にしまってあるトランクのなかにあったんですって」

母は差し出された写真を受け取り、目を向けた。

廊下のあちこちでドアが開いたり閉じたりしていた。遠くでブザーも鳴っていた。外の車寄せからは、次々に車が来ては出ていく音が届いた。

「一緒に写っているのはお友達ね」ローレルは鎌をかけた。

母はためらいがちにうなずいた。

「戦時中ね」

さらにうなずく。

「たしか名前はヴィヴィアンだったかしら」

その瞬間、母が顔を上げた。皺の目立つ顔に驚愕の色がよぎったが、すぐに別のものに取って代わった。本のこと、そこに書かれた添え書きのことを切り出そうとしたそのとき、母は口を開いた。「死んだの」あまりにも密やかな声だった。ローレルは聞き逃しそうになった。「ヴィヴィアンは、あの戦争のさなかに」

ローレルはヘンリー・ジェンキンズの訃報記事にあったくだりを思い出した。「空襲で亡くなったのね」

母に聞こえている様子はなかった。ただじっと写真に見入っている。急にその目がうるみ、頬が濡れたようになった。「これがわたしだなんて、嘘みたい」

「遠い昔のことだもの」

「まるで別人ね」母はどこからか皺くちゃのハンカチを取り出し、両の頬に押し当てた。ハンカチで覆った口許はまだ何かしゃべっていたが、よく聞き取れなかった。爆撃のこと、爆音のこと、繰り返される恐怖。ローレルは顔をさらに近づけた。答えがすぐそこにあるという強い直感に肌が粟立《あわだ》った。

母はローレルのほうに顔を向けた。まるで幽霊でも見たかのように、恐怖が張りついていた。母は手を伸ばしてローレルの袖をつかんだ。話しはじめた声はとぎれとぎれだった。

「大変なことをしてしまったのよ、ローレル」母は囁くように言った。「戦争中……素直な考え方ができなくて、すべてがとんでもないことになってしまった……どうすればいいのか、あれしか思いつかなかった。それでうまくいくと思ったの。これで何とかなるって。でもあの人に知られてしまった……腹を立てていた」

ローレルの心臓は飛び出さんばかりだった。**あの人**。「あの人がうちに来た理由はそれだったの？　あの日、ジェリーの誕生日に来たのはそのため？」胸が締めつけられた。ローレルは十六歳の少女に戻っていた。

母はいまもローレルの袖にしがみついていた。血の気の失せた顔で、か細い声をしぼり出した。

「見つかってしまったのよ、ローレル……ずっと探すのをやめなかった」

「戦時中に母さんが何かしたから？」

「ええ」かろうじて聞き取れる声だった。

「何なの、母さん？　何をしたの？」

　そのときドアが開き、ラチェット看護師（『カッコーの巣の上で』に出てくる鬼師長）がトレイを手にはいってきた。「お昼です」ぞんざいに言って、テーブルを定位置まで転がしてきた。プラスチックのカップにぬるい紅茶を半分だけ注ぐと、水差しの水の分量をチェックした。「終わったらベルで知らせてくださいね」やけに大きな声を張りあげる。「そうしたらトイレにお連れしますね」看護師はテーブルに目をやり、すべてがそろっているのを確認した。「足りないものはないですか？」

　母は放心状態、疲れ切った様子で相手の顔に目をさまよわせている。

　看護師は明るい笑みを浮かべると、腰をぐっと曲げて親しげに声をかけた。「何かしてほしいことはある？」

「おお」母は目をしばたたかせ、戸惑うような笑みをかすかに浮かべた。その様子にローレルの心臓は張り裂けそうだった。「ええ、そうね、ドクター・ルーファスとお話が……」

「ドクター・ルーファス？　ドクター・コッターのことかしら？」

母の青ざめた顔に困惑の雲が一瞬かかったが、今度はいっそう弱々しい笑みを浮かべ、「そう、そうだった、ドクター・コッターよ」

看護師は手が空いたら先生に伝えておくと言い、続いてローレルのほうに向きなおると、これ見よがしに、人差し指でこめかみを叩く仕草をした。咄嗟にこの女の首をハンドバッグのベルトで絞めてやりたくなったが、その衝動をこらえているあいだも、相手は柔らかい靴底の靴で床をきしませながら、病室内を動きまわっていた。

看護師が部屋を出ていくまでの時間が永遠に思えた。使用済みカップを回収し、カルテに何やら書きこむと、作業の手を止め、土砂降りの空模様について無駄口を叩いた。ようやく看護師が出ていきドアが閉まったときには、中断された話の続きが聞きたくて、ローレルのはらわたは焼けただれんばかりだった。

「母さん?」思ったよりきつい調子で急きたてていた。

母はローレルのほうに目を向けた。その顔は見事なまでに虚ろ、看護師の邪魔がはいったせいで、あともう少しで聞き出せるはずだった真相がうやむやのまま終わったと知り、ローレルは愕然とした。真相は過去の秘密が収まる場所に引っこんでしまった。すさまじい焦燥感に駆られた。もう一度尋ねることもできた。「母さんは何をして、あの男に追われることになったの? それはヴィヴィアンと関係があるの? お願い、教えて、そうしたらこの胸のつかえが取れるのだから」と。だが愛しい母の顔は、老いやつれたその顔は、少し頭が混乱しているような表情でただじっとローレルを見つめるばかり、それから不安げな笑みをうっすらと浮かべ、口を開いた。「なあに、ローレル？」

あらんかぎりの忍耐を奮い起こした。明日がある、もう一度やり直せばいい――ローレルは微笑みを返して言った。「お昼を食べさせてあげるわね、母さん」

母の食は進まなかった。この半時のあいだにすっかり疲れきっていた。こんなに弱ってしまったのかと、ローレルは改めて打ちのめされた。緑色のアームチェアは、自宅から持ちこんだもので、かなり古ぼけている。この椅子にすわる母をローレルは何十年にもわたり目にしてきた。それがなぜか、この数か月のあいだに巨大化し、いまでは母の体を貪る陰険な熊のように見えた。

「髪にブラシをかけましょうか？」ローレルは話しかけた。「どうかしら？」

笑みらしきものが母の口許に浮かび、かすかにうなずいた。「わたしのお母さんも、よく髪をとかしてくれたのよ」

「そうなの？」

「なのにわたしったら、わざと嫌がるふりをして……何でも自分でやりたかったのね……でもいい気持ちだった」

ローレルはにっこり笑い、ベッドの背後の棚からヘアブラシを取り出した。綿毛のように細い母の髪にそっとブラシを走らせ、子供だったころの母の姿を思い浮かべようとした。冒険心に富み、やんちゃもしただろうが、人を不快にするというよりは愉快にさせる、そんな元気いっぱいの少女だったに違いない。だが母が話してくれない限り、本当のところはわからない。

閉じられたまぶたは薄紙のようだった。まぶたの下の網膜に、何やら謎めいた映像でも映し出されているのか、そのなかを走る糸のように細い神経がときおりぴくっと反応した。髪を梳くうちに母の呼吸がゆっくりになり、それがまどろみのリズムに変わったところで、ローレルはブラシをそっと置いた。母の膝にかかる鉤針編みの膝掛けを少し引きあげ、頬にそっと唇を当てた。

「帰るわね、母さん」囁くように言う。「明日また来るわ」

バッグをがさつかせないよう、靴音にも用心して、忍び足で病室を出ていこうとしたそのとき、寝ぼけているような声がした。「あの子はどうしたの？」

ローレルははっと振り向いた。母の目は相変わらず閉じられていた。

「あの子よ、ローレル」母は口のなかでつぶやいた。

「あの子って誰のこと？」

「あなたがつき合っている子……ビリーよ」母の霞がかかったような目が開き、ローレルのほうを見た。それから華奢な指を立てた。しゃべりだしたその声は優しかった。「わたしが気づいてないと思ったの？　わたしにだって若いときがあったのよ。ハンサムな青年に胸ときめかすときの気持ちは、わたしだって知っているわ」

いま母がいる場所は病室ではない。《グリーンエイカーズ》に戻り、十代の娘に話しかけているのだ。そう気づいてローレルはうろたえた。

「聞いてるの、ローレル？」

ローレルは息を呑みこみ、やっとのことで声を出した。「聞いてるわ、ママ」母にそう呼びかけるのは久しぶりだった。

「もしその子のことを愛していて、結婚を申しこまれたら、イエスと言うのよ……わかった？」

ローレルはうなずいた。妙な気分だった。面食らい、体がかっと熱くなった。最近の母は思考が不安定で、ちょっとしたことでラジオの周波数がぶれるように過去と現在が入れ替わってしまうと、あの看護師は言っていた。それにしてもなぜいきなり、そんなことを言いだしたのか？ たいして知りもしない青年のことに、遠い昔にローレルが束の間夢中になった相手のことに、なぜ母の意識が向かったのか？

母の唇が静かに開いたり閉じたりを繰り返し、それから声になった。「わたしはね、いっぱい間違いを犯したの……それはもうたくさんの……間違いをね」母の頬はにじみ出る涙でぬれていた。「いいわね、ローレル、結婚するかどうかの決め手は愛情よ。大事なのは愛なのよ」

病院の廊下のはずれにあるトイレまで、どうにか持ちこたえた。蛇口をひねって手のひらに水を受け、顔に浴びせかけた。そのまま洗面台の縁にもたれかかる。排水口に毛髪ほどの細いひび割れが数本走っていたが、視界がにじむせいでひとつに混じり合って見えた。ローレルは目を閉じた。鼓動の音が削岩機のように耳朶《じだ》を打った。すっかり取り乱していた。

十代の娘に話しかけるようにされたからではない。五十年もの歳月が一気に消え去り、昔のボーイフレンドがひょいと顔をのぞかせたからでも、遠い昔に味わった初恋の感覚が心の隅で羽ばたきだしたからでもない。母が口にした言葉そのもの、その声に混じる切迫感、自らの体験を十代の娘に伝えようとしているかのような真摯《しんし》さに、たじろいだのだった。母ドロシーは自分の犯した過ちを娘に繰り返させないよう、自分とは違う選択をするよう迫っていたのだ。

だが腑に落ちなかった。母は父を愛していた。そのことは自分の名前を間違えないのと同様、間違えようのない事実だ。父が亡くなるまでの五十数年を夫婦として、ふたりはこれといった諍《いさか》いもなく暮らしてきたはずだ。もし母が愛のない結婚をしたのであれば、この結婚をずっと後悔していたなら、本心とは裏腹の演技をしていたことになる。だが、そんなことはそう長く続けられるものではない。まずもって不可能だ。それにローレルは、両親が出会い、恋に落ちるまでのいきさつを何百回となく聞かされてきた。出会った途端、この人と一緒になることがわかったと話す父の顔に、母が熱い眼差しを送る場面も目にしてきた。

ローレルははっと目を上げた。そういえばグランマ・ニコルソンは、何か疑念を抱いていたのではなかったか? 母と祖母のあいだに流れる険悪な空気をローレルはいつも感じていた——ふたりの他人行儀な言葉遣い、祖母が義理の娘を見るときの、人目がないと思った途端にへの字に曲がる口許。そういえば十五歳くらいのとき、子供たちだけでグランマ・ニコルソンの海辺の下宿屋に遊びに行ったとき、聞いてはいけない話をつい盗み聞きしてしまったことがあった。その日の午前中、長時間陽射しを浴びすぎたせいでひどい頭痛に襲われ、日焼けした肩をひりひりさせながら早めに戻ってきた。暗くした部屋で寝転び、おでこに濡れタオルを載せて、息苦しい気分でいたそのとき、グランマ・ニコルソンと年配の下宿人ミス・ペリーが部屋の前を通りかかった。

「あなたにとっちゃ自慢の息子なのにね、ガートルード」ミス・ペリーが言った。「もちろんこれまでだって、ずっとしっかり者だったわけだけど」

「そうなの、どこに出しても恥ずかしくない子よ、うちのスティーヴンは。亡くなった亭主よりずっと役に立ってくれるもの」ガートルードはちょっと間を取り、相手から相槌代わりの呻き声があがるのを待って先を続けた。「心根もいいしね。あの子なら引く手あまただったのに」

ローレルは好奇心をくすぐられた。その台詞は先のやり取りの残響で重みを増した。ミス・ペリーはグランマの言わんとするところを正確に把握しているようだった。「ほんとよね。でも息子さんはイチコロだったんでしょ？　あれだけの別嬪《べっぴん》さんだもの」

「別嬪ですって？　まあ、ああいうのが好みならそう思うのだろうけど。ただちょっとばかし……」グランマが言いよどみ、ローレルは次の言葉を聞こうと耳をそばだてた。「ちょっと熟れすぎっていうか、わたしの趣味には合わないわね」

「ああ、言われてみればたしかにそうだ」ミス・ペリーは即座に前言を撤回した。「ありゃ、かなりなもんよ。でも、ぱっと見てこれは落とせるって思ったのかしらね？」

「でしょうね」

「いいカモを見分ける目があるってことね」

「そういうこと」

「通りの向こうのポーリーン・シモンズみたいな気立てのいい娘と結婚していればねえ。たしかあの娘《こ》は息子さんにお熱だったはずよ」

「そうですとも」グランマはぴしゃりと言った。「だからってあの娘《こ》を責められる？　こっちはドロシーを当てにしていたわけだし。ポーリーンに勝ち目はなかった、あの女が相手じゃねえ、あれがその気になったらひとたまりもないわ」

「残念だったわね」ミス・ペリーはツボを心得ていた。「まったくひどい話よね」

「息子はあいつにほだされちゃったのよ。自分が何をつかまされたかなんてわかっちゃいないんだ。息子はあの女が純真無垢だって、すっかり信じこんでるんだもの、どうしようもないじゃないの。戦地から帰還して何か月もしないうちに結婚しちまったんだものね。あれが息子をトチ狂わせたのさ。そういう女なの、狙った獲物は逃さないのよ」

「それで息子さんが狙われたわけね」

「あの女の狙いは逃げ場だったのよ、息子はそれを提供したってわけ。あの女ときたら、息子がなじんできた物から人まで一切合財を捨てさせて、挙句に壊れかかった農家で暮らしはじめちまったんだから。わたしがもっとしっかりしてたらね」

「何言ってるの！」

「そもそもあれをこの家に入れたのは、このわたしなんだから」

「戦争中だったんだもの、いい雇い人なんかそうそう手にはいるわけじゃなかったわよ――誰にも予想できゃしないって」

「でも、そうなっちまったんだ。こうなるとわかってさえいたらね。しっかり目を光らせていたらよかったのにね。信頼しすぎちゃったんだわね。少なくとも最初のころはそうだった。素姓をすぐにも調べていたらよかったのに、わかったときはもう手遅れだったからね」

「どういうこと？　手遅れって何が？　何かわかったの？」

この続きはローレルには謎のまま終わった。グランマ・ニコルソンが具体的な話に突入するころにはすでに、ふたりの声はローレルから遠ざかっていた。正直な話、このときはさして気にも留めなかった。グランマ・ニコルソンは堅物で目立ちたがり屋だった。ローレルが浜辺で男の子にちょっと見惚れようものなら両親に言いつけて、いちばん上の孫娘に惨めな思いをさせるような人だった。グランマが母の何を見つけたかはともかく、このときはずきずき痛む頭を呪いながら横たわったまま、どうせ大袈裟に言っているだけで根も葉もない作り話だと決めてかかったのだった。

しかし、いまにして思えば――ローレルは顔と手を拭いた――果たして作り話だったのか、確信が持てなくなった。グランマの疑念――ドロシーは逃げ場を求めていたという話、見かけほど純真無垢ではなかったということ、結婚を急いだのはただの方便だったということ――それらは母がいましがた語ったことと、いくつかの点で符合するように思われた。

ドロシー・スミザムは婚約を反故《ほご》にし、そこから逃げるためにミセス・ニコルソンの下宿屋にやって来たのか？　グランマが突き止めたのは、それだろうか？　その可能性はあるとしても、そこにはもっと何かがあるはずだ。過去の男性関係は祖母を幻滅させるに十分だったのだろう――ほんの些細なことでも気分を害する人なのだ――だが、六十年も経ってなお母が嘆き悲しむようなことなのか（自責の念。〝過ち〟とか、〝素直な考え方ができなかった〟といった物言いがそれを物語っている）――黙って婚約者を捨てて逃げたのであれば話は別だ。それにしてもなぜ、もしも相手を深く愛していたのであれば、なぜ母はそんなことをしたのか？　なぜその人と結婚しなかったのか？　そこにヴィヴィアンとヘンリー・ジェンキンズがどうからんでくるのか？

まだローレルに見えていない何かがありそうだった――それはかなりの数にのぼるだろう。焦燥感に駆られて放った熱い吐息が、タイル張りの狭いトイレに反響した。八方塞がりに思えた。ばらばらな手がかりばかりで、これだけではまるで意味をなさない。ペーパータオルを抜き取り、目の下に黒くにじむマスカラをぬぐった。謎全体が子供の〈点つなぎゲーム〉のようだった。あるいは夜空の星座か。ローレルが子供のころ、父に連れられて天体観測に行ったことがあった。ブラインドマンズ・ウッドの高台でテントを張り、闇が落ちて星が現われるのを待ちながら父は、子供のときに道に迷い、星をたどりながら家に帰り着いたときの話をしてくれた。「いいかい、星のなかに絵を探せばいいんだ」父は三脚に載せた天体望遠鏡の角度を調節しながら言った。「暗闇でひとりぼっちになっても、星が帰り道を教えてくれるんだよ」

「絵なんて見えないわ」ローレルは、手にはめたミトンをこすり合わせ、目をすがめてきらめく星たちを見つめながら口をとがらせた。

すると父は、愛おしそうにローレルに笑いかけた。「それは星をばらばらに見ているからだよ。そうじゃなくて星と星の隙間をつなげて見るんだ。頭のなかで線を引いてごらん。そうすると絵になった全体が見えてくるよ」

ローレルは病院の鏡に映る自分の顔をじっと見つめた。まばたきをすると、愛する父の面影が溶解した。突如、死の悲しみに襲われた――父が恋しかった、自らの老いを感じ、弱りつつある母を思った。

なんてひどい顔だろう。ローレルは櫛を取り出し、どうにか髪に形をつけた。とりあえず一歩前進。星のなかに絵を見つけるのは決して得意ではない。だがジェリーは夜空の意味を理解し、みんなを驚嘆させるような子供だった。ほんの幼い子供なのに、ローレルにはばらばらに散らばった星にしか見えないところに、図や絵を読み取ることができた。

弟を思うと気が急いた。悔しいけれど、やはりこの調査には彼が必要だった。自分たちふたりに関係があることなのだ。電話を取り出し、着信履歴をチェックした。

何もない。相変わらず梨のつぶて。

アドレス帳をスクロールし、彼の研究室の番号を見つけると、発信ボタンを押した。つながるのを待ちながら親指の爪を噛む。携帯電話を持とうとしないへそ曲がりな弟が恨めしかった（そう思うのは今回がはじめてではない）。遠く離れたケンブリッジの、散らかった部屋のデスクの上の電話が鳴る、鳴る、鳴る。ようやくカチッと音がして、声が応答した。「お電話ありがとう。ジェリー・ニコルソンはただいま星の撮影に出ています。ピーのあとにメッセージをお願いします」

彼が一肌脱いでくれるという保証はない、そこに気づき、苦々しい思いを味わった。メッセージは残さなかった。とりあえずはひとりでやるしかなかった。

## 14　ロンドン　一九四一年一月

ドリーは今日何杯目になるのかわからないスープを手渡すと、若い消防隊員の言った一言に微笑み返した。笑い声、おしゃべりの声、ピアノが奏でるメロディ、どれも音が大きすぎて何を言われたのかわからなかった。だがその表情から、口説き文句だと推測した。別に減るものでもない、だから微笑んだ。相手はスープを受け取ると、すわる場所を求めて立ち去った。やれやれ、おなかをすかせた人々の行列が途切れたので、やっと腰をおろして疲れた足を休ませることができそうだ。

足がひどく痛んだ。出かける間際、レディ・グウェンドリンの飴の袋が〝行方不明〟になり、奥様が途方もない悲嘆にうち沈んでしまったものだから、カムデン・グローヴを出るのがすっかり遅くなってしまったのだ。結局、飴は見つかった。畏《おそ》れ多くも奥様の巨大なお尻に押しつぶされていた。だが、そのころにはすでに時間が迫っていたから、仕事向きというより見てくれ重視のサテンの靴で、チャーチ・ストリートまで駆けどおしだった。息を切らし、足の痛みを抱えてたどり着き、浮かれ騒ぐ兵士たちに紛れてこっそり忍びこむつもりだった。ところがこの隠密飛行は、チームリーダーのミセス・ウォディンガムの偵察の網にひっかかった。取り澄ました女で、顔はひどい湿疹だらけ、年じゅう手袋をはめていて、どんな天気だろうと機嫌が悪い。

「また遅刻ですよ、ドロシー」ミセス・ウォディンガムは唇をダックスフントの肛門みたいにきゅっとすぼめて言った。「さっさとキッチンでスープをよそってちょうだい。毎晩こっちはてんてこ舞いなんですからね」

てんてこ舞いはドリーも同じだった。悪いことは重なる。室内にさっと目を走らせ、急いで来たのが無駄に終わったことを知った——ヴィヴィアンがいない。腑に落ちなかった。今夜の当番で一緒になることは確認済みだった。それに、レディ・グウェンドリンの部屋の窓からヴィヴィアンに手を振ってから、まだ一時間も経っていないのだ。そのとき彼女は、国防婦人会の制服を着て、二十五番地の自宅を出るばかりだった。

「ほら、ほら」ミセス・ウォディンガムが手袋をはめた手で追いたてる仕草をした。「さっさとキッチンに行かないと。戦争はあなたみたいな娘を待ってくれないんですからね。わかってるの？」

ドリーは相手のすねを蹴りあげたい衝動に駆られたが、はしたない真似はすまいと自分に言い聞かせた。こみあげる笑いを噛み殺し——ときには実践より想像のほうが痛快だ——ミセス・ウォディンガムに追従《ついしょう》の笑みを送った。

給食センターはセント・メアリー教会の地下礼拝堂で運営されていた。〝キッチン〟といっても、そこは隙間風が吹く小さな壁のくぼみに板を架けわたし、羅紗《らしゃ》と英国国旗《ユニオンジャック》で覆っただけの空間だった。隅に小さな流しがあり、スープを熱々に保てるよう石油ストーブが置いてある。目下ドリーの一番の関心事は、壁に立てかけてある予備のベンチだった。

もう一度、周囲に目を走らせ、さぼっているのが気づかれそうにないことを確認した。室内は満ち足りた様子の兵士たちであふれていた。二、三の救急隊員はテーブルで卓球に興じ、国防婦人会のメンバーたちは、奥の隅のほうでかちかちと編み棒を動かしながら、おしゃべりに余念がない。ミセス・ウォディンガムもそこに交じり、キッチンに背を向けている。ドラゴンの逆鱗《げきりん》に触れるかどうか、ドリーはあえて試すことにした。二時間立ちっぱなしはこたえた。腰をおろして靴を脱ぐ。ふうっと安堵の溜息がもれた。ストッキングにくるまれた足を、ゆっくり曲げたり伸ばしたりした。

国防婦人会のメンバーがキッチンで煙草を吸うのは禁じられていた(消防上の規則だ)。だがドリーはバッグに手を入れ、ミスター・ホプトンの雑貨店で買ったばかりのパッケージから一本抜き取った。兵士たちは煙草を年じゅう吸っている——それを止めようとする人はいない——だから紫煙は天井あたりを常に漂っている。ならば少しばかり余分に煙が流れても、気づく人はいないだろう。ドリーはタイル敷きの床にしゃがみこんでマッチを擦ると、ようやっと、この日の午後に起きた一大事を振り返った。

この日もいつもと変わりなく始まった。いまはただただ恥じ入るばかりだが、昼食後に雑貨店に使いにやらされ、そのときはむしゃくしゃしていた。昨今は菓子類を見つけるのも至難の業で、砂糖は配給制だった。だが、レディ・グウェンドリンは「ない《ノー》」と言われておとなしく引き下がるような人ではない。誰それの伯父さんの家主の友人がその類の禁制品を売ってくれるらしいと聞きつけ――あくまでも噂なのに――ドリーは否も応もなく、ノッティングヒルの裏通りをあちこち虱潰《しらみつぶ》しに探して回る羽目になったのだ。そして二時間後、七番地にようやく帰り着き、スカーフも手袋もまだはずさないところにドアの呼び鈴が鳴った。

この時分にやって来るのは、スピットファイア製造に必要な鉄くずを集めて回るしつこい子供の一団くらいだ。そう思ってドアを開けると、そこにいたのは小ざっぱりとした身なりで薄い顎ひげを生やし、一方の頰に苺色の痣がある小柄な男だった。手には、縫い目がはじけ飛びそうなほどパンパンにふくらんだ黒いワニ革の巨大な鞄をさげ、その重みが持ち主にかなりの苦痛を与えているようだった。だが、櫛目がきれいに通った髪を一目見れば、己の不快を認めるのを潔しとしないタイプだとわかった。

「ペンバリーと申します」男は歯切れよく言った。「弁護士のレジナルド・ペンバリー、レディ・グウェンドリン・コールディコットにお目通り願いたい」それから前かがみになって顔を寄せ、秘密めかした低い声でこう言い添えた。「ちょっと急ぎの用件が」

ミスター・ペンバリーの名前は耳にしたことがあった（「小心者でね、あれの父親とは大違い。それでも仕事は几帳面にこなすから、出入りを許しているんだよ……」）。だが、じかに会うのはこれがはじめてだった。まずは凍えそうに寒い屋外から招じ入れ、レディ・グウェンドリンが機嫌よくお目通りを許すかどうかを確かめに階段を駆けあがった。必ずしも機嫌がいいとは言えなかった。しかし金がからむ話となると老婦人は抜け目がない。というわけで――見下すようなむすっとした表情を頬のあたりに漂わせてはいたものの――その男を部屋に通す許可を与える合図代わりに、豚のような手を振って見せた。

「ごきげんよう、レディ・グウェンドリン」弁護士はぜーぜー息を切らしていた（何せ三階まで階段を上がってきたのだ）。「いきなりうかがいましたこと、切にご容赦を。この爆撃騒ぎですからね。十二月にはうちもかなりひどくやられまして。書類やらファイルやら、そっくり全部めちゃくちゃになりました。お察しの通り、由々しき事態だったわけですが、それも現在、鋭意復旧中でして――今後は肌身離さず一切合財持ち歩く所存です」そう言って、ふくらんだ鞄をぽんと叩いた。

ドリーは下がって、自室で半時ほどを過ごした。糊とはさみを手に〈アイデア帳〉を更新しながら腕時計に目を走らせ、国防婦人会の当番時間が刻々と迫るにつれて不安をつのらせていた。ようやく銀鈴の音が上階から聞こえ、婦人室に呼ばれた。

「ミスター・ペンバリーをお見送りして」レディ・グウェンドリンが出かかったしゃっくりに阻まれながら言った。「そのあとここに戻って、布団をきっちりかけ直しておくれ」ドリーはにこりとしてうなずき、弁護士が鞄を持ちあげるのを待った。そのとき老婦人が、いつものぞんざいな口調で言い足した。「これがドロシーよ、ミスター・ペンバリー。ドロシー・スミザム。さっき話に出た子」

その言葉に、弁護士の態度が一変した。「それはそれは、お目にかかれて光栄です」やけに恭《うやうや》しい物腰だった。それからドアを押さえ、ドリーを先に通してくれた。階段を下りていくあいだずっと礼儀正しいやり取りを交わし、玄関にたどり着くと別れの挨拶を述べ合った。ここで弁護士はドリーのほうに向きなおり、ちょっと改まったふうにこう言ったのだった。「立派にお仕事をこなしているようですな、お嬢さん。レディ・グウェンドリンがあれほど陽気なところを見たのは、妹君の騒動以来、はじめてじゃないかな。いやはや、今回は一度もわたしに手を上げず、杖を振りかざすこともなかった。あっぱれなお手並みです。そこまであなたに惚れこんでいるのもわかる気がしますよ」ここでちょっとウィンクをされたものだから、ドリーはびっくりした。

**立派にお仕事を……妹君の騒動以来……そこまであなたに惚れこんで**……。地下給食センターの石の床にぺたりとすわりこんで、ドリーは思い出し笑いをした。きちんと把握しなくてはならないことが山積みだった。ドクター・ルーファスは、レディ・グウェンドリンが遺言書を書き換えて、ドリーの名前を加えるらしいと言っていた。老婦人もそれらしきことをもったいつけて言うことがあった。だが、顧問弁護士に向かって、お付きのメイドをすごく気に入っているいると口にしたとなると、話はだいぶ違ってくる。あの子は家族同然だと……。

「もしもし」聞き覚えのある声がドリーのもの思いに割りこんできた。「ここで食事にありつくには何をすればいいのかな?」

はっとして目を上げると、カウンターから身を乗り出し、こちらを見ているジミーがいた。ジミーが笑い声をあげた。黒い前髪が目許にかかっていた。「さぼっているのかな、ミス・スミザム?」

ドリーの顔から血が引いた。「こんなところで何をしているの?」慌てて立ちあがる。

「近くまで来たんだ。仕事だよ」肩にかけたカメラを見せる。「ついでにぼくのカノジョをさらっていこうかと思ってね」

ドリーは口許に指を立てて黙るよう命じると、壁に煙草を押しつけ火を消した。「《ライオンズ・コーナー・ハウス》で落ち合う約束だったでしょ」ドリーはカウンターに急いで戻り、スカートの歪みを直しながら小声で言った。「まだ当番が終わってないのよ、ジミー」

「だいぶお忙しいようだしね」ジミーはにやりとしたが、ドリーは笑わなかった。

ジミーの肩越しに、混雑した室内を見わたした。ミセス・ウォディンガムは相変わらずぺちゃくちゃやりながら編み棒を動かしていて、ヴィヴィアンの姿は見あたらない。それでも危険は危険だ。「先に行っててちょうだい」ドリーは声をひそめて言った。「できるだけ早く行くから」

「ここで待ってるよ。恋人の働きぶりも見られるしね」ジミーはカウンターに身を乗り出しキスをしようとした。ドリーはさっと身を引いた。

「仕事中なんですからね」嚙んで含めるように言った。「こっちは制服を着ているのよ。なのに不謹慎でしょ」突然よそよそしくされても、ジミーにめげる様子はない。そこでドリーは戦法を変えた。「だったらあっちに行って、すわってて――はい、スープをどうぞ。時間が来たらコートを取ってくるから、そうしたら一緒に出ましょう。それでいいでしょ?」

「わかった」

ジミーが遠ざかるのを目で追う。彼が部屋の向こう端に席を見つけたところで、ようやく息を吐き出した。極度の緊張で指がちりちりした。ジミーはいったい何を考えているのか、レストランで落ち合うことはちゃんと伝えてあったのに、のこのこやって来るなんて。ヴィヴィアンが当番表通りに来ていたら、ふたりを引き合わせないわけにはいかなくなる、そうなったらジミーに嫌な思いをさせてしまっただろう。《400》でサンドブルック卿になりすましたジミーがぱりっとした男前だったのは認めるが、今夜は普段着だし、しかも爆撃現場を泊まりこみで撮影しての帰りだから、みすぼらしくて泥まみれ……ドリーの恋人がこんな人だと知ったらヴィヴィアンに何と言われるか、それを思うとぞっとした。それにレディ・グウェンドリンにバレたら、もっとまずいことになる。

いままでは——そう簡単ではなかったが——ヴィヴィアンにもレディ・グウェンドリンにも、ジミーの存在をどうにか隠し通してきた。ジミーにも、カムデン・グローヴでの暮らしぶりを吹聴して怖気《おじけ》づかせることのないよう、気を遣ってきたつもりだ。だが、もしジミーがこっちの頼みに逆らう癖がついてしまったら、どうやってふたつの世界を切り離しておけるというのか？　ドリーは痛みの元凶である可愛い靴に足を入れ、下唇を嚙んだ。ことは複雑だった。彼が納得できるよう、しかも彼の気持ちを傷つけないよう、うまく説明するのはできそうになかった。ジミーはこの給食センターにいる資格のない人間だ、カムデン・グローヴ七番地や、《400》の赤いロープの内側についても同様だ。そこがわたしと違うのだ。

ちょっと後ろを振り返り、スープを食べているジミーの様子を窺った。たしかにジミーと一緒にいるととても楽しかった――《400》での一夜も、そのあとドリーの寝室でのことも。だが、こちら側の世界の人々に、ふたりがこんなふうに一緒にいるところを気づかれてはならない。ヴィヴィアンにもだが、レディ・グウェンドリンに知られるのは絶対にまずい。あの年老いた友がジミーの存在を知ったらどういうことになるか、想像するだけで全身が不安で燃えあがりそうだった。妹君を失ったときとそっくり同じに、今度はドリーを失うかもしれないとわかったら、彼女の心臓は張り裂けてしまうだろう……。

困惑の溜息をもらし、ドリーはカウンターを離れてコートを取りに行った。ジミーにはきちんと話しておかねばならない。お互いもう少し冷静になってことにあたれば、ふたりにとって最良の結果が出るのだと、やんわりわからせる方法を考えよう。ジミーがへそを曲げるのは目に見えている。ジミーはふりをするのが嫌いなのだ。どんなことでも杓子定規《しゃくしじょうぎ》に捉えようとする、とことん原則好きの人間なのだ。だが最後は機嫌を直してわかってくれるはず。彼ならきっと。

倉庫に行き、フックからコートを取るころには気を取り直しはじめていたドリーだったが、そこへミセス・ウォディンガムが現われ、気分はあえなく落ちこんだ。「あらら、早退なさるのかしら、ドロシーさん?」ドリーが返事を返すより早く、この婦人は不審げに鼻をくんくんさせた。「あら、なんだか煙草くさいわね」

ジミーはズボンのポケットにそっと手を入れた。ちゃんとあった。黒いベルベットの箱。二十分前にも確認したばかりだった。実際、何をやるにも衝動的になっていた。ドリーの指に指輪をはめるのが早ければ早いほどいいと思うのもそれだった。数えきれないほど何度も自分にそう言い聞かせ、納得したはずだったが、いまも不安をぬぐえずにいた。問題は、完璧にやり遂げたいと思っている自分にあった。ジミーはこの世に完璧などないと思っている、一般的な意味でもそんなものはない。壊れた世界とあまたの死や悲嘆をこれまでさんざん目にしてきたジミーには、それがわかっていた。だがドリーは完璧を求めていた。だからそのためにも、ベストを尽くしたかった。

はじめは《リッツ》とか《クラリッジ》といった、最近しきりにドリーが話題にする洒落たレストランに予約を入れようとしたのだが、どこもいっぱいで、いくら事情を話し拝み倒そうとしても無駄だった。これには落ちこんだ。自分がひとかどの男であったなら、金持ちでさえあったならと、つい恨みがましい気持ちになったりもした。だが、それを頭から締め出し、それはそれでかえって好都合ではないかと自分を納得させた。そもそも洒落たものにはさほど興味はないわけで、今回のような大事な夜に自分を実際以上に見せようとすること自体、意に染まなかった。いずれにせよ、社のボスも冗談めかして言っていたが、配給制のご時世では、高級ホテルの《クラリッジ》だろうと、場末の《ライオンズ・コーナー・ハウス》だろうと、出される料理は同じウールトン・パイ（食糧省大臣ウールトン発案の戦時食）に決まっている。違うのは値段だけなのだ。

ジミーは振り返って、キッチンのカウンターに目をやった。ドリーの姿はなかった。いまごろドリーはコートを取りに行き、口紅やら何やらを使って、美しくありたい若い娘がしそうなことをしているのだろう。ジミーはドリーにそういうことは望んでいなかった。ドリーには化粧も洒落た服も必要ない。そういうものは人間の本質を覆い隠す化粧張りのようなものだと思っていた。ジミーに言わせれば、その本質こそがドリーを傷つきやすく現実味のある存在にし、それゆえ、何よりも美しいと感じさせてくれるのだ。ドリーの複雑さや不完全さもまたジミーの愛してやまないものだった。

所在なげに腕を掻きながら、先ほどのちょっとした出来事に思いを馳せた。ジミーに気づくや、なぜドリーはよそよそしく振る舞ったのかと。近くに誰もいないと思って、隠れて煙草を吸いながら、夢見心地で笑みを浮かべているところに、いきなりカウンター越しに声をかけられたのだから、驚くのも無理はない。だが、ふだんのドリーなら、不意打ちされたらむしろ大喜びするところだ。ジミーの知るなかでもとびきり肝が据わっていて、そうそうのことでは動じない娘なのだ。なのに、さっきは間違いなくうろたえていた。先日の夜、ロンドンの通りを踊るように歩き、自分の部屋に引き入れたドリーとは別人のようだった。

カウンターの陰で、ジミーに見られてはまずいようなことをしていたなら話は別だ――ここでジミーは煙草の箱を取り出し、一本を口にくわえた――あとでレストランで披露するつもりで、ジミーをびっくりさせるアイデアでも考えていたのか。あるいは、先日ふたりで過ごした夜のことを思い返していたのか。それで目を上げたらその当人が目の前にいたのでぎょっとなり、きまり悪くなったのかもしれない。ジミーはマッチを擦って火をつけるあいだも考えた。いくら考えても埒《らち》は明かなかった。あの妙な態度がいつもの〈なりきりゲーム〉であることを願うばかり（でも頼むから今夜だけはゲームをしないでくれ、今夜はぼくに仕切らせてくれ）。

ここでポケットに手を入れ、すぐにかぶりを振った。言うまでもなく、指輪ケースはつい二分前と同じ場所におさまっていた。強迫観念がますます妙なことになっている。このくそ忌々しい品をドリーの指にはめるまでは、何かで気を紛らせる必要があった。本は持ってきていなかった、そこで現像した写真をおさめてある黒いフォルダーを手に取った。外で仕事をするときにこれを持ち歩くことはまずなかったが、今日は編集者との打ち合わせがあり、そのままここに直行した。自宅に寄って置いてくるには、時間が足りなかった。

最新の写真を開いた。土曜の夜、チープサイドで撮った一枚だ。四、五歳といったところか、幼い少女が地元の教会ホールのキッチンの前に立っている。空襲で両親を亡くし、少女の衣類もすべて失われてしまったのだが、救世軍には子供用の衣類がなかった。だからこの子が身につけているのはぶかぶかのブルマーと大人サイズのカーディガン、それとタップシューズだった。赤い靴で、少女はすごく気に入っている様子だった。セント・ジョンズ教会で働く婦人たちがこの子に食べさせるビスケットを探して右往左往しているあいだ、見れば少女はシャーリー・テンプルのようにタップダンスを踊っていた。少女の行く末を案じる女性が、少女の身内の誰かが奇跡的に無傷で姿を現わし、家に連れ帰ってくれればと望みをつなぎながら、ドアのほうにしきりに目をやっていた。

ジミーはこれまでに膨大な数の戦争写真を撮ってきた。アパートの四方の壁にも、頭のなかにも、荒廃と喪失を前にしながらも毅然として立つさまざまな人がひしめいていた。今週はブリストルとポーツマスとゴスポートに足を運んだばかりだ。だが、あの少女には——名前すら知らないが——忘れがたい何かがあった。少女の小さな顔は、人生最大の喪失を体験したあとだというのに、ささやかな喜びにほころんでいた。少女の人生にできた穴は今後の歳月に徐々に影響を及ぼし、人生全体を一変させることになるだろう。ジミーにはわかるのだ——気がつけば自分もまた、爆弾で吹き飛ばされた死傷者たちの顔をひとつひとつ確かめては、母を探しているのだから。

少女が体験したような一個人の小さな悲劇は、戦争というさらに大規模な悲劇の前では取るに足りないものにされてしまう。少女もタップシューズも、歴史という絨毯の下にひそむ埃のようなもの、あっさり掃いて捨てられてしまうだろう。だがこの写真は現実そのものだ。琥珀《こはく》に閉じこめられた昆虫さながら、捕えたその瞬間をそのままの形で未来に引き渡すことができるのだ。ジミーが携わっている仕事が、戦争の現実を記録することが、なぜ重要なのかを改めて教えてくれたのがこの写真だった。今夜のように、周囲を見渡せば軍服を着ていないのは自分だけで、それがひどく気になりだしたときには、己の使命を思い起こす必要があった。

ジミーが来る前にここにすわっていた誰かが置いていった灰皿代わりのスープ皿に、煙草を放りこんで火を消した。腕時計に目をやる——すわってから十五分が経っていた——ドリーは何を手間取っているのかと気になりだした。そろそろ帰り支度をして、ドリーを探しに行こうかどうしようかと迷っていると、背後に人の気配を感じた。ドリーかと思って振り向くと、違った。まったくの別人、はじめて見る人だった。

ミセス・ウォディンガムからようやく解放されたドリーは、あんなに素敵に見えた靴なのにどうしてこうも足が痛くなるのかと考えながら、キッチンのほうへ引き返した。ふと目を上げた瞬間、世界がぴたりと動きを止めた。ヴィヴィアンがいた。

彼女は架台式テーブルの脇に立っていた。しきりに話しこんでいた。

相手はジミー。

ドリーの心臓が暴れだした。咄嗟にキッチンカウンター脇の柱の陰に身を隠した。こっちの姿を見られないよう注意して、向こうの様子がすっかり見通せる位置を確保する。目をしっかり見開いて煉瓦の向こうを覗くと、想像以上にまずいことになっていて、ぞっとした。ふたりはただ話しこんでいるだけではなかった。テーブルのほうに何度も目をやる様子から──ここでひっくり返りそうになったドリーは、情けない声をもらした──テーブルに広げたジミーの写真フォルダーを見ているのだとわかった。どうやらふたりは彼の撮った写真を話題にしているらしい。

一度ドリーも見せられて、唖然としたことがあった。どの写真も凄惨《せいさん》で、コヴェントリー時代に撮っていたような、夕日や森、波打つ草原に立つ瀟洒《しょうしゃ》な家並みといったものとは大違いだった。キティと一緒に観たニュース映画とも違っていた。映画館で観たのは、帰還兵士たちの笑顔、疲れ切って汚れてはいたが意気揚々とした姿であり、鉄道駅に整列して手を振る子供たちであり、忠誠心あふれる女性たちがイギリス兵たちにオレンジを手渡す光景だった。だがジミーの写真は、頬が落ちくぼみ、見えるはずのないものを見ているような眼差しをした負傷兵ばかり。ドリーはどう言っていいかわからなかった。そんなものは見せてほしくなかった。

あんなものをヴィヴィアンに見せるなんて、ジミーは何を考えているのか？　相手はとびきりの美人で一分のすきもない女性、そういうおぞましいものを見せて心をかき乱していいわけがない。ドリーはヴィヴィアンをかばいたくなった。すぐにも飛んでいってフォルダーを閉じ、さっさと終わらせてしまいたかった。だができなかった。またしてもジミーがキスをしてこないとも限らないからだ。へたをすれば、この人がぼくのフィアンセだと口走り、ヴィヴィアンに婚約中だと勘ちがいさせてしまうだろう。まだ婚約などしていない、正式にはまだ――もちろんそういう話はしたことがある、だがそれはまだ子供だったころの話で、ずっと昔のことだ。いまはもう大人だし、戦争で状況が変われば、人の心も変わるのだ。ドリーは生唾を呑みこんだ。これは恐れていた最悪の事態だ。起こってしまった以上、すべてが終わるのをびくびくしながら待つしかなかった。

ようやくジミーがフォルダーを閉じ、ヴィヴィアンが向きを変えるまでの時間が、何時間にも思えた。ドリーは安堵の息を大きく吐き出したが、すぐにまたパニックに襲われた。我が友がテーブルとテーブルの隙間をすり抜け、すこし険しい顔でまっすぐキッチンのほうへ向かってくるではないか。会えるのをずっと楽しみにしていたのだが、いまはまずい。ジミーが何を言ったのか知るまでは顔を合わせたくなかった。ヴィヴィアンがキッチンにたどり着く寸前、ドリーは迅速に決断を下した。ぱっとしゃがみこんでカウンターの背後に身を隠すと、ひどく重要な戦争任務に従事しているとでもいった態度で、赤と緑のクリスマス用垂れ幕の下で探しものをしているふりをした。すぐそばをヴィヴィアンが通り過ぎる気配を察知するや、バッグをひったくるようにして抱え、ジミーの待つ場所に急いだ。とにかくふたりが一緒にいるところをヴィヴィアンに気づかれないうちに、ジミーを連れ出すことしか頭になかった。

結局《ライオンズ・コーナー・ハウス》には行かなかった。はいったのは鉄道駅そばのレストランだった。窓という窓に板を打ちつけてあるうらぶれた建物で、爆弾であいた穴をふさぐようにして看板が出ていた。〈いつもより大きく営業《オープン》しています〉（破壊された壁にかけたジョーク）。そこまで来たとき、ドリーはもうこれ以上歩けないと訴えた。「足にマメができちゃったのよ、ジミー」いまにも泣きそうだった。「ここにはいりましょうよ。外は寒いし……今夜はきっと雪になるわ」

ありがたいことに店内は暖かく、ウェイターはラジエーターのそばの、居心地のいい奥の席に案内してくれた。ジミーがドリーのコートを掛けに入口のほうに行っているあいだ、ドリーはピンをはずして国防婦人会の制帽を脱ぎ、塩と胡椒《こしょう》入れの隣に並べて置いた。一方の留め金が一晩じゅう頭に食いこんでいたので、そこをしきりに揉みほぐしながら恨みの靴から足を解放した。ジミーは戻る途中で足を止め、席に案内してくれたウェイターを小声で呼び止めていたが、ドリーのほうは、ジミーがヴィヴィアンに何を言ったのか、なぜそういうことになったのか、そればかりが気がかりだった。煙草の箱から一本振り出し、マッチを擦った。力がはいりすぎてマッチが折れた。ジミーは何か隠している、そう確信していた。給食センターを出てからずっとジミーの態度がおかしいのだ。いまテーブルに戻ってくるあいだも、目が合いそうになるとさっとそっぽを向いた。

ジミーが席に戻るとすぐに、ウェイターがワインのボトルを運んできて、ふたつのグラスに注いだ。ごぼごぼという音がやけに大きく、なぜかきまりが悪くなった。ドリーはジミーの肩越しに店内を見回した。退屈そうなウェイターが三人、カウンターの向こうでひそひそ言葉を交わしていた。その横ではバーテンダーがバーカウンターをせっせと磨いている。客はほかに食事中の男女が一組、テーブル越しに囁き合い、バーカウンターの上の蓄音機からはアル・ジョルソンの甘い歌声が流れていた。女性客はひどく物欲しげな態度だった。新しい恋人（空軍パイロットだか何だか知らないが）と一緒にいるときのキティのようだ。相手の男のシャツに手を這わせ、男のジョークに忍び笑いをもらしている。

ウェイターがボトルをテーブルに置き、今夜は品不足でア・ラ・カルトは出せないが、シェフ特製の日替わりセットメニューなら用意できると気取った声で言った。

「それで結構」ジミーはウェイターのほうをほとんど見ないで言った。「お願いします」

ウェイターが立ち去ると、ジミーは煙草に火をつけ、ドリーにちょっと笑いかけてから、ドリーの頭上あたりに視線を逸らせた。

我慢も限界だった。胃のあたりがむかむかしてきた。ヴィヴィアンといったい何を話していたのか、そのときドリーの名前を出したのかどうか、どうしても知る必要があった。「ところで」ドリーは切り出した。

「ところで」ジミーも同時に言っていた。

「ちょっと気になることが……」

「実は大事なことが……」

どちらも押し黙った。どちらも煙草を深く吸いこんだ。それぞれが煙の向こうにかすんで見える相手を見ていた。

「お先にどうぞ」ジミーは笑みを浮かべ、両手を広げて目をまっすぐ見つめてきた。これほど不安にさいなまれていなければ、彼の仕草に胸をときめかせたところだ。

ドリーは慎重に言葉を選んだ。「わたし見ちゃったの」言って、灰皿に灰を叩き落とす。「給食センターで、おしゃべりしてたでしょ」ジミーの表情が読めなかった。ただじっと見つめてくるばかり。「ヴィヴィアンと」

「あの人がヴィヴィアンだったの？」ジミーは目を大きく見開いた。「きみの新しい友達の？知らなかったな……名乗らなかったから。なんだ、ドリー、もっと早く来てくれたら、紹介してもらえたのに」

ジミーは心底がっかりしたふうだった。ドリーはひとまず安堵の息を吐き出した。この人はあれがヴィヴィアンだと知らずにいた。とすれば、向こうもジミーの素姓を知らず、今夜彼が給食センターに現われた事情も知らずに終わったということだ。「で、ふたりで何の話をしていたの？」

「戦争のことさ」ジミーは一方の肩をすくめると、おずおずと煙草を吸った。「ただの……世間話だよ」

嘘をついている、ドリーにはわかった——ジミーは嘘が下手だ。話していてもちっとも楽しそうじゃない。答えるのも早い、素早すぎる。それにこっちを見ようともしない。ここまで用心深い態度をとるのは、どんな話が出たせいなのか？　わたしの話になったのか？　ああ勘弁して……いったい何をしゃべったの？「戦争ね……」ドリーはジミーの言葉を繰り返し、ジミーが先を続けられるよう間を置いた。だがジミーは黙ったままだった。そこで冷ややかな笑みを返した。「たしかに一般的な話題よね」

ウェイターがテーブルにやって来て、それぞれの前に湯気の立つ皿をすっと置いた。「フィッシュ・スカロップもどき、です」と、威厳たっぷりに言う。

「もどき？」ジミーは吐き捨てるように言った。

ウェイターの口許がひきつり、仮面がはがれかけた。「材料はアーティチョーク、のはずです」と声を落として言う。「シェフが家庭菜園で育てたものでして」

ジミーは、白いテーブルクロスの向こうのドリーを見つめた。こんなはずではなかった。このあとプロポーズが控えているというのに、うらぶれた食堂でパン粉をまぶして揚げただけのアーティチョークと酸っぱいワインを振る舞う羽目になり、ドリーの機嫌を損ねてしまうとは。ふたりのあいだに沈黙がでんと居すわり、ズボンのなかの指輪ケースがやけに重く感じられた。よけいなことは言いたくなかった。ただ彼女の指に指輪をはめられたらそれでよかった。指輪がふたりを結びつけてくれるというだけではない——もちろんそれを望んではいたが——この指輪を善意と誠意の証にしたかった。ジミーは料理をつつきまわした。

ここまでひどい失態はやろうと思ってできるものではない。なお悪いことに、修復の手だてが思いつかなかった。ドリーが腹を立てているのは、こちらが洗いざらい話していないことに気づいているからだ。だが、あの女性《ひと》に、つまりヴィヴィアンに、絶対に口外しないでほしいと頼まれているのだ。そう言ったときの彼女の眼差しに訴えかけてくる何かがあったから、何も言えず、ただうなずいてしまった。ジミーはアーティチョークを惨憺たる出来ばえのホワイトソースにくぐらせた。

だがヴィヴィアンは、ドリーを念頭に置いてそう言ったわけではないだろう。考えてみれば、ふたりは友達同士なのだ。いまここで打ち明けたら、案外ドリーは笑いだし、手を振りながら、そんなことはとっくに知っていると言うのかもしれない。ジミーはワインを一口、口にふくみ、父さんならこんなときどうするだろうかと考えた。父さんならヴィヴィアンとの約束を守るような気がした。だが、ここでふと、父の身に起きたことが脳裏をよぎった——父さんは愛する女性《ひと》に捨てられたのだ。父と同じ轍《てつ》を踏むのだけは嫌だった。

「きみの友達のことだけど」ふたりのあいだにわだかまりなど存在しないかのように、ジミーはさりげなく言った。「ヴィヴィアンていったっけ……彼女がぼくの撮った写真のなかの一枚に目を留めたんだ」

ドリーの視線がジミーを捉えたが、押し黙ったままだった。

ジミーは唾を呑みこむと、父のことを頭から締め出した。ジミーが子供のころに父から聞いた、人としての勇気と敬意をめぐる訓話はいっさい脇に置いた。今夜はこうする以外に手はなかった。ドリーに本当のことを打ち明けるのだ。それでどんな不都合があるというのか？「幼い少女の写真でね、その子は先日のチープサイドの空襲で、家族を殺されたんだ。切ないよね、ドリー、実に切ないよ、だってその子はにこにこ笑っているんだ、しかも着ているものといったら……」ジミーは言葉を切り、手を振りたてた。ドリーの表情から、痺《しび》れを切らしているのがわかった。「それはともかく……要するに、その子を知っているって、きみの友達が言ったんだ。ヴィヴィアンは写真を見て、知ってる子だと気づいたというわけさ」

「それが何なの？」

料理が届いたあと、はじめてドリーが口を開いた。すっかり機嫌が直ったわけではなかったが、それでもジミーはほっとした。「彼女の話によると、医者をしている彼女の友人がフルハムのほうで小さな病院をやっているんだそうだ。その一部を戦災孤児を受け容れる施設にしていて、そこに彼女はときどき手伝いに行っているらしい。ネラと会ったのも、その写真の少女のことだけど、その病院でなんだって。つまり引き取り手が現われなかったから、そこに送られていたんだね」

ドリーはジミーを見つめていた。話の続きを待っているようだった。だがこれ以上話すことはなかった。

「それだけ？」ドリーは言った。「自分の話はしなかったの？」

「名前すら名乗ってないよ。時間もなかったし」遠くのほうで、闇と冷気に包まれたロンドンのどこかで、続けざまに爆発が起きた。今度は誰がやられたのか、いまこの瞬間、苦痛や悲嘆や恐怖に見舞われ悲鳴をあげているのは誰なのかと、ジミーは咄嗟に思った。

「彼女、ほかには何も言わなかった？」

ジミーは首を振った。「病院のことは何も。いつかそこに連れていってもらえないかって、頼むつもりだったんだ、ネラに何か持っていってあげ――」

「でも頼まなかったのね？」

「言うチャンスがなかったから」

「たったそれだけのことで、ぐずぐずはぐらかしていたの？　ヴィヴィアンが病院で、知り合いの医者の手伝いをしているという、それだけのことで？」

ドリーの呆れ顔を前に、間抜けになったような気分だった。ただ笑みを浮かべて身をすくめ、自分で自分を呪っていた。物事を馬鹿正直に受け止めすぎる自分を、ヴィヴィアンが大袈裟に言っただけなのにそれを真に受けた自分を、そんなことはドリーもとうに知っているはずだと気づかなかった自分を、さらには、つまらないことにくよくよ悩んでいた自分を。気弱な声でジミーは言った。「だって、誰にも言うなって言われたから」

「もう、ジミーったら」ドリーは笑い声をあげると、テーブル越しに伸ばした手でジミーの腕をさっとなでた。「ヴィヴィアンの頭にあったのは、わたしじゃないわよ。誰にも言うなってことは、知らない人にって意味に決まってるでしょ」

「だよね」ジミーはドリーの手を握ると、その滑らかな指先をなでた。「馬鹿だよね、そんなこともわからないなんて。今夜のぼくはどうかしているな」ここで突如、重大な局面にさしかかったことをジミーは意識した。今後の人生が、ふたりの人生が、いまを境に始まるのだと。

「実はね」ジミーの声はやや裏返っていた。「ドリー、ずっと言おう言おうと思っていたことがあるんだ」


ジミーに手をなでられているあいだ、笑みを浮かべながらもドリーは上の空だった。知り合いの医者、それも男の医者……キティの言ったことは本当だった。ヴィヴィアンには愛人がいる。これですべての辻褄が合った。ヴィヴィアンの秘密めいたところ、給食センターでしばしば見せる虚ろな表情、カムデン・グローヴ二十五番地の窓辺にすわっているときに見せる遠い眼差し、夢見るような表情。「ふたりはどうやって知り合ったのかしら」とドリーが言うのと同時に、ジミーの「ずっと言おう言おうと思っていたことがあるんだ」という声が重なった。

同時にしゃべりだしたのは、今夜はこれで二度目、ドリーは笑い声をあげた。「何でこうなっちゃうのかしらね」ドリーは意外にも気分が浮き立ち、一晩じゅうでも笑っていられそうな気がした。たぶんワインのせいだろう。思った以上に飲んでいた。これもジミーの口の堅さを知って不安が消えたせいか、かなり舞いあがっていた。「わたしが言いたかったのはね……」

「待って」ジミーの指先がドリーの口をふさいだ。「先に言わせてくれ、ドリー。先に片づけてしまいたいんだ」

そう言うジミーの表情にドリーは驚いた。珍しくむきになっているというか、切羽詰まったような表情だった。ドリーは、ヴィヴィアンと医者の話をもっと知りたくてうずうずしていたが、おとなしく口を閉じた。

ジミーは伸ばした手をドリーの頰にやった。「ドロシー・スミザム」ジミーが言った。フルネームで呼ばれ、ドリーはぐっときた。心がとろけた。「はじめて会ったときからずっと、きみを愛している。憶えているかい、コヴェントリーのあのカフェでのこと?」

「あなたは小麦粉の大袋を担いでいたわ」

ジミーが笑った。「真の英雄、それがぼくだ」

ドリーは微笑み、空になった皿を脇に押しやった。それから煙草に火をつけた。ひどく寒かった。ラジエーターが止まり、ちりちり音をたてていた。「あれは本当に大きい袋だったわね」

「前に言ったよね、きみの望みは何でも叶えてあげたいって」

ドリーはうなずいた。たしかにそう言ってくれた、それも何度も。素敵な言葉だった。その台詞をせっかく繰り返してくれているのを遮りたくはなかったが、もう限界だった。ヴィヴィアンに関する疑問や思いが次々に湧きあがってくるのを止められそうになかった。

「本気だからね、ドリー。きみの望むことは何だって叶えるつもりだ」

「ねえ、ウェイターに暖房の調子を見てくれるよう、頼んでくれない？」

「こっちは真面目に話してるんだよ」

「わたしだって真面目よ。ここ、急に寒くなったんですもの」ドリーはおなかのあたりを腕で覆った。「あなた、寒くないの？」ジミーは答えなかった。ポケットのなかをしきりに探っていた。ドリーは係のウェイターに目をやると、気づいてもらおうと合図を送った。相手は気づいたふうだったが、すぐにくるりと背を向け、キッチンのほうに行ってしまった。見ればもう一組の男女はすでにおらず、店内に残っているのは自分たちだけだった。「そろそろ出たほうがいいわ」ジミーに言った。「もう遅いし」

「ちょっと待ってくれ」

「だって寒いんだもの」

「寒さなんてどうでもいい」

「でもジミー……」

「こっちはきみに結婚を申しこもうとしているんだ」言った当人が驚いているのは、ジミーの表情からわかった。ジミーはあははと笑った。「ちょっとまずったな……なにせこんなことははじめてだし。いや、これ一回きりにするつもりだけど」ジミーは椅子から立ちあがるとドリーの前にひざまずき、深呼吸をひとつした。「ドロシー・スミザム。どうかぼくの奥さんになってください」

ドリーは本気にしなかった。そのうちジミーが素に戻り、笑いだすと思っていた。ジミーはふざけているに決まっている。ボーンマスでのあの日、お金がたまるまで結婚はできないとあんなに依怙地になっていた人なのだ。いまにジミーは笑いだし、デザートを注文しようと言うに決まっている。しかしそうはならなかった。ジミーはひざまずいたまま、ドリーを見あげていた。「ジミーったら。そんなところにいたら霜焼けになっちゃうわよ。ほら立って、さあ」

ジミーは立ちあがらなかった。目を逸らさずに、左手を高く掲げ、指先につまんだ指輪を差し出していた。黄色っぽい金の輪、爪で固定された小さなダイヤモンド――新しいものにしては古くさく、アンティークと呼ぶには時代が浅すぎる。ご丁寧に小道具まで用意していたとは。ドリーは目をぱちくりさせて指輪を見つめた。実に見事な演技だと、ここは褒めてあげるべきなのだろう。できることならこちらも調子を合わせて、ジミーに不意打ちを食らわせてやりたかった。ドリーはジミー主導の〈なりきりゲーム〉には慣れていない――そもそもこれはわたしのゲームなのだ――だからあまりいい気はしなかった。「一晩考えさせて」ドリーは芝居がかった台詞で答えた。

片目にかかった前髪を、ジミーは頭を振って払いのけた。ドリーを見つめるその顔は、頭のなかを整理しようとしているのか、笑みを浮かべる気配すらない。「ぼくと結婚してくれ、ドリー」実直そのものといった揺るぎないその声は、口から出まかせでも落ちのあるジョークでもないことを物語っていた。まさかジミーは本気なのか、ここでようやくドリーの心に疑念が芽ぶいた。

ドリーはからかわれていると思っている。そう気づくと、ジミーは吹き出しそうになった。だが笑わなかった。目にかかる髪を振り払い、あの夜ドリーに手を引かれ、階段を上がっていったときのことを思い出していた。赤いドレスが床に落ちたときのこと、顎をつんと反らして見つめてきたドリーの眼差し、自分の若さと力強さを実感したこと、あのときあの場所でドリーとひとつになって生きる喜びにうち震えたことを。その後、ドリーのような娘に愛されている我が身の幸運に感動するあまり寝つけず、彼女の寝顔を眺めながら、死がふたりを分かつまでこの女性を一生愛し続けようと思ったことを。老境にさしかかったら、子供たちが成人し巣立っていったあとの農場の家で、すわり心地のいいアームチェアに腰かけて、交替でふたり分のお茶を淹れる、その時までずっと愛しつづけるのだと。

そんな思いをそっくり全部、ドリーに伝えたかった。ジミーが思い描く未来図をドリーにきちんと示したかった。だがドリーはごく普通の娘とは違うということも知っていた。サプライズが好きだから、人生のスタート地点に立ったばかりの段階で結末を知りたいとは思わないだろう。そんなふうに考えを整理した結果、ジミーはできるだけシンプルにこう言ったのだ、「ぼくと結婚してくれ、ドリー。まだ裕福とは言えないけれど、愛している、もうきみなしでは一日だって生きていたくないんだ」すると見る見る彼女の表情が変わっていった。口辺に漂う気配、眉のちょっとした動きから、こちらの言葉がようやくドリーの胸に落ちたことを知った。

しばらく待つうちに、ドリーが吐息をもらした。ゆっくりと尾を引くような吐息だった。それから帽子を取りあげると、少し顔をしかめながら帽子の縁をくるくると何度も回した。ドリーはいつだって芝居がかったポーズをとりたがる、だから海辺の丘の上でしたように、彼女の横顔の輪郭を目でなぞりながら、少しも心配していなかった。だが、「ああ、ジミー」と言ったドリーの声はいつもとまるで違っていた。振り返ったドリーの頬に、涙が一筋、伝い落ちるのが目に留まった。「なんてことを言うの。こんなときにいきなり言うなんて」

その言葉の意味をジミーが尋ねる間もなく、ドリーはさっと脇をすり抜け、別のテーブルに腰をぶつけながら足早に戸口を目指すと、後ろを振り返りもせず、戦時下のロンドンの、冷気と闇のなかに紛れてしまった。数分が過ぎたが、ドリーは戻ってこなかった。そこでようやくジミーは、何が起きたのかを悟った。すると突然、俯瞰してでもいるように、まさに自分がカメラに収めてきた被写体そのままに、自分の姿がありありと見えた。それはすべてを失い、すっかり冷え切った場末のレストランの汚れた床にひざまずく男の姿だった。

# 15　サフォーク　二〇一一年

母の名前をグーグル検索にかけてみようとなぜこれまで一度も思いつかなかったのか、いまにして思えば迂闊としか言いようがない。母ドロシー・ニコルソンのことをまるで知らない自分に気づいてようやく、ひょっとしたらネット上に何か見つかるのではという考えが、ローレルの頭にふと浮かんだのだ。

《グリーンエイカーズ》に戻ってから、などと悠長に構えていられなかった。病院の駐車場に停めた車に乗りこむと、すぐさま携帯を取り出し、検索欄に「ドロシー・スミザム」と打ちこんだ。気が急くあまりスペルを打ち間違え、最初からやり直さねばならなかった。結果はいかに。覚悟を決めて検索ボタンを押す。百二十七件ヒット。アメリカの系図サイト、テルマ・ドロシー・スミザムなる人物のフェイスブック、オーストラリアの人物検索サイト、さらに画面を半分ほどスクロールしていくと、ＢＢＣの〈市民による戦中証言録〉というサイト内に「ロンドンの元電話交換手、第二次大戦中の思い出を語る」というページを見つけた。これを選択するローレルの指は震えていた。

内容は、ロンドン大空襲のさなかにウェストミンスターの陸軍省で電話交換手をしていた、キャサリン・フランシス・バーカーなる女性の戦時中の回想記だった。記事冒頭に、母親に代わって娘スザンナ・バーカーが投稿したと但し書きがついていた。小柄な老婦人がレース編みのカバーをかけたラズベリー色のベロア地張りのソファにポーズをつけてすわる写真も添えられている。付されたキャプションはこんな具合だった。

自宅でくつろぐ〝キティ〟ことキャサリン・バーカー。第二次大戦開戦と同時にロンドンに移り、終戦まで電話交換業務に従事。海軍婦人部隊への入隊が夢だったが、通信業務は必要不可欠な重要任務だとして、離職は叶わなかった。

本文はかなり長く、ローレルはざっと目を走らせながら、母の名前が目に飛びこんでくるのを待った。そして数パラグラフ進んだところでそれを見つけた。

生まれ育ったのはイングランド中西部、ロンドンに身内はいませんでしたが、戦時中はさまざまな支援団体が設立され、軍事関連就労者の宿泊施設を斡旋《あっせん》してくれました。わたしはほかの人に比べると恵まれていたようで、上流階級の女性の住まいに下宿することになりました。屋敷はケンジントン地区カムデン・グローヴ七番地にあり、信じてもらえないかもしれませんが、戦争中にもかかわらずとても快適な日々でした。下宿人はわたしのほかに同じ陸軍省勤務の若い女性が三人いて、レディ・グウェンドリンの使用人も二名、コックとドロシー・スミザムという奥様付きの若いメイドが開戦当時からここで暮らしていました。ドロシーとは仲が良かったのですが、一九四一年にわたしがトムと結婚して以後、つき合いが途絶えてしまいました。戦時下では友情が瞬時に生まれるものです――当時の友人たちがいまどうしているだろうかとよく考えます。無事に生き延びていてくれることを願ってやみません。

ローレルは色めきたった。まさか母の名前を、結婚前の名前をこんなふうに活字になった形で目にするとは思ってもみなかった。それも、ローレルがまさに知りたいと思っていた時期と場所に触れた、記録文書のなかに出てきたのだ。

　この段落を再度読み返したが、胸の高鳴りはおさまらなかった。ドロシー・スミザムは実在していた。レディ・グウェンドリンなる女性に雇われ、カムデン・グローヴ七番地に暮らし（これがヴィヴィアンとヘンリー・ジェンキンズの住まいと同じ通りだという点にも興奮を覚えた）、キティという友人までいたのだ。ローレルは投稿日を確認した。二〇〇八年十月二十三日――ということは、この女性はまだ存命中の可能性は大、話を聞かせてもらえるチャンスがありそうだ。発見のひとつひとつが別の発見と結びつき、茫洋と広がる黒々とした空に、目的地《ホーム》へと導く星座を浮かびあがらせつつある、そんな気がした。

　この日の午後、スザンナ・バーカーはローレルをお茶に招いてくれた。住所は実にあっさり突き止められた。ここまでとんとん拍子にいくとは俄《にわ》かには信じられず、生来の懐疑の虫がうごめきだしたほどだった。キャサリン・バーカーとスザンナ・バーカーの両方の名前を国際電話帳サイト〈ナンバーウェイ〉で検索にかけ、出てきた番号にひとつひとつ電話したのである。そして三件目で目当ての金鉱を掘り当てた。「母は木曜日はゴルフ、金曜日は地元小学校の生徒にお話を聞かせに行っているんです」電話に出たスザンナが言った。「でも今日なら時間が取れますけど」ローレルはその空き時間を利用させてもらうことにし、いまこうしてスザンナの行き届いた指示に従い、ケンブリッジ郊外の、雨に濡れた牧草地が左右に広がる曲がりくねった道に車を走らせていた。

赤褐色の髪を雨で縮らせた、ふくよかで陽気そうな女性が、自宅のゲート前で待っていた。茶色のワンピースの上に、陽射しを思わせる鮮やかな黄色のカーディガンをはおり、かしこまった様子で、両手で傘を握りしめている。人の気質を見抜くには仕草ひとつ見れば事足りる、ローレルに宿る女優魂はそう告げてくることがあった（「耳と目と心を総動員していらっしゃる」）。目の前にいる傘をさすこの女性は、おどおどしてはいるが、頼もしげで、実直そうだ。「ああ、よくいらっしゃいました」道を渡って家のほうに歩きだしたローレルに、相手は声を震わせた。笑うと艶のいい歯茎が剝き出しになった。「スザンナ・バーカーです。お目にかかれて光栄です」

「ローレル。ローレル・ニコルソンです」

「もちろんよく存じ上げてますわ！　さあ、どうぞおはいりになって。あいにくのお天気でしたね。母が言うには、家のなかで見つけた蜘蛛を殺したせいだって。あらやだ、わたしったら、いい年をして馬鹿みたい。でも、蜘蛛を殺すと雨になるって言いますでしょ?」

キティ・バーカーは頭もしっかりしていて、しゃべるほうも海賊の剣のように切れ味がよかった。「ドリー・スミザムの娘さんなんですってね」キティは小さな握り拳をテーブルにとんと打ちつけた。「まったく驚いたのなんの」ローレルが改めて名を告げ、インターネットでキティの名前を見つけた経緯を話そうとすると、女主《あるじ》は華奢な手をじれったそうに振りまわし、吠えたてた。「はいはい、娘からとっくに聞いてますよ。電話で全部話し終わってるでしょうが」

ずけずけものを言う癖を咎められた経験が一度ならずあるローレルにとって、この女性の効率的な物言いには胸のすく思いだった。九十二歳にもなると、回りくどい会話も、一分一秒を無駄にするのも願い下げなのだろう。ローレルは笑顔でさっそく切り出した。「ミセス・バーカー、うちの母はこれまでずっと、戦争中の話をいっさいしてくれなくて……過去はすべて忘れたかったのかもしれませんね……それが最近になって、体調のすぐれない母を見ているうちに、昔の母をちゃんと知っておきたいと思うようになったんです。それで、あなたに戦時中のロンドンのお話を、とりわけ母の暮らしぶりがどんなだったかを、うかがえればと思って」

キティ・バーカーは嬉々として応じてくれた。ローレルの知りたいことのうち、前半部分のほうにすぐさま飛びつき、娘がお茶とスコーンを持って現われたときには、ロンドン大空襲の講義に早くも乗り出していた。

しばらくはローレルも熱心に聞いていたが、ドロシー・スミザムの話がほんの付け足しにすぎないとわかるにつれ、集中力は途切れがちになった。そこで壁を飾る戦時中の記念品に目をさまよわせた。〈浪費を控え、野菜作りに専念しよう〉と謳うポスターも何枚かあった。

いまなおキティは、灯火管制下の闇のなかで起こりがちなうっかり事故を並べたてるのに余念がない。すでに長針が半回転した時計を見つめ、ローレルの視線はやがてスザンナ・バーカーへと移った。彼女は母親をうっとりと見つめ、母の繰り出す言葉ひとつひとつに合わせて口を動かしていた。この娘はきっと、こういう昔語りを何度となく聞かされてきたのだろう、そこに気づくや、ローレルはスーザンの行動原理を理解した——小心、人を喜ばせることに熱心、母親について語るときに見せる尊敬の念。キティはうちの母とは正反対の人なのだろう。自らの戦争体験を神話化し、そこに娘をまんまと取りこんでしまったのだ。

ひょっとすると子供というのは、ある程度、自分の親が歩んできた人生に取りこまれてしまうものなのかもしれない。気の毒にもスザンナは、結局のところ、母親のヒロイズムと犠牲の物語に匹敵する何かを見つけたいという意欲さえ持てずにいるのだ。このときばかりは、子供たちに重い荷を背負わせなかった我が両親に、ローレルは少しばかり感謝したくなった（母が過去を語らないことが、逆にローレルにわだかまりを残す結果になったのは、なんとも皮肉な話ではある）。

とそこに、僥倖が訪れた。もはや肝心なことは聞き出せそうにないと諦めかけていた矢先、キティが話の途中でスザンナに向かい、お茶を注ぐのに何をもたもたしているのかと小言を言ったのだ。ローレルはチャンス到来とばかり、話の流れをドロシー・スミザムのほうへ引き寄せた。「実に有意義なお話でしたわ、ミセス・バーカー」ローレルは女優ならではの声音で、上流婦人を精一杯気取って言った。「すっかり心打たれました……実に勇敢でいらしたんですね。それで、母はどうでした？　その辺のお話を少しうかがえますか？」

話の腰を折られることは滅多にないのだろう、呆気にとられたような沈黙が流れた。キティは小首を傾け、この厚かましい申し出の意図を探っているらしかった。スザンナはといえば、ローレルの視線をひたすら避けるようにして、たどたどしい手つきでお茶をカップに注いでいた。

ローレルは恐縮する気もなかった。いまもわずかに残る子供じみた部分は、キティの独演を封じこめたことに喝采をあげていた。だんだんスザンナが好きになっていた。この母親は威張り屋だ。こういう連中には毅然と立ち向かえと、ローレルは教わってきた。だから、からりとした声で先を続けた。「母も祖国のためにお役に立っていましたか？」

「ドリーだって本分を尽くしましたとも」キティは不承不承、口を開いた。「あのお屋敷では全員に当番が割り振られてましたからね、毎日交替で、バケツと手押し消火ポンプを持って屋根に上がっていましたよ」

「交友関係のほうはどうでしたか？」

「楽しくやってましたよ、みんなと同じようにね。何たって戦中だもの、限られたなかで楽しみを見つけなくちゃね」

　スザンナがミルクと砂糖の載ったトレイを差し出したが、ローレルは手振りで断わった。

「あなたみたいにお美しい方なら、お若いときはボーイフレンドもたくさんいらしたのでしょうね」

「そりゃもちろん」

「母に特別な人がいたのかどうか、ご存じですか？」

「もちろんいましたとも」キティはここでお茶を一口すすった。「ただ、名前がどうしても思い出せないのよ」

　だがローレルには思い当たることがあった。ふと閃いたのだ。先日の木曜日、誕生パーティをやった日に看護師から、母が誰かの名前を口にし、どうして来てくれないのかと言っていたと教えられたのだ。そのときは、母がジェリーと言うつもりでうっかり言い間違えたくらいに思っていた。だが、母の思考が過去と現在のあいだをたゆたっていることを思えば、あれは言い間違いではなかったのかもしれない。「ジミー。その人の名前はジミーでは？」

「そうそう！」キティが言った。「それよ、その人よ。それで思い出したけど、わたしはよくドリーをからかって、その人はきっと俳優のジミー・スチュワートみたいな人なのね、って言ったものよ。といっても、直接会ったことはないの。ドリーの話から、そんな感じの人じゃないかなって思っただけ」

「会ったことがないんですか？」妙な話だ。母はキティと仲が良かった、住まいも一緒だった、どちらも若かった。となれば自分のつき合っている人を見せ合うのがごく自然な流れではないのか？

「一度もね。そういうところがドリーの変わっているところだったわ。その人は空軍パイロットで、忙しくてなかなか会いに来られないんだとか何とか……」ここでキティの口許が意味ありげにすぼまった。「そんなこと言ってましたね」

「それが何か？」

「いえね、うちの亭主のトムも空軍パイロットでしたけど、デートできないほど忙しいってことはなかったから。言わんとするところ、わかるでしょ？」悪魔のようににやりと笑うキティに、ローレルは納得の笑みを浮かべた。わかりすぎるほどよくわかった。

「つまり母は嘘をついていたと、お思いなんですね？」ローレルは迫った。

「嘘とまでは言いませんけどね、話に尾ひれをつけるくらいはしてたんじゃないかしら。ドリーとのおしゃべりはいつも大変だったの。なにせ想像力が豊かすぎちゃうものだから」

その点はローレルもよく知っていた。だとしても、恋人を友人たちにひた隠しにしていたというのは腑に落ちない。恋をしている人なら、屋根の上から世間に向かって叫びたくなるくらいが普通のはず。それに母は感情を内に秘めるようなタイプではない。

ジミーには、素姓を知られてはまずい事情でもあったのか。時代は戦争の真っ只中……スパイだった可能性もある。だとすれば、母ドロシーの秘密めかした態度も、その人と結婚できなかったことも、母が逃げ出す羽目になったことも説明がつきそうだ。このシナリオにヘンリーとヴィヴィアン・ジェンキンズ夫妻を結びつけるとなると、いささか厄介だった。ヘンリーがジミーの何かを嗅ぎつけ、それが国家の安全を脅かすようなことだったというのでない限り……。

「ドリーがうちに連れてこなかったのは、家主のおばあさんというのが男の出入りをひどく嫌っていたからなんですよ」キティはそう言って、ローレルがふくらませていた妄想の風船にあっさり針を刺した。「レディ・グウェンドリンて人には妹がいましてね。若いころのふたりはそりゃもう仲が良くて、カムデン・グローヴのあの家で一緒に暮らしていたときはどこに行くのも一緒だった。それがいきなりご破算。妹に恋人ができて、結婚しちゃったってわけ。妹は亭主のところにさっさと行ってしまい、そんな妹を姉さんは許さなかった。以来何十年ものあいだ、レディは寝室に閉じこもったまま、誰に会おうともしなかった。人間嫌いになっちゃったのね。でも、あなたのお母さんのことは間違いなく気に入ってましたよ。ふたりはすごく親密だったもの。ドリーはレディにとことん忠義立てしてたから、そういう馬鹿げた規則にもこだわっていたんでしょうね。それ以外のことでは平気で規則破りをしていたくせに……あの人みたいに、闇でストッキングや口紅を買う人なんていなかったわ……ただし自分の生活がかかっている部分では、きっちりルールを守ってたってわけだわね」

最後のコメントを口にするキティの口調にこもる何かが、ローレルに引っかかった。

「そう……思えばあれが始まりだったのかしらね」キティは、記憶のトンネルを必死で覗きこむかのように眉をひそめた。

「始まりというと？」ローレルは嫌な予感が指先に走るのを感じた。

「あなたのお母さんが変わりだしたのよ。わたしたちがカムデン・グローヴで暮らしはじめた当初は、そりゃ愉快な人だったのよ。それがしばらくすると、やたらとレディのご機嫌を取るようになって」

「だってレディ・グウェンドリンは雇い主なんですから、当然……」

「あれは度を越してましたよ。奥様が自分のことを家族同然に思ってくれているとか何だとか、ひけらかすようになったんですからね。それにお高くとまるようになっちゃって、わたしら下宿人とは格が違うからつき合えないみたいな態度をとりだして……それで新しいお友達をつくったみたいね」

「ヴィヴィアン」ローレルはすかさず口をはさんだ。「ヴィヴィアン・ジェンキンズですね」

「どうやらその女性のことは、お宅のお母さんも話したようね」キティは口許を歪めて言った。

「わたしたちのことなんかどうでもよくて、ヴィヴィアン・ジェンキンズだけは忘れてないってわけだ。それもわからなくはないわ、ちっとも不思議じゃない。作家の奥さんで、お向かいに住んでいましたからね。でもね、めちゃくちゃ気位が高いっていうか……たしかに美人は美人よ、それは否定しないけど、酷薄な美女ってやつよ。道で会ったって、自分から立ち止まって挨拶するような人じゃないんだから。あの女がドリーに悪影響を与えたんですよ……ヴィヴィアンこそがとびきり上等な人だって思いこんでましたからね」

「ふたりが一緒のところをよく見かけたんですか？」

キティはスコーンを取りあげると、ぎらつくジャムをたっぷり載せた。「こっちは細かいことまで知る気もなかったし」辛辣な口調で言うと、赤いジャムを塗り広げる。「ふたりからお誘いを受けたこともないしね。そのころにはドリーもこっちに打ち明け話をいっさいしなくなっていたんだもの。そんなふうだから、何か揉め事があったとしてもこっちにわかるわけないし、知ったときにはもう手遅れだったのよ」

「手遅れ？　揉め事？」

キティはスコーンの上にクロテッドクリームをごっそり盛りあげると、クリームの山越しにローレルを見た。「お母さんとヴィヴィアンのあいだに何かあったみたいよ、何かよからぬことがね。あれはたしか一九四一年のはじめだったわ。わたしがトムと知り合ったころだから、それで憶えているの。自分のことで忙しくなければ、もうちょっと気にかけてやれたんですけどね。そのあとドリーは猛烈に不機嫌になって、始終こっちに当たり散らすわ、わたしらと遊びに出かけるのも嫌がるわで、ジミーのことも避けだしたの。まるで人が変わっちゃったみたいにね。給食センターにも行かなくなっちゃって」

「国防婦人会の？」

キティはうなずき、慎重な手つきで一口サイズに割ったスコーンを口に運んだ。「給食センターの仕事がそりゃもう楽しかったみたいで、レディの目を盗んでは家を空けるのなんてしょっちゅうでね、とにかくせっせと当番をこなしてたわ。とても勇敢よね、お宅のお母さんは、爆弾なんかものともしないんだもの。それが急に行くのをやめてしまったの。きっぱりとね」

「なぜかしら？」

「当人は口を割ろうとしなかったけど、あのお向かいの女と関係があるのは確かでしょうね。ふたりが仲たがいしたその日、実はわたし見ちゃったのよ。たまたまその日、勤め先の近くで不発弾が見つかって、いつもより早く仕事から戻ってきたの。そうしたら、ちょうどお宅のお母さんが、ジェンキンズさんの家から出てくるのを見かけてね、そのときのお母さんの顔ったらなかったわね」キティはかぶりを振り振り言った。「爆弾じゃないけど、あのときのドリーの顔ときたら、いまにも爆発しそうだったわ」

ローレルは紅茶を一口すすった。女友達と恋人の両方と同時に縁を切るということは……思いつくシナリオはただひとつ……ジミーとヴィヴィアンが恋仲になったのか？　それで母は婚約を解消し、人生をやり直すつもりで逃げ出したのか？　そういうことならヘンリー・ジェンキンズが怒るのも当然だ。だが、その怒りがドロシーに向いたのは解せなかった。母が最近口にした、過去を悔いる言葉とも矛盾する。失意から立ち直って心機一転やり直したのであれば、悔いる必要などないはずだ。むしろ勇気ある行動だったのではないのか。「何があったんだと思いますか？」ローレルはカップを置きながら、やんわりと探りを入れた。

キティは骨ばった肩をすくめて見せたが、その仕草には小賢しさのようなものが感じられた。「ドリーはほんとに何も、あなたに話してないの？」いちおう驚いたような顔はしているが、それ以上に快感が透けて見えた。さらに芝居がかった嘆息が続く。「そうね、ドリーという人は秘密めかすのが好きだったものね。血を分けた母娘でも、他人同士みたいに打ち解けないなんてこと、あるのかしらね？」

スザンナが満面の笑みを浮かべた。その母親はスコーンを一口、がぶりとやる。

キティは何か隠している、ローレルは確信めいたものを抱いた。そこは四人姉妹のひとりとして育ったローレルのこと、それをうまく引き出すコツも心得ていた。しらを切りとおせるほどの内緒ごとなど、そう滅多にあるものではない。「すっかりお邪魔してしまいました、ミセス・バーカー」ローレルはナフキンをたたみ、ティースプーンをもとの位置に戻した。「貴重なお話をありがとうございました。たいへん参考になりましたわ。もし母とヴィヴィアンの諍いのことで何か思い出されたら、お知らせくださいｌ」そう言って立ちあがり、椅子を押して位置を直す。それから玄関のほうに歩きだした。

「そうだ、そういえばもうひとつあったわ」キティが追ってきた。

容易ではなかったが、ローレルは笑みをどうにか嚙み殺した。「あら、どんなことでしょう？」

キティは唇をすぼめて息を吸いこんだ。まるで意に染まないことを口にしようとしていて、どう言おうか決めかねているふうだった。ここでスザンナに向かって、ポットの湯を注ぎ足すようにと怒鳴りつけ、スザンナが部屋を出たのを見届けると、テーブルに戻るようローレルに手招きした。「ドリーの機嫌が悪くなったって、さっき言ったでしょ」キティが切り出した。「そりゃもうひどかったんだから。険悪なんてもんじゃなかった。そういう状態がそのあとずっと、カムデン・グローヴで一緒に暮らすあいだ、ずっと続いたんですよ。そしてある夜、あれはわたしの結婚式から数週間してからだったかしら、亭主が任地に戻っていったんで、職場の女の子たち数人を誘って踊りに行くことになったの。ドリーを誘おうとは思わなかった――あのころの彼女って、とにかくむすっとしてばかりだったから――でも、誘ったら、どういう風の吹き回しか、珍しく、行くって言うじゃないの」

「ダンスクラブにやって来たドリーは、ばっちりおめかししていて、前もってウィスキーを引っかけてきたみたいに笑いっぱなしでね。自分の友達もひとり連れてきていたわ、コヴェントリー時代の幼なじみとかいう――ケイトリンとかいったかしら、はじめはつんと澄ましてたけど、すぐに打ち解けて――ドリーと一緒にいれば自然そうなるわよね。彼女ってそういう人でしょ――元気いっぱいっていうか――ああいう人だから、こっちもついつい楽しもうって気になるのよね」

ローレルはうっすらと笑みを浮かべた。たしかに母にはそういうところがあった。

「あの夜のドリーは、たしかに楽しそうだった。目がらんらんと輝いていて、笑ったり踊ったり、それからね、ものすごく変なことを言ったのよ。帰る間際にわたしの腕をぐいとつかんで、ちょっとした計画があるんだって」

「計画?」ローレルはうなじのあたりが総毛立つのを感じた。

「ヴィヴィアン・ジェンキンズに理不尽なことをされたけど、すべてをうまく収める手を思いついたって。それでジミーと末永く幸せに暮らせるようになるし、それぞれが自分に見合ったものを手に入れられるんだって」

それはまさに母が病院でローレルに語ったことと同じだった。だが、結局は計画通りにはいかず、ジミーとの結婚はなかった。代わりにヘンリー・ジェンキンズを怒らせる何かが起きた。ローレルの心臓は早鐘を打っていたが、精一杯冷静を装った。「それがどういう計画なのか、母は打ち明けたんでしょうか？」

「具体的には何も、でも正直な話、こっちはさして気にも留めちゃいませんでしたよ。戦中というのは世の中がおかしくなってしまうものなの。平時なら言ったりやったりしないことがまかり通ってしまう。明日がどうなるかわからない、いつも通り朝を迎えられるのかどうかもわからない。そういう不確実な日々が続くと、人は正気を失っちゃうんですよ。それにお宅のお母さんには、芝居がかったところがあったからね。復讐がどうのこうのっていう話も、どうせただの……出まかせくらいに思ってたの。ところがその後、あんなことになったんで、あれはやっぱり本気だったのかしらって」

ローレルは思わず詰め寄った「あんなこと、というのは何ですか？」

「いきなりいなくなっちゃったの。ダンスに行った夜が、ドリーを見た最後だったわ。それっきり向こうからは音沙汰なし、こっちが手紙を出したって返事ひとつ来やしない。ひょっとして爆弾にやられちゃったのかしらって思ったけど、戦後すぐに年配の女の人が訪ねてきて、ようやく無事を知ったってわけ。この人がまた妙に奥歯に物がはさまったというか……ドリーのことを根掘り葉掘り訊いてきてね。ドリーに何かやましい過去がなかったどうかを知りたがっていたみたいだった」

ローレルの脳裏に、グランマ・ニコルソンが営む下宿屋の、薄暗く涼しい予備室が甦った。

「ひょっとしてその人、背が高くて、端整な顔立ちで、レモンを嚙みつぶしたみたいな表情でした？」

キティが片眉を上げた。「あら、お知り合い？」

「祖母です。父方の」

「ああ、なるほど」キティは歯を見せてにやりとした。「ドリーのお姑さんてわけね。そうは名乗らなかったわ。自分は彼女の雇い主で、ちょっと素行調査をしているんだって言っただけだった。でも、あなたのお父さんとお母さんはその後結婚した……つまり、お父さんはドリーにぞっこんだったたってわけだ」

「なぜそんな？　祖母に何を言ったんですか？」

こっちに悪気はないとばかり、キティは目をしばたたかせた。「わたしだって傷ついたんですからね。連絡が取れなくてさんざん心配してたのに、ドリーはちゃっかりロンドンを出ていたわけでしょ、しかも一言の挨拶もなしに」キティは曖昧に手を振りたてた。「多少は尾ひれをつけてしゃべったかもしれないわね、つき合っていた男の数を水増ししたり、酒好きだとか……でも、そんなにひどいことは言ってないはずよ」

だが、腹に一物ありそうなグランマ・ニコルソンの態度のわけを理解するには十分だった。複数の男友達がいたというだけでも悪印象なのに、酒好きというのは度を越している。冒瀆と言ってもいいくらいだ。

突如ローレルは、雑然としたこのコテージにさっさと見切りをつけ、ひとりでゆっくり考えたくなった。そこでキティ・バーカーに礼を述べ、帰り支度を始めた。

「お母さんによろしく言ってね」キティは玄関までついてきた。

ローレルは必ず伝えると言い、コートに袖を通した。

「さよならをちゃんと言えなかったんだもの。何年もドリーのことを案じてたのよ、特に彼女が戦争を生き抜いたって知ってからはね。だからってドリーのためにできることなんてなかったでしょうけど……あの人は意志が強くて、欲しいものは必ず手に入れるような人だったしね。あの人がいったん姿を消そうと決めたら、誰にも止められないだろうし、見つけられっこないもの」

だが、ヘンリー・ジェンキンズだけは見つけ出した……そう思うあいだに、キティ・バーカーの家のドアが背後で閉まった。あの男にはドリーを見つけることができた。そしてドリーは、追われる理由が何であれ、その理由を、あの日《グリーンエイカーズ》でジェンキンズもろとも、確実に封殺したのだ。

ローレルは、キティ・バーカーのコテージ前に停めた緑色のミニに乗りこみエンジンをかけると、しばらくそのままでいた。エアコンの送風口を全開にして、車内全体に暖気が行きわたるのを待った。時刻は五時を回ったところ、フロントガラスの向こうに闇が下りはじめていた。ケンブリッジ大学の尖塔群が暮れなずむ空をバックにきらめきを放つ。だがローレルの目にははいらなかった。母が——写真で見た、あの若かりしころの母が——ダンスホールでキティ・バーカーの腕をつかみ、ある計画を思いついた、それで万事うまく収まると告げた場面を頭のなかに再現することに、すっかり心を奪われていた。「ねえ母さん、それはどんな計画だったの？」ローレルはそっと語りかけ、煙草に手を伸ばした。「あなたはいったい何をしたの？」

バッグをがさごそやっていると、携帯電話が鳴りだした。電話を取り出しながら、何度も残した留守番メッセージに応えてようやくジェリーがかけてきたのかと、一瞬、期待をふくらませた。

「ローレル？　ローズよ。今夜フィルは〈ビジネス・リーダー特訓教室〉の集まりがあるし、よかったら一緒に過ごそうかなと思って。そっちに夕食を持っていくわよ。ついでにＤＶＤで映画を観てもいいし」

ローレルはがっかりした。言葉を濁し、どうにか言い訳をひねり出そうとした。嘘はつきたくない、とりわけローズには。かといって探求中の一件を打ち明けるわけにはいかない。とにかく妹たちの誰にも話す気はなかった。たわいないおしゃべりをしながらロマンチック・コメディを観ると同時に、母の過去を解き明かそうと頭を働かせる、そんなことは苦痛でしかない。無理な相談だ。できることなら、こんがらかった一切合財を誰かに委ね、「あなたのお手並みを拝見させて」と言いたい気持ちもなくはなかった。だがこの重い荷は自分ひとりが背負うべきもの、いずれは妹たちに打ち明けようと思いつつ、それを拒む自分がいた。いや、話したくても話しようがないのだ——全貌がまるで見えていないのだから。

ローレルは髪をくしゃくしゃとかき乱した。いくら考えても夕食を断わる言い訳が見つからない（まいった、そんなことを考えていたら本当におなかが空いてきた）。そのときようやく、薄闇のたれこめる広々とした空間に威厳を見せてそびえる大学の、いくつもの塔がローレルの目に飛びこんできた。

「姉さん？　聞こえてる？」

「あ、ええ、聞こえてる」

「電波の調子があまりよくないのかしら。わたしに夕食を作らせてって言ったんだけど」

「せっかくだけど」ローレルは素早く返した。名案のおぼろげな輪郭が頭のなかに浮かびかけていた。「気持ちは嬉しいけど、結構よ。明日にでもそっちに電話するわ」

「困ってることない？　いまどこにいるの？」

電波が途切れがちになり、ローレルは大声になった。「万事順調よ。実は……」ここである目論見がくっきりと姿を現わし、ローレルはにやりとした。「今夜は帰りが遅くなりそうなの、かなり遅くなると思うわ」

「そうなの？」

「ごめんね、ローズ。人と会う約束があったのをうっかり忘れてたの」

# 16　ロンドン　一九四一年一月

この二週間はさんざんだった。ドリーはジミーを恨まずにいられなかった。あんな強引なやり方をするなんて、これでは何もかもぶち壊しではないか。ふたりの関係は周囲には秘密にしておこうと言い含めるつもりだったのに、お先走って結婚を迫ったりするものだから、心のなかにできた亀裂がいまもぱっくりと口を開けたまま、なかなか閉じてくれないのだ。亀裂の一方の側には、コヴェントリー出身の純情な娘で、恋人と結婚して川辺の農場で末永く暮らすことを人生最大の目標にしているドリー・スミザムがいた。そしてもう一方の側には、美人で裕福なヴィヴィアン・ジェンキンズと親しくつき合い、レディ・グウェンドリン・コールディコットの遺産相続人にして彼女の話し相手を務めるドロシー・スミザムがいた。こちらのドロシーは一人前の大人で、素晴らしい冒険の数々が未来に待ち受けていることを知っているから、未来をあれこれ夢想したり脚色したりする必要がない。

あんなふうにウェイターたちに胡散臭《うさんくさ》げにじろじろ見られながらレストランをあとにするのは、はっきり言っていい気分ではなかった。でも、ああするしかなかった。あのまま居つづけたら、ジミーを床から立ちあがらせたい一心で、イエスと言ってしまったかもしれないのだ。

そんなことになったら、わたしの未来はどうなるのか？　ジミーと彼の父親と一緒に狭いアパートで暮らし、いまあるミルクが切れたら次をどこから調達しようかと始終心配することになるのではないか？　それに、レディ・グウェンドリンとの関係はどうなってしまうのか？

老婦人はあふれるほどの寵愛をドリーに注ぎ、家族同然に思ってくれている。なのに、またしてもわたしという家族に見捨てられたら、彼女はどうかなってしまうだろう。そう、あれでよかったのだ。ドクター・ルーファスだって、ランチの最中にわっと泣きだしたら、わたしのとった行動に賛同してくれたではないか。きみはまだ若いんだし、人生はまだこれからだ、なにも急いで自分に枷《かせ》をはめてしまうことはないと言ってくれたのだ。

キティは、何かまずいことがあったらしいと嗅ぎつけて（いかにもあの人らしい）、すきあらば自分のつき合っている空軍パイロットを七番地の家に引き入れたり、けちくさい婚約指輪をちらつかせたりして、わざとらしくジミーの近況をあれこれ探ってきた。それでも給食センターの仕事が多少は気休めになった。せめてヴィヴィアンが姿を見せてくれたら申し分なかったのだが。ジミーがいきなりやって来たあの夜以来、彼女とはたった一度、ちらりと顔を合わせただけだった。寄付された一箱分の衣類を届けに来たヴィヴィアンに、挨拶しようと向かいかけたところを背後からミセス・ウォディンガムに呼び止められ、さぼったら死刑だと言わんばかり、泣く泣くキッチンに連れ戻されたのだ。あの女は魔女だ。あの人の顔を二度と見ないですむには、公共職業安定所に別の仕事を斡旋してもらうという手はあった。だが、まずもって無理だろう。以前にも労働省から通知が送られてきたとき、それを知ったレディ・グウェンドリンがすぐさま政府高官に掛け合い、ドリーは現職に必要不可欠な存在であり、発煙弾の製造に割く時間などないことを、周知徹底させたことがあったくらいだ。

顔じゅう煤まみれのふたりの消防士がカウンターにやって来た。ドリーは無理に笑顔をこしらえ、両頬にえくぼを浮かべて、ふたつのボウルにスープをよそった。「今夜も忙しそうですね」ドリーは声をかけた。

「ホースの水がカチカチに凍っちまってさ」背の低いほうが答えた。「すぐそこだから見に行ってごらんよ。一軒の家から上がる炎と格闘中だよ。水をかけた途端に隣家の軒先に氷柱《つらら》ができちまうんだぜ」

「まあたいへん」ドリーの言葉にふたりは相槌を打つと、重い足取りで架台式テーブルの前まで行って、崩れ落ちるようにすわった。ドリーは再びキッチンでひとりになった。

カウンターに肘をつき、手のひらに顎を載せた。最近のヴィヴィアンは、愛人の医者との逢瀬で忙しいに違いない。ジミーからその話を聞かされたときはちょっと鼻白《はなじら》んだ――どうせならヴィヴィアンの口から直接聞きたかった――とはいえ、このことは秘密にしておくべきだということも理解していた。ヘンリー・ジェンキンズは、妻が異性とつき合うのをよしとするようなタイプではない。彼を見ればそのくらいわかった。もしも誰かがヴィヴィアンの秘密を漏れ聞くか、いかがわしい現場を目撃するかして夫にご注進に及べば、とんでもないことになるだろう。彼女が絶対誰にも言うなと、ジミーにくどいほど念を押したのも不思議ではない。

「ミセス・ジェンキンズ？　ごきげんよう、ミセス・ジェンキンズ」

ドリーはちょっと気取った仕草で顔を上げた。よそ見していたすきに、ヴィヴィアンが来ていたのか？

「あら、ミス・スミザム……」途端に声から明るさが消えた。「あなたおひとりのようね」

カウンターの前に立っていたのは、こざっぱりとした身なりのモード・ホスキンズだった。教区牧師よろしく、ブラウスの襟許がカメオのブローチできっちりと閉じ合わされている。ヴィヴィアンの姿はどこにもなかった。ドリーの心は沈んだ。「わたくしだけですわ、ミセス・ホスキンズ」

「そう……」老婦人はつんとすまし顔になった。「となると……」そう言いよどむと、うろたえた雌鶏みたいにドリーに視線を走らせ、くちばしをせわしなく動かした。「ああ、どうしましょう、ひょっとして、お見かけしていないわよね……ミセス・ジェンキンズのことだけど」

「さあ」ドリーは唇を叩いて考えるふうを装いながら、カウンターの下でもぞもぞと靴に足を入れた。「ええ、はい、お見かけしていませんわ」

「ああ、どうしましょう、お渡ししたいものがあるのに。前回ここにいらしたときに落とし物をなさったんで、今度お会いするときにと思い、ずっとお預りしていたの。でもここしばらくお見えじゃなかったでしょ」

「そうでした？　気づきませんでしたわ」

「この一週間いらしてないのよ。何かあったんじゃなければいいけれど」

ドリーはミセス・ホスキンズに教えてやろうかと思った。ヴィヴィアンが元気でいることは、レディ・グウェンドリンの寝室の窓から毎日見て知っていた。だがそんなことを言えば、よけい怪しまれてしまうだろう、そこで、こう言うにとどめた。「きっとお元気にしてらっしゃいますわ」

「それなら結構ですけどね。こういう試練の時代にあって、わたくしどもが願えるのは無病息災くらいのものですからね」

「そうですわね」

「それにしても、困ったわ。しばらくコーンウォールの妹のところに行くことになったものだから、その前にどうしてもお渡ししておきたかったのに」ミセス・ホスキンズはさてどうしたものかとばかり、あたりを見回した。「こうなったら……」

「よろしければお預かりしますけど。是非そうなさってください」ドリーは愛嬌たっぷりの笑みを満面に貼りつけた。「ちゃんとお渡ししておきますわ」

「あら」ミセス・ホスキンズは端正な眼鏡の奥から見つめてきた。「そこまでは……人任せにしていいものかどうか」

「ミセス・ホスキンズ、お任せください。喜んでお引き受けしますわ。ヴィヴィアンにはじきに会うことになっていますし」

老婦人は静かに息を短く吐き出した。ドリーがヴィヴィアンをファーストネームで呼んだのが利いたらしい。「そうね」その声音にはちょっと見直したというようなニュアンスが加わっていた。「そこまでおっしゃるなら……」

「お気遣いなく」
「恩に着ますわ、ミス・スミザム。ご親切にありがとう。これで一安心。かなり高価なお品のようだし」ミセス・ホスキンズはハンドバッグを開けて、薄葉紙の小さな包みを取り出し、カウンターの向こうで待ち構えているドリーの手にそれを載せた。「瑕《きず》がつかないようくるんでおきましたの。くれぐれも慎重に扱ってくださいね。手違いがあっては困りますから」
ドリーは自宅に戻るまで包みを開けなかった。ミセス・ホスキンズがこちらに背を向けた瞬間、すぐにも紙を引きちぎりたい衝動に駆られたが、ありったけの自制心を働かせてどうにか封じこめた。包みをハンドバッグにしまうと、その後センターでの残り時間をこなし、カムデン・グローヴに駆け戻るあいだも、包みは開けずにおいた。

自室にはいりドアを閉めるころには、ドリーの好奇心は肉体的苦痛を感じるほどにまで高まっていた。靴もコートも脱がずにベッドに跳び乗り、バッグから包みを取り出した。そっと開いていくと、中身が膝の上に落ちた。つまみあげ、指のなかで表に返す。赤味がかった金の細い鎖につながれた、楕円形の小さなロケットだった。見れば鎖の輪のひとつの接合部分に隙間ができていて、隣の輪から外れていた。ドリーはとれた輪を隣の輪につなげ、親指の爪を使って慎重に隙間を閉じた。

これでよし——修理完了。見事な手際だった。そこに隙間があったことに気づく人はまずいないだろう。ドリーは満足の笑みを浮かべながら、改めてロケットに注意を向けた。それは写真をおさめるタイプのものだった。そう気づくと、愛らしい扉部分に彫られた繊細な渦巻き模様をしばらく親指の腹でなでさすった。扉を開けると、四人の子供の写真が現われた。女の子がふたりに男の子がふたり、木の階段に腰かけ、まばゆい陽射しに目をすがめている。一枚の写真を半分に切り分け、左右のフレームにおさめてある。

なかのひとりがヴィヴィアンだと、すぐにわかった。小さいほうの少女だ。階段の手すりに片腕を預けてもたれかかり、もう一方の手を少年（どことなくぼんやりした表情の小さな子）の肩に掛けている。そうか、オーストラリアにきょうだいがいたのだ。この写真はおそらく、イギリスに来る直前に撮られたものなのだろう。その後、長らく音信の途絶えていた伯父に引き取られ、一族の広大な土地で成人するまで大事に育てられ、まさにその場所で、未来の夫となる好男子ヘンリー・ジェンキンズとめぐり逢った。まるでお伽噺のよう……いや、ヘンリー・ジェンキンズの小説そのままだ。

ドリーは口許をほころばせながら、少女時代のヴィヴィアンにうっとりと見入った。「このころのあなたに会いたかったわ」ドリーはそっと語りかけた。馬鹿げた考えなのはわかっていた。いま現在の彼女とつき合うほうが断然いいに決まっている。カムデン・グローヴの仲良しコンビ〝ドリーとヴィヴ〟のほうがずっと素敵だ。写真のなかの少女の顔に、いままで大人の女性として崇《あが》めていたヴィヴィアンの面影を探しながら、ついいましがた知ったばかりの少女にこれほどの愛おしさを覚えてしまう自分がなんとも不思議だった。

ロケットを閉じたとき、裏面に彫られた凝《こ》った書体の文字が目に留まった。「イザベル」声に出して読む。ヴィヴィアンの母親だろうか？　母親の名前を聞いた記憶はなかったが、そう考えるのが自然に思えた。母親が大事にしていた写真。我が子が勢ぞろいして、旅回りの写真屋のカメラに笑顔を向けている。まだ若いドリーには、我が子への思いがどんなものかぴんと来なかったが、自分に子供ができたらこういう写真を肌身離さず持ち歩くのだろうと思った。

これが母親のものなら、ヴィヴィアンにはかけがえのない形見のはず。だとしたら命に代えても守らねばならない。一瞬考えこみ、やがてドリーの顔に笑みが広がった。そうだ、自分が知るもっとも安全な場所にしまっておこう。ドリーは髪の下に鎖をくぐらせ、首に巻いて留め金をはめた。満足の吐息がもれた。喜びの吐息でもあった。ロケットは着ているブラウスの内側におさまり、ひんやりした感触が火照った肌に沁みこんだ。

ドリーは靴を脱ぎ捨て、帽子を窓際のベンチの上にほうり投げると、ふたつ重ねた枕に背中から勢いよく倒れこみ、足首を交差させた。煙草に火をつけ、天井に向かって煙の輪を次々に吐き出す。ロケットが戻ってきて大喜びするヴィヴィアンの姿を思い、想像がふくらんだ。きっとドリーに抱きついてきて、「あなたは恩人よ」と言い、あの黒いつぶらな瞳に涙をあふれさせるのではないか。ドリーを家のなかに招じ入れ、隣り合わせにソファに腰かけ、あれこれおしゃべりすることになるだろう。そうやってふたりきりで過ごすうちに、例の医者のことも打ち明けてくれるのではないか、そんな気がした。

胸の谷間におさまるロケットを引き出し、表面の渦巻き模様に目をやった。ヴィヴィアンは、もう絶対に見つからないと思って打ちひしがれていることだろう。ネックレスは無事だとすぐにも知らせるべきか……玄関先のポストに手紙を入れておこうか……いや、駄目だ。自前の便箋など持っていないし、レディ・グウェンドリンのモノグラム入り便箋があるにはあるが、あれを使うのはまずいだろう。いずれにせよ訪ねていって手渡しするのがいい。問題は何を着ていくかだ。

ドリーは体をごろんと回転させて腹這いになると、ベッドの下に隠してある〈アイデア帳〉を取り出した。母がくれた『ミセス・ビートンの家政読本』にはまるで興味をそそられなかったが、紙が非常に貴重な昨今、この本のページは『ザ・レディ』で見つけたお気に入りのファッション写真をスクラップしておくのに重宝していた。この一年余りのあいだ、ミセス・ビートンの教える社交マナーや料理のレシピの上に、切り抜きを貼りつけてきたのだ。というわけで、さっそくページを繰っては衣裳部屋にある衣類と写真のドレスを照らし合わせ、とびきり、センスのいい女性の着こなしを慎重に吟味した。やがて最新ページで手が止まった。《リッツ》で開かれた募金集めのパーティに現われたヴィヴィアンを捉えた一枚だった。高級シルクで仕立てた繊細なドレスに身を包んだヴィヴィアンは光り輝いて見えた。ボディスからスカートにかけて、ドレス全体の輪郭を指でなぞる……そういえば衣裳部屋にこれとよく似たものがあった。少し手直しすればばっちりだ。それを着た自分の優美な姿を思い描き、顔がほころんだ。こうなったら一刻も早く時間を作って、お向かいに駆けつけよう。そしてヴィヴィアン・ジェンキンズとお茶の時間を過ごすのだ。

三日後、レディ・グウェンドリンはどういう風の吹き回しか、飴の袋を投げ出すと、少し昼寝をするから遮光カーテンを閉めてひとりにしておくれと命じた。もうじき午後三時、ドリーは素直に従った。老婦人がうつらうつらしだしたのを見届けると、前もって自室に吊るしておいた黄色いワンピースに着替え、そっと家を抜け出し、通りを渡った。タイル張りのステップに立ち、ベルを鳴らす心の準備をしながら、ドアを開けたヴィヴィアンが玄関に立つドリーを見た瞬間に見せる表情を想像した。お茶を前にしてソファにすわり、ロケットが取り出されたときに彼女が浮かべる安堵の表情を思い描いた。高まる期待に踊りだしたい気分だった。

ちょっと間を取り、髪を整えた。その瞬間を思うと心臓が高鳴った。そしてベルを鳴らした。しばし待つ。ドアの向こうに人の気配がして、勢いよくドアが開いた。「おかえり、ダーリ――」

ドリーは思わずあとじさった。目の前に現われたのはヘンリー・ジェンキンズ、遠くから見ていたのとは違い、間近だとずっと背が高く、いかにも大物といった威厳を感じさせた。一瞬、取って食われそうな獰猛さを見たような気がしたが、すぐさまそれも消え、不意を突かれたせいでこちらが勝手に過剰反応したのだろうと自分を戒《いまし》めた。ここまであれこれ想像をふくらませてきたドリーだが、まさかこういう展開になるとは思いもしなかった。情報省で重要な任務についているヘンリー・ジェンキンズが日中自宅にいることは滅多にない。ドリーは口をあんぐり開け、再び閉じた。彼の存在感、大きな体、険しい表情に怖気づいていた。

「何かな？」ジェンキンズが言った。顔が赤かった。酒を飲んでいたのか？「ボロ切れの回収かな？　それならあらかた出してしまったが」

ドリーはやっとのことで口を開いた。「いえ、そうじゃありません。布をいただきに来たわけではないんです。ヴィヴィアンに……ミセス・ジェンキンズにお会いしたくてうかがいました」ここでようやく冷静さを取り戻し、ドリーは笑顔を向けた。「わたし、奥様の友人でして」

「なるほど」驚いているのが手に取るようにわかった。「家内のご友人ですか。お名前をうかがってもよろしいかな？」

「ドリー……あ、いえ、ドロシー。ドロシー・スミザムです」

「なるほど、ではドロシー・スミザムさん、どうぞなかに」そう言って後ろに下がり、手振りで促した。

ヴィヴィアンの自宅に足を踏み入れながらドリーは、二十五番地の家にはいるのはカムデン・グローヴで暮らすようになってからこれがはじめてだ、と思った。ぱっと見る限り、間取りは七番地とほぼ同じ、玄関ホールには二階へ延びる階段があり、左手にドアがあった。しかしヘンリー・ジェンキンズのあとについて居間にはいってみると、なかの様子はまるで違っていた。レディ・グウェンドリンの屋敷を飾る重厚で曲線的なマホガニーの家具や、物であふれた壁面とは対照的に、二十五番地の内装は今世紀風で、何もかもが軽快で鋭角的なデザインだった。

それは素晴らしい部屋だった。床は寄木細工で、天井には円筒形のすりガラスで構成されたシャンデリアが一対さがっていた。各壁面には現代建築のドラマチックな写真が配され、ライムグリーンのソファにはシマウマの皮の敷物が掛かっている。実にエレガント、実にモダン……ドリーはついゆるんでしまう口許に気をつけながら、室内の様子を頭のなかに刻みつけた。

「そちらにどうぞ」ヘンリー・ジェンキンズが、窓際にある貝殻を模した椅子をさし示した。ドリーは腰をおろしてスカートの裾を整えると、脚を交差させた。自分の着ている服が急に恥ずかしくなった。訪問時間に十分ふさわしい装いではあったが、こういう洒落た部屋に身を置くと、自分が博物館の展示品になったようだった。レディ・グウェンドリンの衣裳部屋ではとてもエレガントに思え、あちこち体の向きを変えて鏡に映しては悦に入っていたのだ。それがここでは、時代遅れのトリミングとひだ飾りがひどく目障りで、ヴィヴィアンのドレスのすっきりしたラインに比べたら、まったくお話にならない（どうしてそこに気づかなかったのか？）。

「お茶を差し上げたいところだが」そう言ってヘンリー・ジェンキンズは、口ひげをぎごちなくなでつけた。これがまた魅力的な仕草だった。「あいにく今週、メイドをやめさせたばかりでしてね。実に嘆かわしい……盗みの現場に出くわしましてて」

ヘンリー・ジェンキンズが交差させたこちらの脚をじっと見つめているのに気づき、ドリーは妙な興奮を覚えた。ちょっと恥ずかしくなり、愛想笑いを浮かべる——相手がヴィヴィアンの夫なのは百も承知——それでも心がくすぐられた。「それは災難でしたね」そう言ったところで、レディ・グウェンドリンが口にした台詞が頭に浮かんだ。「近頃はいい人材を見つけるのも容易じゃありませんものね」

「たしかに」ヘンリー・ジェンキンズは、黒と白のチェスボード風にタイルを張った見事な暖炉の横に立っていた。ドリーを訝しげに見つめ、こう言った。「ところで、家内とはどこで知り合われたのかな?」

「国防婦人会です。お互いに共通点が多いことがわかって」

「それがご婦人方の時間の過ごし方というわけですな」そう言って笑みを浮かべたが、何やら含みがあった。間の取り方、見つめてくる眼差しに、何か知りたいことがある、何かもっとしゃべらせたいという気分が透けて見えた。それが何かは思いつかなかったので、ドリーは笑みを返しただけで、口を開かずにいた。するとヘンリー・ジェンキンズが腕時計に目を走らせた。

「今日にしてもそうだ。朝食のとき家内は、今日の会合は二時に終わると言っていたのですがね。家内を驚かせようと早めに帰ってきたのに、すでに三時十五分、まだ戻る気配がない。どこかで手間取っているのでしょうが、男としては心配になりますよ」

言葉の端々に苛立ちが感じられた。ドリーにもその原因がわかるような気がした。戦争の重要な任務に就いている夫が、せっかく時間を割いて帰宅しても、外をほっつき歩いている妻に待ちぼうけを食わされているのだ。

「家内とここで会う約束を、していらしたのかな?」ドリーもまたヴィヴィアンの遅い帰宅に迷惑しているとでも思ったのか、不意に問いかけてきた。

「いいえ、そうではないんです」ドリーは慌てて答えた。相手がそんなふうに考えて腹を立てているのだと思うと、誤解を解いておきたかった。「ヴィヴィアンはわたしが来ることを知りませんわ。ただお渡ししたいものがあって、彼女が失くされたものをお届けに上がっただけですから」

「おお、そうでしたか」

ドリーはハンドバッグからネックレスを取り出すと、優美な仕草で指先に鎖を掛けた。爪には、キティから貰い受けた残り少ない〈コティ〉の深紅のマニキュアを、丹念に塗っておいた。

「家内のロケットですな」ヘンリー・ジェンキンズは静かに言うと、ロケットに手を伸ばした。

「はじめて会ったときも、これを首にさげていましたよ」

「とても素敵なネックレスですわ」

「家内は子供のころからずっと、これを身につけていましてね。わたしが何を買ってやっても、それがどんなに美しかろうと豪華だろうと、見向きもしないんです。パールのネックレスをするときでさえ、これはつけたままですからね。わたしが知る限り、これをはずすわけがないのだが……」そう言いながら鎖をしげしげと調べ、「どこも切れていない、ということは当人がはずしたということでしょうな」ヘンリー・ジェンキンズはドリーに横目を走らせた。その鋭い眼光に身がすくんだ。この人はヴィヴィアンの髪をかきあげ、ロケットを横にずらしてうなじにキスをするときも、こんな目つきをするのだろうかと、ドリーは気になった。「これを見つけたとおっしゃいましたね。どこにあったのですか?」

「実はその……」ドリーは答えに窮し、顔を赤らめた。「どう申し上げればいいか……見つけたのはわたしではないんです。ヴィヴィアンに返すよう頼まれただけでして。彼女とは親しくしていただいているので」

ヘンリー・ジェンキンズはゆっくりとうなずいた。「それは妙ですな、ミセス・スミザム」

「ミス・スミザムです」

「ミス・スミザム」彼の口許が歪み、笑みらしきものがこぼれると、ドリーはいっそう顔を赤くした。「こう言っては失礼だが、給食センターで返せばすむのに、なぜわざわざここへ？あなたのようにご多忙なご婦人には、そのほうがずっと好都合でしょうに」

**ご多忙なご婦人**。ドリーはこの言い方が気に入った。「失礼だなんてとんでもありませんわ、ミスター・ジェンキンズ。ただ、これがヴィヴィアンの大事なものだとわかっていたので、なるべく早くお届けしたかっただけなんです。当番の時間帯がいつも一緒というわけではないので」

「おかしいな」ジェンキンズはもの思わしげにロケットを握りしめた。「家内は毎日センターに出ているはずだが」

毎日センターに来る人はいない、当番表があってミセス・ウォディンガムなる人物が万事管理しているのだと言いかけたそのとき、玄関のほうで鍵を回す音がした。

ヴィヴィアンが帰ってきた。

ドリーもヘンリーも、閉じられている居間のドアに鋭い視線を投げかけ、玄関ホールの寄木張りの床を踏む足音に耳をそばだてた。ヘンリーがネックレスを差し出し、ドリーが届けてくださったよと言ったら、ヴィヴィアンはさぞや大喜びするだろう。それを思い、ドリーの心臓はさえずりだしていた。ヴィヴィアンが感謝の念に突き動かされ、そして、そう、愛情をあふれさせ、笑みを満面に浮かべてこう言うだろう。「ヘンリー、やっとドロシーを紹介できて嬉しいわ。前からお茶にお招きしたいってずっと思っていたのに、あれこれ取りこんでいてなかなか実現できなくて、ね、ヘンリー?」それから給食センターの手ごわい女ボスについてヴィヴィアンがジョークを飛ばし、ドリーとふたりで笑い転げ、ヘンリーは三人でディナーはどうかな、わたしの行きつけのクラブで……。

居間のドアが開くと、ドリーは椅子から身を乗り出した。ヘンリーは素早く移動し、妻を腕に抱きとめた。妻の香りに酔いしれているかのように抱擁はしばらく続いた。ロマンチックだった。ヘンリー・ジェンキンズが妻をいかに熱愛しているかを見せつけられ、ドリーは嫉妬に駆られた。『つれないミューズ』を読んでいたから、すでに承知のこととはいえ、こうして同じ部屋に身を置いてふたりを見ているうちに、それを改めて実感させられた。ヘンリーのような夫にこれほど愛されていながら、医者と関係を持つなんて、ヴィヴィアンは何を考えているのか?

医者。ドリーはヘンリーの顔に目をやった。その目は閉じられ、ヴィヴィアンの頭を胸にひしと抱き寄せている。この熱烈な抱擁は、何か月も前から最悪の事態を思い、不安をつのらせている人のそれに見えなくもない。そこに気づき、はっとした。この人はすべてお見通しなのかもしれない。ヴィヴィアンの帰りが遅いことに苛立っていたのも、ドリーに向けられた棘《とげ》のある問いかけも、愛する妻について話すときの不満げな様子も……彼は感づいている、猜疑心に駆られているのだ。それでドリーの口から、疑惑の白黒をつけてもらおうと期待していたのだ。おお、ヴィヴィアン。ドリーは左右の指をからみ合わせ、彼女の背中を見つめながら、心のなかで叫んでいた。気をつけないとまずいことになるわ。

ヘンリーがようやく抱擁を解き、妻の顎を持ちあげて、その顔をまじまじと見つめた。「今日の首尾はいかがだったかな、奥様《マイ・ラブ》？」

ヴィヴィアンは夫の手が離れるのを待って、国防婦人会の帽子を脱いだ。「てんてこ舞いでしたわ」そう言って、後頭部の髪のふくらみを押さえる。それから帽子を脇の小机の、ふたりの結婚写真をおさめた額と並べて置いた。「スカーフの箱詰めをしているのだけれど、これがなかなか終わらなくて。予定よりだいぶ手間取ってしまいましたの」ヴィヴィアンは帽子の縁をしきりにいじっている。「こんなに早くお帰りになるなんて知らなくて。わかっていたら時間通りに戻って、お迎えしましたのに」

ヘンリー・ジェンキンズは悲しげな笑みを（ドリーにはそう見えた）浮かべて言った。「きみを驚かせたくてね」

「ちっとも知らなくて」

「知るには及ばないさ。驚かすとはそういうものだろ？　不意打ちというやつさ」そう言いながら妻の腕を取り、部屋のほうに向きなおらせた。「驚かせると言えば、お客様が見えているよ。ミス・スミザムだ」

ドリーは立ちあがった。心臓がばくばくいっていた。ついに待ちに待った瞬間が来た。

「お友達がちょうど会いにいらしたんでね」ヘンリーは続けた。「きみの国防婦人会での働きぶりを、いろいろうかがっていたところだ」

ヴィヴィアンは目をしばたたかせ、ドリーを見た。完全なる無表情、そしてこう言った。

「こんな方、存じませんけど」

ドリーの息が詰まった。部屋がぐるぐる回りだした。

「おやおや、それはおかしいな。これを持ってきてくださったんだよ」ヘンリーはネックレスをポケットから取り出すと、妻の手のなかにおさめた。「はずしたまま、置き忘れたんじゃないのかな」

ヴィヴィアンはロケットをひっくり返すと、蓋を開け、なかの写真を確かめた。「なぜあなたが、これを？」ヴィヴィアンの冷ややかな声に、ドリーはたじろいだ。

「それは、その……」頭がくらくらした。何が起こったのか理解できなかった。なぜヴィヴィアンはこんな態度をとるのか？　これまでずっと、たとえ一瞬とはいえ、親しみのこもる眼差しを交わし合ってきたではないか。向かい合う窓から互いの様子をいつも見てきた仲だというのに。ドリーが思い描いてきたふたりの未来はどうなるのか。ヴィヴィアンがそれをまるで理解していないなどということがあり得るのか。ヴィヴィアンは、お互いがどれほど大切な存在か、気づいていないのか？　〝ドリーとヴィヴ〟の間柄になることを、どちらも夢見ていたのではなかったのか？

「給食センターに置き忘れてらしたのをミセス・ホスキンズが見つけ、わたしから返してさしあげるよう頼まれたんです、わたしたち……」**ふたりは同じような性格で、大の親友で、似た者同士だから、**と言いたかった。「ご近所のよしみということで」

ヴィヴィアンの形のいい眉がぐいと上がり、ドリーをねめつけた。一瞬、考えこんだかと思うと、その表情がほんのわずか和《やわ》らいだ。「そうだわ、いま思い出した。この人はレディ・グウェンドリン・コールディコットのところの使用人だわ」

意味ありげな一瞥と最後の言葉がヘンリーに向けて発せられた途端、ヘンリーの態度が一変した。ドリーは、盗みを働いたメイドを辞めさせたという一件に触れたときのヘンリーの口ぶりを思い出していた。彼はかけがえのない宝石でも見るように妻に目をやり、「つまり、友人ではないと?」

「もちろんですわ」ヴィヴィアンは心外だと言わんばかりだった。「あなたが知らないお友達なんていませんもの。それはご存じのはずよ」

ヘンリーは当惑の眼差しを妻に向け、それからしっかりとうなずいた。「変だとは思ったんだが、この人がそう言い張るものだから」言ってドリーに目を向けた。眉根を寄せた険しい顔には懐疑と忌々しさがありありと現われていた。失望の色が見て取れた。なお悪いことに、嫌悪感もにじんでいた。「ミス・スミザム、家内のネックレスを届けてくださり恩に着ます。そろそろお引き取りいただこう」

ドリーは言葉が見つからなかった。きっとこれは夢なんだ……こんなひどい扱いを受けるなんて、わたしにこんなことが起きるなんて、ありえない。いまに目が覚め、そのときにはヴィヴィアンとヘンリーと笑いながらウィスキーグラスを傾け、日々の試練について語り合っているに違いない。そしてヴィヴィアンとソファに並んで腰かけ、互いに見つめ合い、給食センターのミセス・ウォディンガムをダシにくすくす笑い合い、そんなふたりをヘンリーは微笑みながら愉快そうに眺め、きみたちはまったく手に負えないお茶目さんたちだね、なんて言うのだろう。

「ミス・スミザム？」

ドリーはどうにかうなずいてハンドバッグを取りあげると、そそくさとふたりの脇をすり抜けて玄関ホールに向かった。

ヘンリー・ジェンキンズが追ってきて、一瞬ためらったのち、ドアを大きく開いた。彼の腕が道をふさぎ、ドリーはその場にとどまるしかなく、通してくれるのを待った。彼は言うべき言葉を探っているようだった。

「ミス・スミザム」その口調は愚かな子供に語りかけるようなもの、いやそれどころか、自分の立場もわきまえず、分不相応の暮らしを夢想することにうつつを抜かす卑しい使用人に対するものだった。ドリーは相手を正視できなかった。気絶しそうだった。「ほら、さっさと行きたまえ、お嬢さん。今後はレディ・グウェンドリンのお世話に専念して、これ以上面倒を起こさないようにするんだね」

夕闇が迫っていた。見ればキティとルイーザが職場からちょうど帰ってくるところだった。

ふと目を上げたキティは、何かあったらしいと気づいたのだろう、口をO《オー》の字に開いた。ドリーには微笑みかける余裕もなければ、手を振ることも、明るい顔を取り繕うこともできなかった。すべてを失ったというのに、何ができるというのか？　赤子の手をひねるようなひどく残酷なやり方で、望んでいたものすべてが、あらゆる希望が踏みにじられたというのに。

本書は二〇一三年、小社より刊行されたものの文庫化である。

検印
廃止

訳者紹介　1954年東京生まれ。早稲田大学大学院博士課程満期退学。訳書に、M・パヴィチ『風の裏側』、L・ノーフォーク『ジョン・ランプリエールの辞書』、G・アデア『閉じた本』、K・モートン『忘れられた花園』他多数。


秘密　上

2019年1月31日　初版

著者　ケイト・モートン

訳者　青木純子

発行所　（株）東京創元社
代表者　長谷川晋一

162-0814/東京都新宿区新小川町1-5
電話　03・3268・8231-営業部
　　　03・3268・8204-編集部
URL　http://www.tsogen.co.jp
萩原印刷・本間製本





ISBN978-4-488-20207-1　C0197

**天性の語り手が人間の深層心理に迫る**

DON'T LOOK NOW◆Daphne du Maurier

# いま見てはいけない

## デュ・モーリア傑作集

**ダフネ・デュ・モーリア**
**務台夏子 訳** 創元推理文庫

◆

サスペンス映画の名品『赤い影』原作、水の都ヴェネチアで不思議な双子の老姉妹に出会ったことに始まる夫婦の奇妙な体験「いま見てはいけない」。

突然亡くなった父の死の謎を解くために父の旧友を訪ねた娘が知った真相は「ボーダーライン」。

急病に倒れた司祭のかわりにエルサレムへの二十四時間ツアーの引率役を務めることになった聖職者に次々と降りかかる出来事「十字架の道」……

サスペンスあり、日常を歪める不条理あり、意外な結末あり、人間の心理に深く切り込んだ洞察あり。

天性の物語の作り手、デュ・モーリアの才能を遺憾なく発揮した作品五編を収める、粒選りの短編集。